Née à Paris en 1981, **Solène Bakowski** a partagé sa vie entre la France et la Chine, avant de s'adonner au roman noir avec *Un sac*, qui a séduit des dizaines de milliers de lecteurs. D'abord autopubliée sur Amazon, elle est aujourd'hui considérée comme une des nouvelles voix d'une littérature française sensible et émotionnelle. Elle a l'art de raconter des histoires qui laissent une marque indélébile et nous volent un petit morceau de cœur.

Du même auteur, aux éditions Bragelonne,
au format poche :

Un sac
Une bonne intention

Chez d'autres éditeurs :

Parfois on tombe
Chaînes
Avec elle

CE LIVRE EST ÉGALEMENT DISPONIBLE
AU FORMAT NUMÉRIQUE

www.bragelonne.fr

Ils ont dit de *Une bonne intention*…

« Un thriller d'une beauté époustouflante. » **Alex décortique les mots**

« Un vrai coup de cœur. » **Livres Addict**

« On se jette à corps perdu dans cette histoire qui imprègne chaque parcelle de notre corps et de notre cœur. » **Sonia Boulimique de livres**

« À coup sûr, vous en sortirez bouleversé(e). Merveilleusement chamboulé(e). Il vous faudra peut-être un peu de temps pour reprendre vos esprits, puis vous saluerez, comme je le fais, le talent de Solène Bakowski. » **La Bibliothèque de Céline**

« C'est le genre de roman qu'on est obligé de terminer. Impossible à lâcher, il entre dans votre vie et laisse des traces à jamais. » **Les Mots de Gaiange**

« Un roman bouleversant, prenant et poignant, qui vous entraîne entre sombres secrets et blancs espoirs, à la rencontre de personnages inoubliables. Un coup de cœur livresque, un coup au cœur humain face à un amour pur, fou et inconditionnel. » **Et tu lis encore Emma**

« Un polar psychologique très moderne, qui interroge nos réactions et nos comportements dans un monde qui part parfois à la dérive. »
Kanoubook

« Un thriller absolument captivant, oppressant, que vous ne lâcherez pas. Dès les premières pages, vous basculez, les personnages vous hantent et vous voilà plongé(e) dans cet enfer pavé de bonnes intentions. Bravo, bravo, bravo ! » **Loli Artesia**

« J'en aurais des choses à dire sur ce formidable roman ! Une chose pourtant : méfiez-vous des apparences ! » **Pause Polars**

« Tout simplement superbe, comme une sordide douceur. » **Sangpages**

« Laissez-vous tenter par Solène Bakowski, sa maîtrise de la psychologie de ses personnages, son intrigue et son écriture. Vraiment, ne passez pas à côté. » **La Dory qui lit**

SOLÈNE BAKOWSKI

UNE BONNE INTENTION

Bragelonne

Ouvrage paru sous la direction de Lilas Seewald

ISBN : 979-10-281-0709-3

Bragelonne
60-62, rue d'Hauteville – 75010 Paris

E-mail : info@bragelonne.fr
Site Internet : www.bragelonne.fr

À vous deux, comme toujours

Il n'est pas de hasard
Il est des rendez-vous
Pas de coïncidence…
Étienne Daho, *Ouverture*

Prologue

2 juin 2003

Aujourd'hui, c'est l'enterrement. Une assemblée de chapeaux et de costumes gris s'est massée dans l'église. La voix du prêtre déclame, lancinante, sa mélopée, ce prêtre qui ne l'a pas connue et qui pourtant retrace, sans pudeur, les grandes étapes de son existence. Mais sans doute faut-il poser des jalons pour mesurer le chemin parcouru et provoquer l'empathie.

Devant, il y a cet homme inquiet, étourdi, qui s'agace en jetant un œil sur sa montre et déplore, tandis qu'il souffle bruyamment, *C'est quand même dommage de commencer sans Karine.*

Le prêtre prononce le prénom de la morte. Il le martèle. À plusieurs reprises. S'en délecte, on dirait. Karine. Karine. Karine. Dans la nef du petit édifice mal rénové, ça résonne, ça rebondit sur les faces vertes et jaunes de l'assistance, ça se catapulte sur les vitraux et ça s'écrase sur les dalles. « Karine », « Karine », répète le curé. Et le regard de Nicolas subitement se cerne et s'affole, il cherche, hagard, à confisquer dans la foule un haussement d'épaules, l'assurance qu'il se trompe, qu'il a mal entendu, que Karine, sa Karine, va surgir d'une minute à l'autre au milieu de l'allée, en sueur, gênée d'arriver comme un cheveu sur la soupe, confuse, merdeuse même, n'ayons pas peur des mots. Les joues roses d'avoir trop couru, elle s'installera dans une travée éloignée, aussi discrètement que possible, et lui adressera un petit signe, un hochement de tête, un clignement de paupière, *On se retrouve à la sortie, hein, dès que c'est fini.* Mais il ne récolte que des sourires compatissants, des lèvres pincées, des têtes baissées, *Désolé mon vieux, c'est dur ce qui t'arrive, mais ça va aller.*

Dans son esprit, quelque chose craque. Nicolas comprend tout à coup que Karine n'émergera pas de la grande porte mais qu'elle est déjà là, dans la boîte, allongée, préparée, embaumée, occupée tout entière à son processus de décomposition. Alors il fixe le cercueil flambant neuf de sa femme – chêne massif, teinte claire, finitions vernis satiné, couvercle rehaussé, cuvette étanche et poignées en métal. La nausée le submerge. Le voilà qui s'élance hors de l'église, la main droite calfeutrant sa bouche et son nez. Le prêtre, surpris, suspend sa litanie bien apprise au-dessus des faces qui se retournent, pas question que son discours tourne au vulgaire bruit de fond, autant attendre que l'attention se reporte sur l'autel.

Sur le parvis, Nicolas n'est plus qu'un estomac troué par la bile et un nez qui saigne.

Sa femme est morte. Elle est décédée. C'est terminé. Ta femme est morte. Elle est décédée, c'est terminé. Ma femme est morte, décédée, tout est terminé.

Il se cramponne comme il peut : parfois il sait, d'autres fois il oublie et, tel un forcené amnésique, il appelle : Karine.

Seul dorénavant. Avec elle. Avec lui-même. Avec la tristesse et l'ennui. Avec le manque, l'absence, le vide, avec sa gorge prête à hurler, avec son cœur qui bat pour rien, sec, son cœur en taule, son cœur en pierre, son cœur en bois, son cœur brisé en des centaines d'éclats poudreux, et il se débat contre la mort hilare qui répète : *Je l'ai prise*, quand lui répond, la plupart du temps : *Impossible, elle est là, à côté de moi, regarde*. Et puis, juste après, vient l'éclair de lucidité qui, chaque fois, le pulvérise, le gomme, l'anéantit.

I

Si le destin nous précède, l'existence n'est qu'un puzzle : aucune pièce n'est laissée au hasard, rien ne manque à l'illustration finale.

I

Jeudi 9 octobre 2003

Chère Maman,

La maîtresse m'a conseillé d'écrire chaque fois que quelque chose me fait trop souffrir. Elle dit qu'écrire permet de réduire le mal quand il est là.

Je me suis dit que, quitte à écrire, autant que ce soit à toi. Mais ça me fait tout drôle, parce que ça me donne l'impression que tu es encore en vie, quelque part, et que cette lettre, tu vas la lire, et que tu vas me répondre.

La maîtresse raconte qu'écrire, ça fait fuir la douleur. Que la douleur, elle n'aime pas trop les mots, qu'ils lui font peur à cause du pouvoir qu'ils ont sur les gens et sur les sentiments. Magali, ma maîtresse, elle ajoute que la peine est moins lourde à porter, qu'elle est même toute rabougrie quand on la raconte. C'est comme de la magie.

Je l'aime bien la maîtresse, elle a toujours des bonnes idées, même si parfois elle a une drôle de façon de nous les expliquer. Dans ma classe, certains garçons trouvent qu'elle a l'air cinglée. Moi, je crois plutôt qu'ils sont trop bêtes pour comprendre. Et comme ils sont trop idiots pour que ça entre dans leur tête, ils préfèrent croire que c'est elle, le problème.

Hier, j'ai été très triste. Peut-être à cause de ton anniversaire. Je me suis mise à pleurer pendant la récréation. Magali est venue me voir, elle a été très gentille. Elle m'a donné un mouchoir et puis elle est restée à côté de moi jusqu'à ce que ça sonne, sans parler. J'ai pensé que son silence me consolait. Tu sais, elle est douce comme toi, la maîtresse. Elle me fait souvent penser à toi d'ailleurs… Oh, il ne faut pas que tu t'inquiètes, elle te remplace pas. Mais je crois qu'elle comprend ce que ça fait. Ça serait bien si Papa pouvait passer un peu de temps avec elle. Peut-être qu'elle le comprendrait lui aussi, qu'elle lui dirait d'écrire et que sa peine en serait toute ramollie ? Même que son sourire pourrait lui redonner envie de sourire à lui aussi, parce que, quand elle sourit, Magali, elle attrape tout le soleil.

Il est tellement triste depuis que tu es partie. Des fois, il garde les yeux dans le vague et ça peut durer longtemps. Quand je lui demande ce qui ne va pas (en vrai, je sais bien ce qui va pas), il me répond juste « rien », comme ça. Peut-être

qu'il a pas envie qu'on en parle, peut-être qu'il croit que j'ai oublié et que ça me ferait du mal de remettre ça sur le tapis. Il se trompe. La nuit, parfois, je l'entends sangloter, et ça me brise le cœur.
Mamie lui a proposé plusieurs fois qu'on déménage près de leur maison, à elle et à Papi. Moi, je n'ai pas envie d'aller habiter ailleurs. Changer d'école, quitter mes copines et la maîtresse, ça serait trop dur. Et puis il y a notre maison, avec ton odeur à l'intérieur et tes vêtements que Papa ne veut pas jeter. D'ailleurs, j'ai volé une de tes robes en cachette. Mais chut : Papa n'en sait rien, et c'est mieux comme ça, parce que s'il l'apprenait, il me gronderait sûrement.
J'espère que tu ne t'ennuies pas trop là-haut, que tu t'es fait des amis. Ils en ont de la chance de t'avoir, vu que nous, on t'a plus.
Je te fais des gros bisous et je pense fort à toi.

Ta fille, ta Mati

2

Jeudi 20 mai 2004

Le jardin de ce pavillon à deux niveaux n'est plus entretenu : les mauvaises herbes envahissent les anciens parterres de fleurs, le chiendent croît au rythme de l'ennui. Au bout, on aperçoit une piscine à boudins dont le latex s'est rigidifié à force de rester plié. En cette fin d'après-midi, il pleut sur les objets inutiles entassés dans les coins du terrain. Des dalles en caillebotis sont empilées pêle-mêle près d'un parasol dont on n'est plus certain que la toile moisie s'ouvre encore. Au-dessus de cette scène navrante, un barnum taché d'auréoles brunes goutte lentement. Ça sent l'humidité.

— Mati ! Viens prendre ton goûter, c'est prêt !

L'histoire de leur vie à trois prend l'eau. La pluie, elle, fait son œuvre : elle creuse insidieusement, élargit les crevasses, infecte les plaies. Elle s'amuse à pourrir.

— Mati, tu veux bien descendre ?

La fillette s'extirpe lentement de la torpeur mélancolique dans laquelle l'a plongée la contemplation de l'extérieur mouillé.

— Mathilde, tu m'entends ?

Des pas résonnent dans l'escalier, achevant de rappeler tout à fait la petite fille à la réalité. En vitesse, elle rentre la mine à l'intérieur du critérium, le coince dans les spirales du cahier qu'elle tient sur ses genoux et referme bruyamment la couverture en carton. La poignée de la chambre s'abaisse, la porte s'ouvre sur sa grand-mère :

— Ma chérie, tu viens ? Ton goûter t'attend…

Éliane sent bien que sa petite-fille a le moral dans les chaussettes.

— Qu'est-ce que tu regardes de beau ?

À son tour, elle laisse aller ses yeux sur le gris du ciel, elle tombe avec l'eau qui brouille le teint du paysage, elle vogue sur la désespérante platitude des terrains adjacents. Là, une silhouette sur la route départementale attire son attention. Une jeune femme aux cheveux longs dégoulinants de flotte. Elle charrie une poussette dont la capote a été rabattue, elle presse le pas. À la vue de ce spectacle si ordinaire, les cœurs de la fillette et de l'aïeule se serrent à l'unisson.

Éliane caresse délicatement l'épaule de Mathilde et s'efforce de sourire.

— Allez, viens, lui murmure-t-elle, on descend.

L'enfant acquiesce et se détache de la jeune maman. Elle se lève, dépasse Éliane en traînant ses chaussons mauves et passe la porte de la chambre. Maintenant, c'est la grand-mère qui s'attarde dans l'encadrement de la fenêtre.

Dehors, la poussette s'embourbe sur le bas-côté. À grand renfort de gestes saccadés, d'impulsions synchronisées des coudes et des genoux, un coup en haut un coup en bas, la jeune femme parvient à dégager l'engin d'où dépassent deux petits pieds frétillants.

Éliane déglutit et, d'un mouvement ample du bras, rabat les voilages. Prisonniers de l'air, ils virevoltent un instant, les bateaux au crochet rebondissent sur le double vitrage qui n'assourdit ni le clapotis des gouttes sur les carreaux, ni le ruissellement le long de la gouttière. Au contraire, il expose les existences étriquées de la banlieue basse, les soupirs des pavillons identiques, les ronflements des saules pleureurs qui s'écroulent devant tant d'espoirs déçus, perdus dans ce panorama de vérandas embuées, tous ces dimanches passés à refaire la salle de bains, puis la cuisine, puis la moquette des chambres l'année suivante, puis, de nouveau, la salle de bains.

La banlieue où vit Mathilde n'est pas de celles qui étendent leurs villas et leurs hôtels particuliers derrière des portes cochères centenaires. Non, c'est une ville jeune, une ville « nouvelle » des années 1970. Autant dire une ville sans cachet, sans allure, sans âme, sans rien. Ici, les adolescents s'agglutinent sous les arrêts de bus et fument du hasch, avachis sur des scooters dont on a trafiqué les pots d'échappement. Il y a une Maison des Jeunes et de la Culture, vide, puisque personne ne la fréquente ; un club de foot pour les moins de douze ans, des infrastructures sportives vieillissantes. Dans le coin, la sortie, c'est la gare de RER ou la zone d'activités. L'horizon, c'est *Gémo* ou *La Halle aux chaussures*, le camion à frites et à churros sur le parking, et les canettes de soda dans lesquelles on shoote pour rigoler.

Éliane prend une bouffée d'air qu'elle accompagne d'un imperceptible gémissement. Cette maison respire la douleur. Comment se reconstruire quand les souvenirs sont partout, agrippés aux murs dans des cadres de bois clair ? Son fils n'a même pas encore débarrassé ses affaires alors qu'un an a passé. Tout est figé, le temps s'est arrêté. Ce n'est pas une habitation, c'est une sépulture. Même les rayons du soleil hésitent à pénétrer à l'intérieur, on jurerait qu'ils s'amoindrissent, ils sont plus blancs, plus froids, à l'image de cette atmosphère de pierre. C'est bien simple, depuis la mort de Karine, la chambre conjugale n'a pas bougé d'un iota, tout y est resté en l'état, jusqu'aux draps. Nicolas n'y dort plus, il ne touche à rien, il respecte la tombe. Où trouver les mots pour le ramener à la raison ? Ces paroles qui sauront apaiser sans condamner, inviter sans sommer, convaincre sans accuser ? Mathilde, cette chère enfant, est en danger, en danger de rater son enfance, elle doit apprendre à vivre sans sa mère. Il y a un temps pour la douleur, mais là c'est trop long, elle suinte par tous les pores de cette foutue baraque, ça devient intenable. Les vivants doivent survivre à l'absence. Crois-moi mon garçon, on peut tout surmonter.

— Mamie ? appelle Mathilde en étirant le cou par la porte, bah alors, c'est moi qui t'attends maintenant…

Sans entrain, les deux êtres redescendent en se tenant à la rampe. L'odeur du cacao baigné de lait tiède emplit tout le rez-de-chaussée. La fillette et la grand-mère s'asseyent à table, face à face. Entre elles, Éliane a posé une assiette de financiers à la pistache, les préférés de la fillette.

— Tiens, ma chérie, mange. Alors, cette journée ?

La bouche pleine, Mathilde hausse les épaules. Sa réponse laisse échapper une giclée de miettes vertes.

— Ç'a été. On devait faire un contrôle de géométrie mais la maîtresse l'a annulé parce qu'elle avait pas eu le temps de le préparer.

Le silence s'installe, gras, pesant, brisé de temps à autre par l'éclat de la faïence sur le contreplaqué et par son écho, renvoyé par quatre murs gonflés d'une nostalgie pachydermique.

Horripilée par ce calme, Éliane lance :

— Tu as envie qu'on en parle ?

— De quoi ? De la fête des Mères ? répond l'enfant de but en blanc.

Prise de court, la grand-mère bredouille :

— Oui, oui, la fête des Mères, c'est vrai ça, c'est bientôt. On peut en parler si tu veux. Ou alors de ce que tu as vu dehors. Tu sais, Mati, je suis là...

À ces mots, le visage de l'enfant s'habille d'un sourire triste.

— Merci.

De nouveau, le silence étrangle les gorges.

— Et sinon, l'école, ça va ?

Sujet de conversation élimé, la tentative de diversion tombe à plat.

— Dis, Mamie, tu crois que ça dure combien de temps, la peine ?

Éliane est soufflée par la question de sa petite-fille. Les enfants ont cette faculté à parler sans détour, c'est déroutant.

— C'est pas pour moi en fait, c'est pour Papa..., poursuit la fillette.

Voilà, on y vient, c'était couru.

— Comment ça « pour Papa » ? feint la grand-mère. Qu'est-ce que tu veux dire ?

Simuler la surprise, l'incompréhension, gagner du temps.

— Je sais qu'il est triste et que ça passe pas. La nuit, parfois, je l'entends crier. Je voudrais tant qu'il aille mieux, j'aimerais pouvoir l'aider mais je ne sais pas quoi faire. Quand c'est comme ça, on dirait qu'il m'en veut. Je sais que c'est pas vrai, juste qu'il est très malheureux.

Éliane se lève, sert un verre de jus d'orange à l'enfant, se rassied en face d'elle et prend sa petite main dans la sienne. Son regard s'attarde sur le liquide jaune qui se dandine dans le verre parsemé de papillons, elle se mord les lèvres. Elle cherche les paroles, la posture, le courage, la consolation, le sortilège. Le problème, on y revient toujours, c'est cette fichue bicoque.

— Et toi, l'interroge-t-elle à voix basse, qu'est-ce que tu en penses ? Tu en as encore, toi, de la peine ?

— Oui, un peu. C'est surtout quand je vois des mamans avec leurs enfants que ça me prend, comme celle de tout à l'heure, devant la maison. En ce moment, c'est encore plus dur, vu qu'il y a la fête des Mères. La maîtresse fait ce qu'elle peut, mais bon. Alors je me dis que, la peine, ça pourrait bien durer toute la vie. Et ça m'embête pour Papa.

Il est maintenant 19 heures passées, Éliane et Mathilde sont assises sur le sofa, devant la télévision. L'une à côté de l'autre, elles regardent une série pour adolescents que la fillette commente avec avidité. Les volets sont baissés, deux lampes discrètes diffusent une lumière ambrée. Nicolas, le père, ne va plus tarder : elles l'attendent, l'impatience se mêle à l'appréhension. Car, dans le sillage du trentenaire, il y a la mort qui refuse de le laisser en paix et la souffrance pour seule perspective. Ça fait comme un brouillard autour de lui, une brume où il s'évapore progressivement.

* * *

— Me voilà. Une nouvelle journée a glissé sur moi. Comme toutes les autres depuis un an. Je suis incapable de te dire de quoi elle a été faite. À part toi, je veux dire. Pas une minute, pas une seconde sans que tu sois là, avec tes reproches, « Tu n'es pas un bon père, tu l'oublies, occupe-toi d'elle, elle a besoin de toi. » C'est faux, ARCHI FAUX, tu m'entends ? Je fais ce que je peux. Ne t'avise pas de me donner des leçons, je te rappelle que c'est toi qui nous as laissés en plan. T'as le beau rôle, alors merde ! Tourner la page ? Comment veux-tu, alors que Mati te ressemble de plus en plus ? Ah ça, t'en as de bonnes, ma Karine, quand tu t'y mets… Un joint ? Ouais, ça me détend, tu peux comprendre ça quand même… Sans toi, je ressemble à rien, tu me manques tellement…

Nicolas aurait pu rentrer depuis une bonne demi-heure déjà, mais il a besoin d'un sas de décompression, avant de retrouver le pavillon perforé de ses deux Velux, la façade qui pleure sur leur ancien bonheur et le jardin qu'ils ne termineront jamais. Tous les jours, à la même heure, il bavarde avec son épouse. Au début, quand tout a commencé, il était seul, il le savait. Il se sentait vaguement couillon de s'adresser à sa boîte à gants, *Tu divagues, mon grand*, qu'il se disait. Mais les choses ont changé : Karine lui répond, il en est persuadé, c'est un dialogue qui s'opère. Bien sûr, il perçoit les regards inquisiteurs des passants, ces imbéciles pensent que sa lucidité s'est fait la malle, mais il n'est pas dingue.

La berline grise entre dans la cour, les graviers crépitent sous les roues. Quand elle distingue le bruit des pneus dans l'allée, Mathilde bondit hors du canapé pour venir à la rencontre de son père. Éliane, elle, tend la télécommande vers l'avant pour éteindre la télévision. Clé dans la serrure, la porte s'ouvre sur le seuil. Trois coups timides frappés contre la porte. *Toc toc toc.*

— Papa !

— Ma princesse !

Il froisse les cheveux de l'enfant venue se coller contre lui. Ce contact lui procure une chaleur discrète qui ne dissipe pas complètement le froid dans la bâtisse.

Éliane assiste aux retrouvailles. Pour s'assurer un maintien, elle a attrapé un torchon qu'elle tord entre ses doigts crispés. C'est toujours comme ça, avec Éliane, elle a besoin de s'occuper les mains.

Voilà peut-être l'unique héritage de sa propre mère, le seul reste de l'éducation qu'elle a reçue : *Ne reste jamais inactive ou, à tout le moins, fais en sorte qu'on te croie occupée, même si c'est du flan, même si tu fais semblant.*

— Mati, tu as des devoirs, non ?

— Non j'ai… Enfin oui, un peu…

La fillette a saisi, elle monte, elle doit laisser les grands causer. À l'étage ne lui parviennent que des bribes de conversation, entrecoupées de silences poisseux.

— Écoute, Nicolas, il va bien falloir que tu t'en remettes…

— Tu crois que c'est facile ?

— Non, je n'ai jamais dit ça, mais tu as une fille. Regarde, cette maison est gaie comme un caillou, Mati a le droit d'avoir une enfance heureuse.

— Si c'est encore pour me demander de venir habiter près de chez vous… La changer d'école et tout, tu imagines le traumatisme ?!

— Et continuer à vivre ici, à veiller une morte, c'est pas traumatisant, peut-être ?

Nicolas ne répond rien. Il arbore une mine aussi triste que la cravate à moitié détachée qui pend à son cou.

Devant la douleur palpable de son fils, Éliane se radoucit :

— Pardon, Nico, je n'aurais pas dû parler de Karine comme ça, excuse-moi. Mais je me fais du souci. Mati a mûri trop vite et elle s'inquiète pour toi. Je ne te demande pas une réponse tout de suite, je te demande juste d'y réfléchir. Rien n'oblige Mati à changer d'école avant le collège. Tu pourrais la déposer le matin, ton père ou moi irions la récupérer le soir. Tu vois, pour elle, ça ne changerait pas grand-chose.

3

Cette nuit, Mathilde s'agite dans son lit. Des cauchemars succèdent à d'autres cauchemars, tous plus ou moins identiques. Elle se voit tomber au fond d'un puits, au fond d'une crevasse, au fond d'un océan, et elle tombe et elle tombe, sa chute ne cesse jamais. De temps à autre, sa mère lui tend la main mais, au moment où leurs doigts se touchent, ils glissent, se ratent, et la chute se poursuit, inexorablement. Puis c'est son père qui tend la main, puis sa grand-mère, puis Magali, mais chaque fois c'est pareil, personne ne la rattrape. Apeurée et résignée, Mathilde s'enfonce dans l'immensité triste. Elle se réveille en sursaut, empêtrée dans ses draps défaits, les cheveux collés par la sueur et le cœur battant. Peu à peu, ses yeux s'habituent à l'obscurité et, reconnaissant son bureau, sa commode, l'ombre de son armoire, la lumière qui filtre sous la porte, elle reprend possession de sa chambre, délaisse la chute, habite ses murs et se laisse emporter par le sommeil.

Mais c'est la fois de trop. Cinq fois qu'elle se réveille depuis qu'elle est couchée ; cinq fois qu'elle n'ose pas appeler. Et puis il y a autre chose : le tapage qui provient de la cuisine la pousse hors de son lit. Pieds nus, elle se lève, devine le gilet pendu au dossier de sa chaise, pousse doucement la porte, frissonne en traversant le couloir à pas de loup, s'agrippe à la rampe et tend l'oreille. C'est la voix de son père. À qui parle-t-il à cette heure ? Ou, plutôt, avec qui se dispute-t-il ? Car il est énervé, c'est évident.

Discrètement, elle descend les marches. À mesure qu'elle approche du rez-de-chaussée, l'air frais se fait de plus en plus piquant, comme si le vent s'était engouffré dans la maison. Elle a la chair de poule.

— Lâche-moi, Karine… ou reviens pour de bon. Mais c'est non ! NOOOON !!!

Glacée d'effroi, l'enfant observe la scène.

— Papa ?

Nicolas, surpris, lève sur sa fille un regard glacial, acéré.

— Retourne te coucher, prononce-t-il d'une voix blanche.

— Mais Papa…

— Pas de mais ! vocifère-t-il. Retourne immédiatement dans ton lit ! Et toi, Karine, tu pourrais pas être un peu de mon côté, pour une fois ?

La fillette détale, déboussolée. Ses pieds nus frappent le carrelage. Elle se jette dans son lit, enfouit son visage sous son oreiller et se noie dans ses larmes. Au bout d'un moment, épuisée, elle se relève, allume sa lampe, s'assied à son bureau et se met à écrire sa douleur, fébrile et amère.

4

Vendredi 21 mai 2004

— Allô, Nico ?

— Allô ? Maman ? Y a un problème ?

— Mati n'est pas rentrée…

— Et il est…

— 17 h 15 ! Elle va avoir une demi-heure de retard. Nico, c'est pas son genre…

— Peut-être qu'elle discute avec une copine et qu'elle n'a pas vu l'heure…

Éliane sanglote.

— Maman, qu'est-ce qui se passe ?

Éliane renifle, se concentre :

— J'ai appelé l'école, ils disent qu'ils ne l'ont pas vue de la journée. Tu te rends compte, de la journée !

À l'autre bout du fil, Nicolas plisse les yeux en se massant la tempe comme pour stimuler sa réflexion.

— C'est pas possible, répond-il calmement, ils doivent se tromper. Elle est partie ce matin avec son vélo et…

— Tu en es sûr ? lance sa mère sur un ton inquisiteur qu'elle regrette aussitôt.

Il s'agace.

— Évidemment, quelle question ! Attends, qu'est-ce que tu veux dire ? Que je mentirais…

— Non, non, bien sûr que non. Pardonne-moi, je suis tellement inquiète, je crois que je ne sais plus ce que je raconte.

Éliane triture au fond de sa poche une feuille de papier pliée en quatre qu'elle a trouvée sur le bureau de Mati.

— J'arrive !

— Et moi, j'appelle ton père.

— Non ! On ne sait jamais, imagine que Mati trouve porte close.

— Tu as raison.

— Je vais faire le tour du quartier. Elle doit pas être bien loin…

— Entendu, et moi, je l'attends. On s'appelle si on a des nouvelles, hein ?

— Oui Maman, on s'appelle.

Il va raccrocher.

— Eh, Nico ?

— Mmh ?

— La police, tu crois qu'on peut l'appeler ?

— On attend encore un peu… T'inquiète pas, Maman, je suis sûr qu'elle va bien et qu'elle est juste à côté.

Nicolas a raccroché. Éliane, hagarde, se laisse bercer par la tonalité.

— Mon Dieu, murmure-t-elle, où es-tu passée, ma chérie ?

Elle se dirige vers une des fenêtres, soulève le voilage piqué, jette un œil distrait à l'extérieur. Une vilaine bruine a attaqué le pâté de maisons, un vent léger chatouille les flaques d'eau stagnante. C'est gris, c'est froid, c'est moche.

Pour la énième fois, elle extrait de sa poche le morceau de papier chiffonné. Ses yeux vagabondent à travers les marges, les carreaux, l'écriture enfantine, les majuscules appliquées, les ronds au-dessus des « i », les cœurs en guise de points. Ces consonnes et ces voyelles dont la graphie se tord au fur et à mesure. De l'application scolaire on passe au traumatisme d'une gamine délabrée, pas sûre d'elle pour un sou. Sa blessure exsude, la dévastation jaillit du pouce, de l'index et du majeur contorsionnés, l'encre bave, suinte, abîme les mots, gâche la syntaxe, et la peine, par-dessus ce bordel illisible, dit tout à la fin : « Maman, tu sais, Papa ne va pas bien ce soir. Mince, il arrive, je l'entends dans les escaliers, je reviens tout à l'heure. » Mati a abandonné sa lettre à sa mère morte à deux pas d'une chambre qu'on laisse croupir dans son jus de fin du monde. Sa lettre qu'elle pensait reprendre et qu'elle n'a manifestement pas voulu, pas pu peut-être… Et pourquoi ? Hein, pourquoi ?

Un soupçon se fait jour. Nicolas. C'est idiot. Vite, vite, gommer cette image stupide.

Soudain, une sonnerie retentit, vrillant les tympans d'Éliane. Ses intestins vibrent à l'unisson. Tout s'arrête. Puis son cerveau, de nouveau, se met en branle. Mati, Mati. Deuxième sonnerie. Elle se jette sur le téléphone.

— Allô ?

— Maman ?

— Nico ! C'est bon, tu l'as retrouvée ?

— Non, je suis en train de sortir du bureau. Mais je me disais, elle aurait pas laissé un mot par hasard, quelque chose pour... Tu sais, sa fugue...

Tout à coup, la lettre devient le secret qui maintient le lien entre l'aïeule et l'enfant.

— Non, rien, ment-elle en tremblant.

Le papier se recroqueville dans sa paume moite.

— Bon... tant pis... Si jamais tu...

Il semble déçu, non ? Ou plutôt rassuré ? Comment savoir ?

— Oui, oui, je t'appelle, répond-elle, mal à l'aise. Et toi aussi, hein ? Mon Dieu, faites qu'on la retrouve...

— Dieu n'y est pour rien, lance son fils avant de raccrocher.

Éliane a entendu, elle a perçu le reproche, le rejet, le dégoût. Tout son être vacille. Est-ce là un nouvel indice ? Dans sa main, le combiné ne porte plus aucune voix. Seule, debout au beau milieu de la pièce dans cette maison de malheur, la grand-mère demeure immobile.

Dehors, des crissements de pneus, suivis de reproches à tue-tête. Il faut dire qu'avec ce crachin, le bitume est humide, le caoutchouc adhère mal, les gens, en plus, traversent n'importe comment. À cran, Éliane s'accroche à toutes les aspérités du quotidien : le clapotis des gouttes contre la vitre, le vrombissement des moteurs en colère, la giclée de l'eau sur l'asphalte. Ce sont autant de décors à son canot de sauvetage. Parce qu'elle se bat. *Mon fils n'est pas coupable, non. Tout ça, c'est des histoires, je suis ridicule.* Elle est blême des pieds à la tête, Éliane, dans la clarté grise de cette fin d'après-midi qui s'assombrit de plus en plus. Son teint vire au kaki sous les yeux cernés, creusés par l'angoisse.

Elle s'assied sur l'accoudoir du canapé. Le plafond craque, cela ressemble à des bruits de pas.

— Y a quelqu'un ? demande-t-elle d'une voix chevrotante.

Les craquements se taisent, comme figés par la surprise. Foutue, foutue baraque. Éliane frissonne, c'est cette maison, le problème. Elle ramène les bras dans son giron, perd son regard dans l'écran noir de la télévision, tiraillée entre l'amour de ce fils qu'elle ne reconnaît plus et la trouille incommensurable, viscérale, de perdre la gamine.

Au bout d'un moment, les craquements reprennent, le parquet s'insurge contre l'humidité qui s'infiltre, la moisissure qui s'immisce, le désarroi qui s'incruste, la pourriture qui menace.

Assise sur le canapé où se reflètent des lueurs de miel alors qu'à travers les voilages s'annonce le crépuscule, Éliane sent une présence. Elle balaie la salle du regard, jette un œil méfiant vers la porte d'entrée puis vers l'escalier, tressaille en pensant au caveau du premier étage, se dit : *Je vais appeler les flics, si lui le fait pas, c'est moi qui le fais.* Elle sent un souffle sur sa nuque, sursaute, se reprend, *Cette maison va me rendre chèvre.* Elle croit percevoir un murmure, *Arrête ça, c'est le vent, ma pauvre Éliane.* Mais le mal est fait, elle a chaud, elle a froid, les frissons dévalent son dos. Dans son abdomen, son estomac se contorsionne. Sa raison, elle, est en colère.

* * *

La voiture de Nicolas engloutit les mètres par paquets de cinq cents.

Il a sillonné la ville en vain. Le front luisant, l'œil aux aguets, parlant à voix haute – tantôt maudissant l'absente, tantôt la suppliant de lui venir en aide –, il s'agite, le volant glisse entre ses paumes moites. Surtout, ne pas appuyer trop fort sur l'accélérateur. Sous son pare-chocs défilent le bitume et le marquage en pointillé de la nationale. Au bout, une autre ville, aux contours presque identiques, celle où il a grandi et où vivent encore ses parents.

Il cherche dans les fossés un petit vélo bleu avec un panier accroché au guidon, et la voiture, lentement, dévie vers la droite.

— Non, je roulerai pas moins vite !

Son corps est agité de spasmes, il se débat contre des mains invisibles. Brusquement, une embardée : au tout dernier moment, il réussit à éviter le tronc du peuplier deux fois centenaire, large comme pas possible, planté au bord de la route. Le véhicule part en tête à queue. D'un coup sec, Nicolas soulève le frein à main. Dans la violence du mouvement, sa tête a heurté le coin du tableau de bord avant de valdinguer contre le socle de la ceinture de sécurité. Par chance, aucun autre véhicule n'a croisé sa route. Il en est quitte pour une belle frayeur, une tempe douloureuse et une plaie superficielle d'où s'échappe un filet carmin.

Il respire bruyamment, laisse l'onde de choc se répandre le long de ses membres. Il se répète : *Ça tourne pas rond chez moi*. Il regarde le siège passager. Vide. Il vise le rétroviseur, personne à l'arrière non plus. Par acquit de conscience, il tourne la tête en grimaçant pour lorgner du côté de l'angle mort. Personne, personne nulle part, ni Mati, ni Karine. Mati ? Ça y est, ça lui revient, sa fille, sa disparition, sa fugue. Sa fugue ou son enlèvement ? Et lui qui reste là, comme un con, en travers de la chaussée, l'arcade sourcilière explosée ! Sa fille, elle est où, putain ?

Les jambes en coton, le crâne à deux doigts d'exploser et le cœur au bord des lèvres, il redémarre pour trouver sa petite dans la ville qui l'a vu jouer au ballon dans les terrains vagues et graver au cutter des mots d'amour sur les bancs publics. Le moteur vrombit. Au loin, il aperçoit le panneau rectangulaire avec son liseré rouge, le rond-point et sa décoration surannée, le pont du RER. *Où tu es, mon bébé ?* Nicolas ralentit : il a la sensation que tous les regards sont braqués sur lui. La pluie fine ajoute encore au maussade de cette ville ni trop basse ni trop haute, cette ville bon marché cernée par la ligne D, cette ville où, quoi qu'on fasse, on s'emmerde.

Devant l'école publique, on n'a pas retiré les panneaux électoraux où s'affichent à présent des lambeaux de candidats déchiquetés par l'humidité.

— Ils me fixent, prononce Nicolas à voix haute, les salauds...

Tout à coup, près de l'entrée du parc départemental, il discerne un vélo bleu, en tout point identique à celui de Mathilde. La voiture pile, Nicolas en descend en courant.

Le petit vélo est accroché à la clôture en bois d'un arbre jeune que la voirie a cherché à protéger.

Le père reconnaît immédiatement l'antivol, la petite peluche en porte-clés coincée au fond du panier, ça ne fait aucun doute, c'est le vélo de Mathilde. Ni une ni deux, le voilà qui fonce dans le parc, s'empêtre dans le tourniquet de l'entrée en maudissant l'invention retorse, ses narines accaparées malgré lui par une odeur lancinante de repas sur le point d'être servi.

Le jardin projette ses vallons sur plus de soixante-dix hectares. Écouteurs vissés dans les oreilles, des joggeurs y bravent le crachin ; plus loin, un groupe d'hommes torse nu en pantalons de lin blanc s'exerce à la capoeira devant une assistance clairsemée. À cette heure, les familles ont déserté le parc, l'abandonnant à des couples dissimulés dans les fourrés vert tendre, aux étudiants plongés dans leurs fiches surlignées au fluorescent, aux cercles d'amis rassemblés pour l'apéritif. Décidément, les relents de nourriture sont partout, des fumets de viande cuite dans son jus, venus d'on ne sait où.

Accaparé par la recherche de sa fillette dans cet amas d'herbes, d'arbres, de parterres fleuris et de jeunes gens puant le bonheur, Nicolas ne voit pas le rose crépusculaire qui, peu à peu, colore le ciel. Même la pluie qui, d'ailleurs, ne paraît mouiller que lui, il ne la sent plus. Évidemment, certains se retournent sur son passage. Un homme titubant, dont la tempe et l'arcade sont imbibées de brun, ça ne passe pas inaperçu. Mais il s'en fout, il poursuit son chemin, sonde le jardin, appelle son enfant, mais d'une voix si faible que personne ne l'entend.

De nouveau, la tête lui tourne, le sol, sous ses pieds, tangue. Il s'appuie un instant sur un banc avant de repartir, chavirant de plus belle sous les yeux incrédules des passants.

— Mati ! Mati !

Au loin, un peu en hauteur, l'aire de jeux suspend sa maisonnette en bois orange et sa toile d'araignée jaune. Lentement, porté par sa seule volonté et les jambes sourdes, Nicolas arpente la vaste allée ombragée. Là, une balançoire se meut doucement au bout de ses chaînes.

— Mati ! Maaati !

Son cœur s'emballe, peut-être est-elle là, derrière ce large poteau, jouant à la dînette, construisant un château – non, elle est trop grande pour ça. Mais qu'importe. Habité par un espoir inexplicable, irraisonnable, il s'approche, penche la tête de côté. Rien. Personne.

Il faut qu'il appelle sa mère.

* * *

Un courant d'air froid frôle sa nuque ; aussitôt, Éliane se raidit. Elle n'est pas seule dans cette maison qui s'entête dans le sordide. Elle se sent observée. C'est une gamine à présent, qui refuse de jeter un œil sous son lit et dans les placards, terrorisée par ses propres frayeurs. Dans l'obscurité, par un regard coulé de biais, elle croit percevoir un être évanescent, une nitescence bleutée qu'elle imagine danser en volutes. Appeler, elle doit parler à quelqu'un. Mais qui ? Les flics ? Nicolas ?

Son fils d'abord.

Ses doigts tremblent sur l'écran digital. Elle attend. Pas de sonnerie, seulement la voix dont elle connaît chaque nuance, sa messagerie, une calamité au vu des circonstances : « Bonjour, vous êtes bien sur le répondeur de Nicolas, je ne suis pas disponible pour le moment. Vous pouvez me laisser un message après le bip sonore. » *Biiiip.*

Soupçon. Elle hoquette. Inspire profondément. Compose l'autre numéro, plus court.

— Police secours, ne quittez pas, nous allons prendre votre appel. Police secours, ne quittez pas, nous allons prendre votre appel. Police secours, ne quittez pas, nous allons prendre votre appel. Police secours, ne quittez pas, nous allons pr…

* * *

Fébrile, Nicolas sort le téléphone de sa poche, qu'il tente, dans un mouvement réflexe, de protéger du crachin printanier. Mais c'est la déception :

écran noir, plus de batterie. Avec l'émotion, l'accident, les murmures et les reproches incessants de Karine, il n'aura pas entendu la notification avant l'extinction de l'appareil. L'image de sa mère, rongeant son frein, arpentant la maison, traverse brièvement son esprit. De dépit, il jette son portable inutile et accompagne son geste d'un feulement hargneux. De nouveau, le sol se dérobe sous ses pieds.

— Monsieur ? Tout va bien ?

Une main s'est agrippée à son coude, celle d'un agent du parc, un homme grand et sec, le cheveu épars sur un crâne luisant, le sourire franc. Emberlificoté dans le tumulte de ses pensées, Nicolas, surpris, sursaute et recule, comme secoué par un électrochoc, qui rend du coup son vis-à-vis méfiant.

— Monsieur, répète l'agent en faisant un pas de côté, une main en l'air – une attitude de drapeau blanc pour signifier *Ne craignez rien, je ne vous veux aucun mal*, un homme sur ses gardes, en somme. Ça va comme vous voulez ?

— Oui, articule Nicolas avec une inflexion âpre contre laquelle il ne peut rien.

La bruine s'arrête net. Eux ne s'en rendent pas compte, absorbés par ce face-à-face où chacun défie l'autre. Nicolas sent bien qu'il ne peut se contenter de cette réponse trop courte, l'autre, en face, est affamé de confidences. Alors il précise, la précipitation tenant lieu de garantie :

— Je cherche ma femme.

L'autre répond « ah », flaire qu'il ne serait pas de bon aloi d'insister davantage, plaint, en secret, l'existence de l'épouse qu'il suppose compliquée.

Le malaise s'installe, l'un et l'autre se déplacent légèrement tels deux prédateurs qui se jaugent.

Puis quelque chose, tout à coup, appelle le regard de Nicolas.

Là-bas, dans l'aire de jeux située en hauteur, Mati est là, le visage tourné vers le ciel, absorbée par le vol léger d'un groupe d'hirondelles. Sans plus se préoccuper du gardien, le père se met à courir.

— Mati ! Mati ! répète-t-il en trébuchant sur les graviers.

Il se rapproche de sa fille, voit son dos, ses tennis en toile rose, ses socquettes blanches rabattues sur ses mollets fuselés, son corsaire mi-long, blanc lui aussi, la pointe de ses pieds qui dodeline nonchalamment en suivant les mouvements de la bascule. Les bras de la fillette sont accrochés aux chaînes gainées de plastique rouge.

— Mati…, s'essouffle-t-il en gravissant la butée.

Est-ce qu'elle feint de ne pas entendre ?

* * *

— Police, j'écoute.

La bouche d'Éliane est sèche, l'anxiété étrangle les mots au fond de sa gorge. Ils finissent par sortir malgré tout, au compte-gouttes, en un filet de voix infime. Elle voudrait hurler et manque d'élan.

— Allô ? reprend l'agent. Désolé, je ne vous entends pas. Vous pouvez parler plus fort ?

Elle inspire, porte la main à sa poche pour sentir, à travers le tissu, la présence du papier et se donner du courage. Elle sanglote :

— Je vous dis que ma petite-fille a disparu…

— Votre petite-fille vous dites ? Ah, vous êtes la grand-mère ? Quel âge elle a ?

Elle renifle.

— Neuf ans.

— Et ses parents ?

— Je crois que…

La fin de la phrase se perd dans un gargouillis de pleurs et de miasmes.

— Désolé, madame, je n'ai pas compris, essayez de vous calmer, d'accord ?

— …Je crois que c'est… mon fils qui a fait une bêtise…

De l'autre côté de la ligne, le flic se méfie : des grands-parents qui se plaignent de ne pas voir assez leurs petits-enfants, il en a soupé. Le coup du j'appelle-la-police-pour-mettre-la-pression-aux-parents est un subterfuge qu'il connaît bien. Et puis les affirmations péremptoires, il faut les prendre avec des pincettes. C'est à l'école de police qu'on lui a appris ça.

— Depuis combien de temps vous ne l'avez pas vue, l'enfant ?

Éliane est si désemparée qu'elle s'accroche à cet échange : la voix du policier la rassure, l'État va maintenant prendre les choses en main, elle ne se débat plus seule désormais, ils vont lui ramener sa petite-fille, parce que c'est encore possible, hein ?

Elle bafouille :

— Elle aurait dû être à l'école aujourd'hui, mais elle n'y est pas allée. Elle devait rentrer pour 17 heures…

— Oui, mais vous, insiste l'agent, la dernière fois que *vous* l'avez vue, c'était quand ?

— Hier soir. Je suis partie d'ici dans la soirée et je ne l'ai pas revue depuis.

Les yeux de la femme se plissent, un nouveau spasme secoue son buste. Le cou jeté vers l'arrière, elle voit sans regarder les fissures qui lézardent le plafond et transpercent les murs jusqu'à la chambre maudite, juste au-dessus d'elle. Elle laisse échapper un « Oh mon Dieu » en se pinçant les lèvres.

— Madame ?

La sexagénaire s'écroule sur l'accoudoir du canapé et émet de minuscules onomatopées qui, noyées dans les émanations de son chagrin, s'apparentent aux miaulements du chaton qu'on s'apprête à immerger au fond d'un seau, une pierre autour du cou.

— Madame ? insiste le flic. Et votre enfant, où est-il en ce moment ?

— Mon enfant, c'est son père. La mère est morte. Il est parti la chercher, parvient-elle à balbutier au hachoir, s'étonnant de la cohérence de sa réponse alors que sa tête et son ventre sont un champ de bataille.

Elle suppose que le flic prend des notes, qu'il a actionné le haut-parleur, qu'il fait des grands signes pour enjoindre à ses collègues de se taire, c'est ce qu'elle a vu faire des centaines de fois dans des films, dès que les policiers prennent les choses au sérieux plus rien d'autre ne compte, ils donneraient leur vie pour comprendre le pourquoi du comment, idem dans les romans qu'elle a lus, des vieux flics à la retraite qui ne raccrochent jamais parce qu'une affaire les hante, c'est récurrent, et ça la rassure, Dieu comme ça la rassure. Elle imagine le silence qui tout à coup se fait dans le commissariat, les volutes de fumée poivrée, l'odeur de tabac froid émanant des cendriers pleins, les poussières s'ébattant devant les projecteurs, les autres flics pendus à sa parole à elle, les écoutes déjà programmées, le branle-bas de combat de l'alerte enlèvement.

L'autre répond simplement :

— Bien, ne bougez pas de là où vous êtes, au cas où votre fils ou votre petite-fille chercheraient à vous joindre. Je vais prendre votre adresse, nous allons envoyer quelqu'un récupérer une photographie de l'enfant.

Comment ce flic peut-il être aussi calme en pareilles circonstances ? Comprend-il seulement ce que signifie la perte d'un enfant ? Est-il idiot, sourd, sadique ?

— Madame, vous êtes toujours là ?

Il y a des pas au-dessus d'elle, elle en mettrait sa main à couper. Le visage ravagé, elle a fait glisser son bras le long de son flanc et a laissé choir le téléphone sur le sofa. Elle murmure, incrédule, sans trop savoir ce qu'elle baragouine :

— Nicolas, c'est toi ?

Cric crac.

— Mati, tu es rentrée ?

Et puis, un brin honteuse de ce qu'elle s'apprête à dire, vérifiant par un étrange réflexe de dignité qu'aucune oreille indiscrète ne l'écoute :

— Karine ?

Le combiné, abandonné dans le coton moelleux, grésille :

— Madame ? Madame ? Z'êtes avec moi ?

Le regard absorbé par le plafond, irrémédiablement tourné vers l'étage d'où semble provenir le tintamarre assourdissant, Éliane retrouve, presque par hasard, le chemin de sa conscience et, par la même occasion, celui du téléphone.

— Je suis là, confirme-t-elle en déglutissant. Vous allez bientôt arriver, n'est-ce pas ?

— Justement, votre adresse, s'impatiente l'agent dont les doigts sont devenus moites à force de s'agripper à son stylo, j'ai besoin de votre adresse.

* * *

— Mati ? C'est moi, c'est Papa…

Le dos de l'enfant reste stoïque. Avec mille précautions, Nicolas contourne la balançoire. Les battements de son cœur se répercutent dans son abdomen, ses jambes s'engourdissent, ses idées sont une épaisse marmelade. Au fur et à mesure qu'il avance, le profil de la fillette se détache. Il tend le bras droit, la main, c'est trop court pour la toucher, pour la sentir.

— Ma princesse, tout va bien, tout va…

Lentement, les épaules de la fillette se meuvent. Le cou, lui, est étrangement à la traîne, à tel point que les épaules se situent maintenant presque à quatre-vingt-dix degrés du reste du corps. Et cette odeur de graillon qui emplit les narines de l'homme aux abois, c'est dingue, d'où peut-elle bien provenir ?

La main de Nicolas est suspendue dans les airs, il retient son souffle. Une douleur lancinante pilonne sa boîte crânienne, quelque chose ou quelqu'un s'échine à vouloir broyer son œil droit. À présent, les épaules de la gamine font face au père, dans une position qui n'a rien d'humaine. À leur tour, cou et visage s'alignent. Le parc, en fond, perd de sa substance et l'adulte recule, saisi d'effroi : Mathilde n'a plus ni œil, ni paupière. En lieu et place de son regard, juste la peau fine et douce, légèrement striée de veines azur.

— Papa ? demande la bouche.

Nicolas, le front luisant d'une sueur gelée, bredouille, bégaie, c'est inaudible. Ses mâchoires claquent, il ne peut rien empêcher, c'est plus fort que lui, la peur l'a confisqué en entier.

— Papa ?

Ça vient de derrière. Mû par un réflexe, il fait subitement volte-face. Et trouve la même enfant, les yeux absents.

— Papa ?

À droite, c'est de la droite que ça vient. Il vire, il vole, suivant aveuglément la voix, tel un insecte fou enfermé sous un verre, cherchant en vain à s'extraire de cette vision machiavélique, se cognant sans cesse aux parois, sans prise, s'exténuant, *Ma fille, ma fille, que t'est-il arrivé ?*

— Papa ?

Ça apparaît, ça disparaît, ça l'appelle de tous côtés. Les mots s'entrechoquent, les voix se répondent, tintinnabulent d'une oreille à l'autre.

— Papa !

On dirait que ça s'énerve, que ça se met en rogne, que ça le poursuit, que ça lui en veut. Ça va finir par le rendre dingue. Paniqué, il appuie sur ses oreilles aussi fort que ses paumes le lui permettent et ferme ses paupières, tant et si bien que cela réveille la tempe enflammée.

— Papa !

Bouillant, essoufflé, il se dit qu'il va compter jusqu'à trois, convaincu, espérant plutôt, que les hallucinations auront disparu dès qu'il aura terminé. Il inspire, emprisonne l'oxygène dans son thorax, prononce à voix basse :

— 1, 2, 3…

* * *

Éliane chuchote l'adresse, les noms des personnes concernées et les numéros de téléphone plus qu'elle ne les énonce – elle n'y peut rien, c'est la trouille qui l'asphyxie –, si bien que le policier est forcé de tendre l'oreille à l'autre bout du fil et, en désespoir de cause, de lui demander de répéter. À la fin, il balance un « on arrive » las, suivi d'un « appelez-nous si jamais il y a du nouveau » peu convaincant, avant d'interrompre sèchement l'échange en raccrochant. Maintenant, le combiné émet un signal continu, rectiligne.

— Allô ? susurre-t-elle, s'agrippant au trait sonore comme à une bouée au milieu d'un océan furibard.

Au-dessus d'elle, soudain, une porte claque.

Les yeux rivés au plafond, la sexagénaire demeure statique, inspirant et expirant des bouffées d'air pour tenter de juguler sa respiration irrégulière et un rythme cardiaque en dents de scie.

Toc. Toc. Toc.

Éliane sursaute, projetée en arrière par sa propre surprise. Elle percute le guéridon, la lampe posée dessus vacille, hésite, puis s'écroule. Le socle en céramique se brise. Agonisante, l'ampoule clignote, un faux contact sûrement, et s'éteint.

Dans la pièce éclairée seulement par les lumières diffuses des réverbères, la pauvre femme se liquéfie, pendant qu'au-dessus les bruits s'intensifient, le plancher craque, quelqu'un ou quelque chose marche. Éliane n'y tient plus, elle veut savoir ce qui se trame là-haut et se moque d'elle. À tâtons, elle atteint l'interrupteur. Dans le miroir accroché à hauteur des premières marches, elle frémit en découvrant son reflet : pâle, les traits creusés, un teint cireux, des veines bleues lézardant son cou à la peau translucide. Elle se détourne vivement de cette femme dévorée par l'angoisse qu'elle ne reconnaît pas et entame son ascension.

À l'étage, le tumulte semble s'être calmé. Éliane redoute à présent cette tranquillité brusque, oppressante. Tout à coup, un souffle, là, sur sa nuque, une présence derrière elle, elle en mettrait sa main au feu. Elle se retourne, le cœur dans l'estomac. Mais non, rien, c'est l'absence de raison qui perturbe ses sens, les nerfs qui lâchent, cette baraque qui la trompe et s'en amuse.

Dieu, que cet escalier est long, on n'en voit pas le bout. Éliane grimpe, grimpe, le bras vissé à la rampe, le plexus écrasé sous la pression d'un corset imaginaire. *Là, par terre, c'est quoi ces gouttes rouges ?* Elle tressaille.

Dehors, la pluie s'est mise à tomber, des gouttes minuscules d'abord, des trombes d'eau maintenant. La flotte tombe dru sur les arbres, les plantes, elle rebondit sur les toitures, s'amoncelle sur les Velux, dévale le long des gouttières. Dans cette maison triste à pleurer, Éliane a la sensation d'être enfermée.

Partout, à l'étage, des photos d'elle, elle et son sourire, elle et son regard, elle et son teint de pivoine fraîche, elle et sa chevelure brune en désordre dompté, elle et son Nicolas, elle partout, elle qu'Éliane n'a jamais vraiment aimée, elle qui lui avait confisqué sa famille, qui bridait son fils, qui alimentait chez Mati un climat de défiance, elle qui, même morte, continue à engloutir l'existence de son fils et de sa petite-fille. A-t-elle seulement apprécié Karine ? Au début peut-être, elle est, comme tout le monde, tombée sous le charme de cette jeune femme jolie comme un cœur, polie, réfléchie. Mais c'était avant, avant qu'elle comprenne que politesse et réflexion n'étaient que la face lumineuse d'un caractère habitué aux calculs. Karine, Karine, comme elle a exécré ce prénom ; chaque fois que quelqu'un le prononçait, son poil se hérissait. S'est-elle réjouie de sa mort ? Non. Enfin si, un peu. Dévastée pour son fils et sa petite Mathilde, oui, évidemment, mais à titre personnel, disons égoïstement, l'annonce l'a rassérénée, il serait malhonnête de le nier.

Tu ne m'auras plus, Karine, pense-t-elle. *Tout ce qui arrive, c'est par ta faute, c'est toi qui as rendu mon fils comme ça.*

Cette pensée la ramène illico à la culpabilité de Nicolas. Elle lutte. Cherche le doute partout où il peut se trouver, mais elle y revient sans arrêt. Ses doigts n'en finissent plus de pétrir le papier laissé par Mathilde, il se déchire aux encoignures et l'encre, à force d'être réchauffée, déteint sur sa main. Éliane prend peur. La preuve, sa preuve, part en lambeaux. Mais la disparition progressive de ce témoignage protège son fils, et elle ne demande pas mieux. Sa conviction s'évapore. Le doute la hante, Éliane est un culbuto balancé au-dessus du vide, oscillant d'une falaise à l'autre.

Elle largue une œillade mauvaise à la femme immortalisée dans son cadre et envoie valser d'un geste brusque son sourire sournois. Le verre se brise et le cliché, à l'envers, n'est plus qu'un rectangle blanc inoffensif, sur lequel on a inscrit une date au crayon à papier. Troublée de s'être emportée, la femme reste devant les débris, interdite, sans penser à rien. Seules ses lèvres remuent imperceptiblement, feignant la parole.

Il faut plusieurs minutes pour que son esprit se réveille. Plus aucun craquement, même en sourdine, n'abîme le silence. Et alors, la disparition de l'enfant reprend toute la place. Le silence révèle l'évidence du drame.

Éliane se demande soudain si son corps ne l'a pas alertée, si, par le truchement d'une onde télépathique, son âme aurait pu se rebiffer au moment où Nicolas s'en est pris à la petite. Sent-on la mort d'un être aimé au moment où il passe de vie à trépas ? Elle cherche, dans les souvenirs de cette journée et les nimbes de la nuit, si un sentiment singulier, une sensation insolite ou une douleur anormale ne l'a pas traversée. Il y a bien eu cette migraine, sur les coups de 3 heures du matin. Se pourrait-il que ce soit ça ? Elle est déçue, elle s'attendait à quelque chose de moins… ordinaire. Elle se morigène brusquement : *Vieille bique, comment peux-tu avoir ce genre de considérations pseudo-métaphysiques maintenant ?* Elle soupire.

Les minutes s'étirent, longues comme une vie entière. Inutile, mortifiée par son impuissance, Éliane promène ses divagations de la lumière fauve de la cuisine à la pénombre du salon, en accomplissant de menues tâches en somnambule. Elle entreprend de nettoyer les gouttelettes rubis de l'escalier et de déblayer les éclats de verre et de céramique étalés autour de la lampe. Elle met de l'eau à bouillir pour une tisane qu'elle ne se fera pas. Elle commence tout, ne finit rien. Elle attrape un torchon pour essuyer des verres déjà secs et rangés. *Pourvu qu'elle n'ait pas souffert, espérons que ça a été rapide et propre.* Propre, oui. Elle la voit, sa Mati, morte au fond d'un trou, au bord d'une route ou dans le lit d'une rivière. La nausée l'emporte, elle se déteste de penser à ces choses-là. Mais sa vision lui échappe, *Pourvu que Mati n'ait pas froid sous la pluie*, et elle se pince en punition. *Vieille folle malsaine !*

Fourbue de se battre contre elle-même, elle tire une chaise, s'assied. Elle attend.

Prostrée depuis une éternité, la sexagénaire n'entend ni la sonnerie, ni les coups portés contre la porte. Elle n'entend pas non plus la friture des talkies-walkies ni les crissements des souliers des deux agents qui s'impatientent sous le déluge. En désespoir de cause, l'un d'eux regarde par la fenêtre, les mains placées en cône autour de son visage dégoulinant de flotte. Un rond de buée se forme lorsqu'il remarque à voix haute :

— Y a d'la lumière au bout là-bas, je suis sûr qu'il y a quelqu'un.

— Et l'adresse, t'es certain qu'on s'est pas gourés au moins ?

— Non, répond le premier en reculant pour relire le Post-it dans la lumière du réverbère, le 19, c'est ici.

— Bon, bah, on fait quoi, du coup ?

— On insiste encore deux minutes et, si on vient pas nous ouvrir, on se barre… Marche pas la sonnette, ou quoi ?

Des bribes parviennent mollement jusqu'à la femme enfermée dans son bocal de mutisme. Éliane sort de sa torpeur.

— Qui est là ? balance-t-elle en titubant vers la porte.

— Police ! répondent en chœur les agents trempés jusqu'aux os.

Elle appuie sur l'interrupteur. Une clarté agressive gifle le salon. Elle ouvre la porte sur deux fonctionnaires frigorifiés, l'uniforme gâté par l'humidité. Elle s'écarte, note leurs physionomies antagonistes, l'un petit, brun et rondouillard, l'autre beaucoup plus grand, athlétique, la boule à zéro et le visage pris en otage par deux oreilles décollées.

— C'est vous qui avez appelé le commissariat tout à l'heure ? commence le plus petit des deux.

Oui, non, peut-être. C'était il y a déjà plusieurs jours, n'est-ce pas ? L'esprit d'Éliane s'embrume, ses idées s'emmêlent, c'est le foutoir là-dedans, on n'y comprend rien. Oui, sûrement.

— Pour la petite fille ? précise le grand comparse, peu convaincu par son manque d'assurance.

Mati ? C'est de Mati qu'il parle ? Et Nicolas ? Elle dodeline à nouveau, oui, oui, c'est bien ça, pour la petite fille.

Le rondouillard cherche ses mots et un endroit où s'asseoir en se balançant sur ses talons.

— Et, euh… Y a eu du nouveau depuis ?

À cet instant précis, Éliane voudrait prendre la tangente : elle regrette son appel alors que son fils le lui avait défendu, l'intrusion de la police dans l'intimité de cette maison sanctuaire, ce charivari inconvenant ; elle craint les paroles qu'elle pourrait prononcer, les gestes qu'elle pourrait avoir, les meubles qui pourraient parler à sa place, les accusations qu'elle pourrait proférer sans même s'en rendre compte. Elle craint que ce foutoir judiciaire envenime une situation déjà compliquée, que ça la dépasse. Elle voudrait remonter le temps, ne pas avoir cédé à la tentation du téléphone, *Si ça se trouve tout va bien, la gosse est chez une copine, Nicolas n'a plus de batterie, pourquoi en faire un drame, une soirée tranquille dans une banlieue sans histoire, qui vous dit d'ailleurs qu'elle n'est pas déjà rentrée, elle est dans sa chambre, elle écrit comme elle le fait souvent, vous savez, Mathilde, c'est une petite fragile – non, j'ai dit fragile ? Je voulais dire rêveuse, un peu dans la lune, les enfants, hein, c'est souvent le cas, donc ma Mati, bah elle écrit. Mais elle joue aussi, et très souvent, avec tous ses amis, si vous saviez à quel point ses amis l'aiment et la réclament, la joie de vivre incarnée, ma Mati, tout comme notre famille. Le décès ? Oui, il y en a eu un, mais nous sommes des gens équilibrés, tout va bien maintenant, la vie a repris son cours, pas besoin d'en faire un pataquès…*

— Vous voulez un café ? Un thé ? Ou une tisane, vu l'heure ? s'entend-elle dégainer, la conscience torturée par toutes ces phrases qui ne sortent pas. Autre chose peut-être ?

Les deux agents échangent un regard étonné, si elle pense à leur proposer à boire, c'est que les choses ne sont pas si graves. Quoique, parfois, la nature humaine…

— Oui, pourquoi pas ? répond le grand homme à cette femme écrasée par le poids d'une situation qu'elle sent lui échapper. Un café, s'il vous plaît.

— Un café aussi pour moi.

— Bien, je vous en prie, asseyez-vous. Je reviens tout de suite.

Les deux fonctionnaires s'exécutent, les yeux irrésistiblement attirés par la lampe éclatée sur le parquet. Ravie d'avoir reçu leur bénédiction, Éliane tourne les talons.

Les deux agents restés seuls s'interrogent dans un silence réciproque. *Alors t'en penses quoi ?*

demande l'un en hochant le menton. *Bof, je sais pas trop*, répond son collègue par une moue dubitative.

Dans la cuisine, Éliane se cramponne à la cafetière qui émet un barouf de tous les diables, l'eau bouillante est aspirée dans le conduit et se mélange à la poudre noire, comme son sang à elle se dilue dans les glaires de ses tourments. La machine vibre à l'unisson de son cœur. Elle voudrait que l'appareil ne cesse jamais de fonctionner, elle dans la cuisine, eux dans le salon, tant que la cafetière s'active elle peut rester là, elle en a le droit, rien ne l'oblige à les affronter, elle prépare le café, c'est tout, *Il faut que le liquide s'écoule et ça prend du temps, c'est ça le bon café, il faut de la patience.* Mais le filtre fait le job, le café passe, l'odeur embaume jusque dans la pièce à vivre dans laquelle attendent gentiment les deux hommes vêtus de bleu marine, et il faut se rendre à l'évidence, les tasses, il va bien falloir les sortir pour servir ce maudit café qui, comme par hasard, s'est dépêché de couler, comme si elle avait besoin de ça.

Un sourire contrit accroché aux lèvres, Éliane s'approche des deux lascars. Dans ses mains tremblote un plateau sur lequel elle a disposé deux tasses remplies du breuvage fumant et un paquet entrouvert de langues de chat.

— Merci madame, dit le petit gros en attrapant fermement la tasse de ses dix doigts potelés.

Il souffle dessus : des volutes s'échappent de la mixture noirâtre nimbée d'une mousse parcimonieuse, se trémoussent quelques secondes, disparaissent. La pluie claque sur les carreaux, renforçant le malaise qui s'installe. Le policier porte la tasse à sa bouche, lape bruyamment une gorgée, grimace, trop chaud, repose.

— Bon, voilà, on va…, entame le grand.

— Vous auriez du sucre ? interroge le petit sans réaliser qu'il vient de couper l'herbe sous le pied de son collègue.

Éliane bondit, « Oui, oui, du sucre, bien sûr, suis-je bête », trop heureuse de différer encore l'instant fatidique. Le grand, lui, considère mollement la silhouette de la femme qui s'éloigne de nouveau et se tourne vers son acolyte.

— J'te rappelle qu'on n'a pas toute la nuit, le gourmande-t-il à voix basse.

— Oh, ça va hein, j'y peux rien, moi, si ça manque de sucre.

De retour dans la cuisine, Éliane prend appui sur la table, les deux paumes bien à plat, elle respire, c'est dur, trop dur. *Qu'est-ce que je fous là, qu'est-ce que j'ai fait, qu'est-ce que je vais leur dire, Mati, Nico, où êtes-vous, bon sang ?* Ses doigts repartent à la rencontre du papier froissé qui tapisse le fond de sa poche, doit-elle leur en parler ? Comment savoir ? Nicolas est-il capable de faire du mal à sa propre fille ?

À cette pensée qu'elle tourne dans tous les sens depuis plusieurs heures, elle frissonne, ça la prend derrière la nuque, ça descend le long de son dos, suit la cambrure de ses reins, asticote même le bout de ses orteils. Si elle pouvait, elle sortirait par une porte dérobée, là, tout de suite, elle laisserait les deux flics et elle irait chercher sa Mati. Elle mettrait aussi deux claques à son empaffé de fils, une pour l'inquiétude, une autre pour lui remettre les idées en place, parce qu'après tout, elle est encore sa mère et elle a ce pouvoir-là. Subitement, elle avise le cylindre rouge de la poubelle. Elle saisit le papier, relit pour la énième fois les mots inscrits à l'encre qui se débine salement, regarde encore la poubelle, puis le papier. Faut-il se débarrasser de la preuve ? Et si ce n'était pas une preuve ? Faut-il sacrifier le père pour l'enfant ? Ou l'enfant pour le père ? Comment savoir ? Hein ? Comment savoir ? Elle secoue la tête, se répond à elle-même que ce morceau de papier, c'est tout ce qui lui reste de sa petite-fille adorée, que s'en débarrasser équivaudrait à l'abandonner, et ça, elle ne peut pas s'y résoudre, *Si je le jette, je ne la reverrai plus*, c'est une certitude qui lentement s'immisce, une conviction magique, infondée, *Ce papier, c'est elle et tant qu'il sera là, tant que je le tiendrai, ma petite Mati restera en vie.*

— Bon, madame Martin, on a des questions à vous poser, entame le grand quand Éliane revient avec une boîte métallique. C'est, disons, la procédure, dans des cas comme celui-là. On a besoin de connaître, vous savez, les habitudes de la petite, son entourage, ses amis, ses enseignants, bref, tout ce que vous pourrez nous dire.

Éliane pose la boîte sur la table basse, prend place dans un fauteuil et attend, tête baissée, la volée de questions. Le grand flic se penche sur une serviette en toile foncée pour en sortir un formulaire, une écritoire en aluminium et un stylo-bille bleu. Son collègue précise en tournant son café :

— Il s'agit juste d'ouvrir une procédure de disparition inquiétante de mineur.

Éliane hoche la tête, perplexe, ces termes ampoulés ne rendent pas les choses plus limpides. Elle est résignée, prête à recevoir les coups.

— Nous avons besoin de votre nom complet, de votre numéro de téléphone, et de ceux d'autres personnes à contacter si nécessaire.

D'un ton monocorde, elle débite les noms, le sien, ceux de son mari et de son fils, les adresses, les numéros qu'elle vérifie au passage dans le répertoire en cuir qui la suit dans son sac à main.

— La mère de la petite est morte l'an dernier, s'entend-elle ajouter en guise de justification. Son père rentre tard. C'est pour ça que c'est moi qui gère les soirées.

— Et son père ? Où est-il ?

Les yeux de la femme roulent dans leurs orbites, son rythme cardiaque s'accélère, la chair de poule recouvre tout son corps. Elle bafouille :

— Injoignable.

— Ça fait longtemps ? questionne le plus petit, un éclair d'intérêt passant sur son visage.

Prise au piège, Éliane hausse les épaules, incapable de produire le moindre son.

— Madame, c'est important, souligne le grand. Pour votre petite-fille, il faut qu'on sache. Depuis quand n'avez-vous pas eu de ses nouvelles ?

Elle est au bord des larmes, elle redoute qu'en laissant sortir un seul mot, tout le torrent en profite pour se faire la malle. Elle feint de compter, cherche à gagner du temps. Capitule en fermant les poings sur ses cuisses.

— Depuis que je lui ai dit que la petite avait disparu…

— Et que vous a-t-il répondu ?

Sa voix est rauque, métallique, elle ne se reconnaît pas.

— Qu'il partait à sa recherche…

— Et depuis ? Plus rien ?

Elle hésite, doit-elle parler du dernier coup de fil ? Ça risquerait de l'enfoncer et, de toute façon, ça ne leur apporterait rien. C'est de son fils qu'il est question, la chair de sa chair.

— Non, plus rien depuis.

À présent, elle énonce la routine de la fillette, se creuse les méninges pour trouver le nom des copines dont Mati lui a parlé, décrit son caractère, sa personnalité, son opération de l'appendicite il y a deux ans. Et l'autre, face à elle, note scrupuleusement, avec son air de secrétaire blasé, gravant l'enfant dans le marbre de son questionnaire prérempli, ce qu'elle fut – *non, ce qu'elle est*, se corrige mentalement la pauvre femme. Entre deux hoquets, triturant l'ourlet de son chemisier, elle s'efforce de chasser l'image de son fils qui se faufile dans le champ de ses doutes ; elle se garde bien d'exprimer ses soupçons, préférant les enfouir, les refouler, quitte à les laisser s'installer, se reproduire à l'envi et se propager à l'intérieur de chacune des cellules qui la composent. Elle flotte, tâtonne, brûle de son embarras, manque de tomber à dix reprises dans le piège tendu par les flics. Oh, comme à cet instant elle exècre ce fils qu'elle protège envers et contre tous quand sa survie à elle lui commande de balancer tout de go : *C'est lui, c'est lui, je sais que c'est lui, regardez ce papier, écoutez la façon qu'il a de s'exprimer, de déraisonner tout seul, de chercher sa défunte épouse dans tous les recoins de cette maudite bicoque de malheur, c'est la folie qui l'a poussé à agir, mon Dieu, protégez ma petite-fille de cet homme qui m'est désormais inconnu.*

Mais elle se tait. Elle se mure. Elle se camoufle derrière cette façade de grand-mère tranquille et avenante, une femme sans histoire dans une famille sans histoire, une existence heureuse et paisible. Seul un léger tressaillement de sa paupière droite, à peine perceptible, trahit sa fébrilité. Car ce n'est pas un être qu'elle a perdu, c'est deux d'un coup.

Elle s'est engagée à appeler, a signé le formulaire, puis a regardé les deux policiers se lever, lui souhaiter bon courage, la saluer et s'en aller dans la nuit humide. Elle les a vus monter dans leur voiture garée dans le halo d'un réverbère malade. Et quand les phares du véhicule se sont allumés, quand les lueurs blanches se sont reflétées sur le bitume détrempé, quand la bagnole s'est éloignée avec un bruit de caoutchouc mouillé, elle a fermé la porte et s'est retrouvée seule dans ce salon, avec les restes de café et de biscuits sur la table basse. Sa solitude lui a sauté au cou, l'a étranglée, son cœur s'est contracté, elle s'est écroulée sur le parquet et elle a pleuré toutes les larmes de son corps, toute cette dignité qu'elle n'en peut plus d'afficher et toute cette rancœur qui la hante.

* * *

Seule. Des minutes. Des heures. C'est long. Les larmes ont séché, elle est vidée.

La sonnerie du téléphone crève le repos du pavillon, vrillant les tympans de la grand-mère, *dring* dans ses oreilles, *dring* dans sa poitrine, *dring* dans son ventre, *driiiing* jusque dans ses orteils, et son sang ne fait qu'un tour, elle se dit *C'est Nicolas, évidemment, quelle idiote je fais, comment ai-je pu croire une seconde qu'il avait sciemment disparu de la circulation, il est innocent, coupable de rien*, et son cœur se vide de cette bile qui tournait en vase clos depuis près de quatre heures. Cette légèreté retrouvée, ça fait un bien fou. Elle descend les marches quatre à quatre, elle tempête, *Dépêche-toi, ne va pas le louper, lui qui va t'annoncer que la petite est saine et sauve*, elle la voit d'ici d'ailleurs, Mati, la tête rentrée dans les épaules, la mine boudeuse de celle qu'on a prise en flagrant délit d'école buissonnière. *Allez va, c'est pas si grave, des conneries on en a tous fait, la raison on s'en fout*, elle est là, son fils la ramène, il a toute sa tête, ils sont sur la route même si l'ambiance ne doit pas être à la joie, rien n'est démoli, ils arrivent…

— Allô ?

— Madame Martin ?

Elle vomit un « oui ». Ça lui arrache les tripes.

— Bonsoir, madame. Je suis le lieutenant Paret. Voilà, suite à la déclaration de disparition de mineur, une enquête a été diligentée et c'est moi qui en ai été chargé. Nos recherches pour retrouver votre petite-fille sont pour l'instant restées infructueuses… Mais il faut quand même que je vous dise qu'on a retrouvé son père. On a admis Monsieur Nicolas Martin il y a quatre heures aux urgences de l'hôpital Saint-Vincent. Un accident de voiture apparemment.

— Mon fils, marmonne Éliane avec sa gorge nouée. Comment il va ?

— Je… je vais vous donner l'adresse de l'hôpital, d'accord ?

Sonnée par la déflagration, Éliane saisit un petit calepin et un crayon puis note d'un geste mécanique l'adresse dictée par son interlocuteur.

— Essayez de ne pas venir seule, c'est mieux.

D'une voix blanche, elle répond « Merci », ajoutant « Au revoir monsieur, bonne soirée à vous aussi. »

Éliane s'est assise calmement sur le sofa. Droite comme un piquet, son buste forme un angle droit parfait avec ses jambes. Elle est immobile, tout en elle l'est. L'onde de choc se propage dans la pièce, fige ses fluides corporels et entretient l'écho dans ses oreilles qui carillonnent des mots prononcés par l'inspecteur de police : « hôpital » – « voiture » – « accident ». Des mots-grenades, autant de coups portés, et le corps de la grand-mère s'effondre, comme criblé de balles. Machinalement, tandis que son buste se met à l'oblique, elle ramène ses jambes et ses bras sur sa poitrine, on dirait un fœtus cabossé. Elle ne pleure pas, ses yeux sont secs, et cette sécheresse est une torture supplémentaire.

Le pire, c'est que personne ne lui a encore dit que, sous l'impact, le coffre s'est ouvert, laissant voir un petit vélo bleu, des peluches accrochées au panier. Cette précision viendra bien assez tôt.

5

L'hôpital Saint-Vincent est immense. Réputé pour son service de pointe en cardiologie, l'établissement fait la fierté de la communauté de communes qui voit dans les visiteurs une manne de clients potentiels pour les hôtels et les brasseries alentour. Les patients venant souvent de très loin, leurs proches sont dorlotés, invités à rester le week-end entier. Certains ont suggéré qu'on ouvre un office du tourisme dans les locaux de l'hôpital. Finalement, on n'a pas osé, arguant que la proximité des quatre boutiques de pompes funèbres était déjà bien assez cynique, inutile d'en rajouter.

L'hôpital est composé d'une dizaine de bâtiments, répartis dans un parc arboré. On se repère au moyen de formes géométriques bleues, jaunes, rouges ou vertes. Une signalétique de centre aéré.

À cette heure, toutefois, on ne se repère plus, on cherche plutôt à s'échapper, car les heures de visite se terminent. Par endroits, des bulbes luminescents éclairent un buisson, jalonnent une allée, pointent une poubelle ou braquent les lierres d'une façade ancienne. La pluie pilonne les parapluies pressés d'en finir, des talons battent la mesure de pas tourmentés.

La quasi-totalité des fenêtres est allumée. Derrière l'une d'elles, dans la chambre 334, Nicolas est allongé, un turban de bandelettes recouvrant sa boîte crânienne. Il est seul, immobile, inconscient. Le personnel attend les résultats d'examens complémentaires, on ne sait pas encore s'il faudra l'opérer. Quelqu'un a surgi du couloir et articulé deux syllabes, « co » – « ma ». Dans le couloir peint en jaune terre, le personnel soignant déambule, pressé ou nonchalant. Sur des plateaux en plastique s'étalent les reliefs d'un dîner lyophilisé, salade de lentilles, rôti dans son jus, haricots beurre, saint-marcellin, compote pomme-pêche. Ça sent la nourriture, la pisse et le médicament. Le rance, la souffrance et l'espoir. Ça pue l'humanité et le bistouri. Comme si cela ne suffisait pas, on piétine un sol poisseux.

Étendu dans des draps floqués « Assistance publique », le corps de Nicolas ne contraint plus son esprit occupé à se débattre pour reprendre conscience. Plus grand-chose ne le retient de ce côté-ci de la réalité.

Après avoir ressenti une trouille viscérale à la vue de sa Mati métamorphosée en créature du diable, le voilà projeté, sans transition, devant une maison qui lui paraît confusément familière.

Déconcerté par le soudain changement de décor, il voit un jardin qui fait la gueule, une boîte aux lettres mangée par la mousse. En levant les yeux, il s'attarde sur les volets. Certains battants sont fermés, d'autres, mal attachés, tanguent à la merci du vent qui s'engouffre dans les lattes ajourées et laissent entrevoir, là un carreau brisé, là un voilage jauni par le temps. Le toit s'est un peu affaissé, des coulures brunes serpentent le long de la façade. Compte tenu de son état de délabrement général, il est clair que la maison est abandonnée. Il y regarde de plus près, s'attarde sur des détails. Et ça le gifle, c'est de sa maison qu'il s'agit. *Comment est-ce possible ? Que m'arrive-t-il, bon Dieu ? Mati, Karine, Maman ? Où êtes-vous ? Mais où êtes-vous, bordel ?* Maintenant que, fébrile, il s'approche, il remarque que la porte a été murée. Il prend sa tête entre ses mains, sent la chaleur d'un liquide épais sur ses doigts, considère le sang et hurle :

— Putain, mais qu'est-ce que…

Une voix étouffée, un bruit sourd et régulier. Ça vient de la maison. Il recule, chancelle, manque de tomber à la renverse, se rattrape *in extremis*, bascule la tête en arrière, plisse les paupières pour mieux voir entre les gouttes rubis qui lui piquent les yeux. Derrière une fenêtre à l'étage où il manque un volet – sa chambre, celle qu'il partage avec son épouse –, un visage se dessine. Puis un autre, plus jeune. Des poings tambourinent au carreau.

Une intuition effrayante se fait jour quand leurs voix assourdies lui parviennent :

— Au secours ! Nicolas, aide-nous !

— Papa, viens !

Il panique, *Mati, Karine, qu'est-ce que c'est que ce merdier, attendez, j'arrive, je vais vous sortir de là*, il court vers la porte, s'acharne contre les briques amalgamées, les martèle de coups de poing, de coups de pied, s'épuise, se blesse, vocifère. Et les voix, au-dessus, hurlent de plus belle, on dirait qu'elles le font exprès, plus il s'esquinte contre l'invincible fortification, plus elles tempêtent, et il grogne, et il rugit contre cette porte sourde et cette baraque, il gratte, tape, tire, beugle, *Fait chier, fait chier !*, se retourne à bout de souffle, cherche un objet, n'importe quoi, qui pourrait l'aider dans son opération de sauvetage, une hache, un extincteur, peu importe pourvu que ce soit gros et lourd, pourvu que ce soit solide et que ça existe, mais il est seul et la ville est déserte, et les voix, à présent, tour à tour, le réclament et fulminent, elles rient, rient devant son impuissance, et c'est lui qui est coincé, à l'extérieur de sa maison, à l'extérieur de sa famille, à l'extérieur de son corps, à l'extérieur de sa propre existence.

6

Nuit du 21 au 22 mai 2004

Il y a cet arrêt au feu rouge, à attendre l'improbable piéton. Les essuie-glaces mettent du cœur à l'ouvrage. *Ploc ploc ploc* tintent les gouttes qui s'écrasent contre la carrosserie. L'éclairage tamisé du tableau de bord confère une ambiance étrange à l'habitacle, un mélange de confort feutré et de modernité glaciale.

Agrippé au volant, Claude, le mari d'Éliane, ne quitte pas la route des yeux. À ses côtés, assise sur le siège passager, son épouse vagabonde d'une angoisse à l'autre. Elle contemple mollement le paysage, ne s'attarde sur rien. Elle revoit le petit morceau de papier dans le four, le rougeoiement des coins, le brunissement, l'écriture recroquevillée, la feuille tordue sous la chaleur, les cendres. Sur la pulpe de son index, la cloque laissée par la brûlure l'élance, souvenir de sa peau au contact inopiné de la grille ardente.

Elle allume une cigarette, fine baguette blanche dont elle conserve un paquet dans son sac à main.

Plus jeune, elle fumait beaucoup. À présent, sur l'insistance du médecin, elle a nettement diminué. De cette période de fumeuse invétérée, elle a gardé une voix légèrement rauque. Le paquet, au fond du sac, c'est juste au cas où. Et là, c'est indiscutablement un « cas où », le trajet, la disparition de Mati, l'accident de son fils l'y autorisent. Quant à Claude, fidèle à son habitude, il se tait. Parce que, Claude, c'est un taiseux, avec lui, pas question de parler à tort et à travers, il ne cause qu'à bon escient, il s'économise en permanence, comme si sa salive était une denrée rare. Il regarde droit devant lui, *Dieu seul sait ce qu'il pense*, se dit Éliane en aspirant une bouffée de nicotine.

La fumée agace son mari. Il a tiré le cendrier bien en vue et entrouvert la fenêtre avec un geste d'humeur, quitte à attraper la mort.

— J'espère que ça va…, marmonne Éliane à son mari qui se pèle en soufflant d'un air indigné.

Pour toute réponse, Claude allume l'autoradio, coupant court à toute tentative de communication. Point de partage d'inquiétudes, il en est pétri lui aussi, *Chacun pour soi si ça ne t'ennuie pas, tu gardes ça pour toi, moi aussi j'ai mal aux tripes, figure-toi, moi aussi ça me tord la tête de pas savoir, et puis si tu pouvais éviter de m'empoisonner les poumons avec ta merde, ça serait gentil.*

Éliane a compris. Elle s'enfonce un peu plus dans son siège, se ravise, ravale les mots qui allaient sortir, elle ne s'épanchera pas, ni ce soir ni jamais, elle appuie sur l'interrupteur de la fenêtre, laisse une ouverture de cinq centimètres, prend une dernière dose en plissant le visage et jette le mégot dont la braise s'étiole dans la nuit trempée.

* * *

Le néon des urgences brille au milieu des bâtiments aspergés de pluie. Avec leurs gyrophares surpuissants et leur sirène dont les premières notes retentissent par intermittence, les camions de pompiers font la nique aux ambulanciers qui fument sous l'auvent à l'entrée. *Il y a une effervescence dingue ici, ça rentre, ça sort, sur deux pieds ou sur des brancards, la vie tient à peu de chose.* Voilà ce qu'elle se dit, Éliane, au moment où, s'appuyant à la portière ouverte, elle pose un pied sur le sol. Ça, et aussi *Il fait froid, un temps de chien, on ne se croirait pas au printemps, putain de crachin.* Son corps se déplie, sa tête, elle, rentre dans ses épaules. Elle croise le regard de son époux qui se détourne aussitôt.

— On y va, on va demander, dit-il simplement, du ton de celui qui cherche une bonne boulangerie au milieu d'un village inconnu.

Son épouse acquiesce. Ils contournent les îlots de fumeurs et pénètrent dans le grand hall à la recherche des admissions.

Il y a la queue. Ils s'engagent au bout de la file, côte à côte, à des années-lumière l'un de l'autre. Elle voudrait s'appuyer sur lui, sentir la force de sa poitrine, sa protection, entendre les battements d'un cœur qui vit encore. Lui, il aimerait être ailleurs. Il ne lui a jamais pardonné. Cette distance qu'il met entre eux, c'est peut-être une façon de s'empêcher de poser ses mains autour de ce cou dont la peau se relâche, et de serrer. Finalement, cette distance, c'est pour la protéger.

— Monsieur Nicolas Martin ? demande Éliane à l'employée affairée derrière son hygiaphone. Notre fils a été admis chez vous il y a plusieurs heures.

Elle jette un œil implorant à son mari, *File-moi un coup de main, je t'en prie*, avant de préciser d'une voix blanche :

— C'est… euh… c'est la police qui nous a prévenus.

Sans cesser de tapoter sur son clavier, la secrétaire arque un sourcil et lance une œillade furtive à ce couple qui s'apprête à basculer vers les heures les plus sombres de son existence. Du moins elle suppose, car c'est toujours le cas. Un jour, quand le courage n'y sera plus, elle changera de boulot.

— Asseyez-vous un instant, un médecin va venir.

De nouveau, ils attendent, leur temps se gâche, les heures se déforment. Si cela n'avait pas été sérieux, la secrétaire se serait contentée d'annoncer un service, un numéro de chambre, ils s'y seraient rendus et on en serait resté là. C'est donc qu'on est sur un pont, sur un fil, entre deux berges ; l'une avec lui, avec Mati, une vie heureuse, avec ses aléas mais aussi sa dose de bonheurs faciles ; l'autre, où il n'y a plus personne, où le doute consume les grands-parents et où on n'a plus goût à rien. Les minutes s'égrènent sur le cadran géant à affichage digital vert, ils quittent la rive arc-en-ciel et s'approchent inéluctablement de la ruine. Éliane caresse machinalement la cloque laissée par la brûlure du four sur son doigt. Elle pense à Mati, *cette pauvre petite*, et s'insurge, mais là encore c'est stupide et elle le sait, contre ce qu'il faudra lui apprendre quand elle reviendra, les mots qu'il faudra que la gamine accepte, *Après sa maman, c'est son papa*. Parce que la fillette reviendra. Parce qu'aucun ciel, aucun dieu, aucune force n'a pu permettre que deux êtres, en une seule soirée, manquent à l'appel. Parce que, du coup, elle n'a d'autre choix que d'y croire.

Dans le hall, ça tousse, ça gémit, ça pleure. À l'autre bout, une enfant qui se tient le ventre de ses deux petites mains.

— Tu te souviens quand Mati a eu l'appendicite ?

— Oui.

— Et qu'on lui avait rapporté son drap préféré ? Dis, tu te souviens comme elle a été heureuse à ce moment-là ?

— Oui.

— Deux jours sans son drap, à l'hôpital, elle en pleurait, tout ça parce que Karine n'y avait pas pensé…

Claude se pince les yeux entre le pouce et l'index, et appuie sa tête contre le mur. Il souffle :

— Tu vas quand même pas recommencer ça maintenant, Éliane ? Tu penses pas que c'est vraiment pas l'endroit ? Laisse-la tranquille, Karine.

— Si, excuse-moi, ce n'est pas ce que je voulais dire.

— Alors t'as qu'à rien dire, ce sera mieux pour tout le monde.

Sur ce, il se lève, s'éloigne.

— Où tu vas ?

— Me chercher un café. C'est bon, j'ai ton autorisation ?

Sans attendre de réponse, il continue sa route vers la cafétéria et son icône jaune. Assise sur la chaise en plastique, Éliane considère tristement la silhouette souple de cet homme qu'elle a tant aimé. Elle se représente que, s'il lui avait proposé de lui rapporter quelque chose, elle aurait répondu : « Oui, volontiers, je prendrais bien un thé. »

Elle ouvre son sac, y plonge la main, en ressort son téléphone, appuie sur un bouton pour chasser l'écran de veille et vérifie qu'aucun appel, aucun message n'a passé outre sa vigilance. Rien, pas une notification, son mobile est désespérément silencieux. Sa petite-fille. Et ces flics. Que foutent-ils ? De dépit, elle renvoie d'un geste sec son cellulaire dormir au fond de sa gibecière.

Un homme vient se planter au-dessus d'elle. Elle reste quelques secondes interdite avant de remarquer la blouse blanche, le stéthoscope autour du cou, les cheveux clairsemés ramenés sur le côté pour dissimuler une calvitie irrémédiable, un front haut, une allure élégante, un charisme immanent, un regard affûté.

— Madame Martin ? demande le médecin en tendant une main glaciale.

— Oui, c'est moi.

Elle tremble, cet homme a le pouvoir de prononcer les mots, autant dire qu'il a le pouvoir de vie ou de mort sur son fils. Elle serre sa paume, ce contact est une torture.

— Votre époux n'est pas avec vous ? La secrétaire m'a prévenu que vous étiez arrivés ensemble.

— Je... Il... Ah, le voilà ! annonce-t-elle en voyant Claude apparaître au bout du couloir.

— Bien. Bonjour, monsieur.

Nouvelle poignée de main.

— Votre fils est marié ?

Éliane et Claude se regardent. Quel est le rapport ? C'est Claude qui répond. Et s'il prend la peine de répondre, c'est que c'est important.

— Oui, il l'a été, mais son épouse est décédée l'an dernier. Docteur, notre fils, comment va-t-il ?

— Allons dans mon bureau, suivez-moi.

Ils suivent, bon an mal an, mais ils suivent. Les questions jaillissent par milliers, c'est un océan qui se déverse en eux, mais ils suivent, dociles, tels les enfants bien éduqués qu'ils ont toujours été.

Le bureau est vaste, le mobilier épuré. Il y a une table, un fauteuil en cuir d'un côté, deux fauteuils à roulettes plus modestes de l'autre. Dans un coin, une plante verte à feuilles grasses confisque la lumière.

— Asseyez-vous, je vous en prie. Je peux vous proposer à boire ?

— Docteur, s'il vous plaît, notre fils ? implore Éliane au bord des larmes.

Le médecin s'assied à son tour. Derrière lui, le store cache mal les va-et-vient bleus et rouges sur l'esplanade. Ces lumières violentes accentuent le mordant de ses pupilles. La scène est irréelle, le couple vit un cauchemar.

— Votre fils, commence-t-il en croisant ses mains sur le revêtement en stratifié, a subi un grave accident de voiture au cours duquel sa tête a heurté violemment le côté de la portière.

Il parle lentement, choisit chaque mot qu'il prononce. Il sait, sa longue expérience le lui a appris, à quel point la diction a son importance dans l'acceptation des tragédies par les proches. Toutefois, l'exercice est toujours difficile, il ne se blindera jamais vraiment contre la douleur qui transpire de ces hommes et de ces femmes lorsque la sentence tombe. Face au silence du couple, il poursuit :

— Lorsqu'il est arrivé, il était déjà dans un coma très avancé. Le test de Glasgow, effectué par le médecin du Samu, a révélé un état de conscience de niveau 3.

Il ajoute, devant l'air perplexe du couple :

— Ce test nous permet de définir l'échelle d'inconscience dans laquelle se trouvent les personnes. Nous avons une échelle de 3 à 15, 15 représentant un niveau de conscience absolue, 3 étant le plus bas niveau. Cela signifie en d'autres termes qu'il n'y a ni réponse verbale, ni réponse motrice, ni ouverture des yeux.

Éliane déglutit.

— Le cerveau de votre fils a été endommagé. Nous ne savons pas encore à quel point, nous attendons le résultat de l'IRM. Ce que je peux vous dire, c'est qu'il n'a manifestement pas été oxygéné pendant plusieurs minutes.

Face à lui, les deux êtres perdent de leur substance, ils s'étiolent, l'enveloppe charnelle se rétracte quand l'essence de leur être bouillonne. Le médecin connaît ça, la frustration devant des termes techniques, l'attente insoutenable du verdict. À leur place, il en crèverait. Mais voilà, il ne sait pas comment annoncer autrement à des parents que leur fils va peut-être mourir.

— Cela signifie que le pronostic vital de votre fils est engagé. À cette heure, je ne peux me prononcer sur son réveil, ni sur le fait que, s'il se réveillait, il n'en garderait pas de très lourdes séquelles. Il faut à présent attendre le résultat des examens complémentaires que nous sommes en train d'effectuer.

Ils ont entendu, ils ont même compris, derrière la pudeur de ce jargon neutre, que leur fils ne sera peut-être plus jamais le même.

— Je suis désolé.

Ils hochent la tête de conserve. Cette marque de sollicitude plane dans la pièce comme une plume légère. Ces cinq syllabes ont suspendu le temps. Les lèvres du médecin se referment, laissant le choc, puis le vide sidéral raccorder les chairs. Dans l'esprit d'Éliane, une idée se fait jour, une idée qui la dévaste. *Mati contre Nicolas. Je te donne la vie de l'un contre la vie de l'autre*, une sorte d'échange standard, une transaction contractuelle, un pacte avec le Diable. *L'existence de la petite contre celle du père, et on est quittes.* La douleur lancinante au bout de son doigt la ramène au dernier message de Mathilde, « Maman, tu sais, Papa ne va pas bien ce soir. Mince, il arrive, je l'entends dans les escaliers, je reviens tout à l'heure. » Ça tourne en boucle, et elle est impuissante face à la haine de son fils qui étend lentement ses tentacules sur son cœur.

Oui, mais voilà, c'est son fils.

On fait comment, quand on est une mère ?

* * *

Le médecin les a congédiés, poliment bien sûr, loin de lui l'idée de les brusquer, mais il a d'autres patients, d'autres urgences, du travail, des résultats à interpréter, des traumatismes à classer. Au début de sa carrière, il voulait par-dessus tout sauver des vies, c'était son credo, le serment d'une jeunesse imbue d'elle-même et plutôt ridicule. Mais aujourd'hui, à plus de cinquante-cinq ans, après bien des nuits sans sommeil et des soins sans utilité, tout cela est derrière lui. Pire, l'expérience le rend plus démuni encore que le commun des mortels. Car, mieux que quiconque, il sait qu'il est vain de lutter contre l'heure décidée de longue date par une force obscure. L'impuissance est son fardeau. Il se refuse donc à tout pronostic trop optimiste. « Préparez-vous à la mort, au mieux vous aurez une bonne surprise, au pire vous ne serez pas déçu », tel est son leitmotiv. En public, lorsqu'on l'interroge sur son métier, cette croix qu'il trimballe, il prétend qu'on ne s'habitue jamais, que chaque patient qui meurt emporte un peu de lui-même, il fait bonne figure. Mais il ment, tout blasé qu'il est en réalité par ces annonces qui l'épuisent et les réactions des familles qu'il n'a plus l'énergie de gérer.

L'aube a fait entrer une nouvelle équipe au service des soins intensifs. À bout de forces, Éliane et Claude sont sortis prendre l'air sous un ciel cobalt strié de serpentins roses. Silencieux, chacun enfermé dans sa souffrance, ils aperçoivent soudain le frère aîné de Nicolas, qui sort de sa voiture. En jeans et pull serré, le visage blafard de celui qu'on a tiré du lit, il s'approche à grandes enjambées.

— Ah, Vincent, tu es là, l'alpague sa mère.

— Maman, Papa, comment il va ?

Les traits d'Éliane se contorsionnent, le barrage fragile de ses sanglots fuit. Face au désarroi de sa mère, Vincent se tourne vers son père :

— Papa, il n'est pas… ?

Claude tend la main vers son fils, l'enlace comme il le faisait lorsque ses gosses étaient gosses mais que l'heure était assez grave pour que s'engage une discussion d'hommes.

— Viens, lui dit-il en le poussant doucement vers le sas, on va t'expliquer.

Mais l'autre refuse d'avancer, il veut savoir, là, maintenant, tout de suite, son frangin, son meilleur ami, ses souvenirs, alors quoi ?

— Papa, je t'en prie, dis-moi, Nico…

Claude déglutit. Il vient de vieillir de trente ans.

— Ton frère a eu un accident de voiture, il est dans le coma.

— Et… il va se réveiller, hein ?

À l'intérieur, la digue d'Éliane est en train de s'effondrer, elle est agitée de spasmes, les larmes sont incontrôlables. Vincent se crispe, Claude hausse les épaules, esquisse une moue, se rétracte et préfère, finalement et comme toujours, l'apaisement du silence à ce trop-plein sonore.

— Et Mati ?

Cette question, balancée dans un élan de sagacité, Vincent l'a presque criée. Éliane n'y tient plus.

— S'il te plaît, Vincent, rentre…

— Elle était dans la voiture, c'est ça ?

— On ne sait pas, bafouille-t-elle.

— Comment ça, « on sait pas », tu te fous de moi ? On doit bien savoir si elle était dans la bagnole ou pas, quand même !

Quelques fumeurs, qui chaloupent d'une jambe sur l'autre pour conjurer le froid dans le brouillard de leurs cigarettes, tournent la tête vers leurs éclats de voix. L'hôpital, c'est un peu l'antichambre du cimetière. Ici, le tapage est proscrit et il vaut mieux faire profil bas, éviter d'attirer l'attention de la faucheuse.

— Calme-toi, reprend Claude un ton en dessous, on est tous à cran, d'accord ? Ce que ta mère voulait dire, c'est qu'on ne sait pas où est Mati.

Silence. Face au mur d'incompréhension, il précise :

— Elle n'est pas rentrée hier après l'école.

Éliane regarde le ciel, on dirait qu'elle pleure toute la pluie qui ne tombe plus. Les yeux de Vincent passent de son père à sa mère à toute berzingue. Puis s'arrêtent brusquement.

— Vous avez prévenu la police ?

La femme acquiesce d'un air de désaveu pendant que son époux se perd dans les lueurs bleutées d'une ambulance stationnée à cinq mètres d'eux.

— C'est pas grave, Maman, c'est pas ta faute, tu as fait ce qu'il fallait.

7

L'homme est de taille moyenne. Il porte une veste beige sur un t-shirt noir soulevé par un ventre légèrement bedonnant, un jeans délavé, un trou large comme une pièce de monnaie au-dessus du genou d'où s'échappe un fouillis de fils blancs, une paire de baskets marron. Le visage émacié encadré par des cheveux châtain clair, une cicatrice biffant son sourcil gauche, il se tient devant la porte close de la chambre, seul, les deux mains au fond de ses poches. Autour de lui flotte une vilaine odeur de café et de tabac froid. À part lui, le couloir est vide. On dirait que les infirmières et les médecins ont déserté.

Lorsque les parents et le fils arrivent à sa hauteur, ils s'étonnent en sourdine de sa présence. Habitué à arriver comme un cheveu sur la soupe, il ne se démonte pas, sort une de ses mains de sa poche, présente une carte ornée d'une veine bleu blanc rouge.

— Vous êtes de la famille de Monsieur Nicolas Martin ?

Hochements de tête simultanés.

— Bonjour, je suis le lieutenant Paret. C'est moi qui suis chargé de la disparition de… hum… Mathilde Martin.

S'adressant maintenant exclusivement à Éliane, il dit :

— Je suppose que c'est vous que j'ai eue au téléphone tout à l'heure.

Éliane opine du chef en frissonnant. La cloque sur son doigt est de plus en plus cuisante, c'est infernal. Discrètement, Vincent s'approche de sa mère, pose ses mains sur ses épaules, l'accule. *Tiens bon*, lui enjoint la chaleur de son torse, *ça va aller Maman, on est tous dans le même bateau, et on va pas couler*.

— Vous devez être le grand-père ?

Claude acquiesce à son tour.

— Et moi, je suis son oncle, intervient Vincent d'autorité.

— Côté paternel ou maternel ?

— Paternel. Nicolas est mon frère.

L'inspecteur a sorti un carnet et un crayon. Il note quelques mots.

— Et comment va-t-il ?

— Il est dans le coma, répond Éliane d'une voix vacillante. Les médecins refusent de se prononcer pour le moment.

— On attend, conclut Vincent.

Le vis-à-vis note, encore.

— Mmh, pas de nouvelles, de coups de fil, de messages ?

Pour quelle raison ne s'adresse-t-il qu'à elle ? Sent-il une faille dans sa défense, une barricade prête à céder ?

— Rien.

— Vous auriez été prévenu, intervient le fils.

Le flic lève un sourcil et arrose Vincent d'une œillade perçante. Il y a une défiance entre ces deux-là, un combat qui s'engage. Est-ce la proximité de l'âge qui en fait deux jeunes coqs prêts à en découdre ? Ou, plutôt, leurs intérêts divergents – l'intuition que tout n'est pas clair pour l'un, la volonté de protéger celle qui l'a mis au monde pour l'autre ?

Mais le lieutenant ne relève pas ; il se tourne ostensiblement vers Éliane.

— Vous avez remarqué des choses particulières dernièrement ? Votre fils, le père de Mathilde, avait-il un comportement étrange ?

— Je… je ne crois pas… non.

— Sa femme est morte l'an dernier, c'est bien ça ?

Il n'attend pas de réponse, il la connaît de toute façon.

— Et il en a été très affecté, selon vous ?

Cette fois, Vincent s'échauffe, sort de ses gonds :

— À votre avis ? Évidemment qu'il en a été affecté ! Qu'est-ce que c'est, cette question à la con ?!

— Vincent, je t'en prie, bredouille Éliane.

Le flic s'en fout. Inatteignable, il ne se départit pas de son calme et profite de l'occasion pour épingler le frère aîné :

— Et vous ? La mort de votre belle-sœur, comment l'avez-vous vécue ?

— Je… mais… je… mal bien sûr, c'est douloureux pour toute la famille, mais… je ne comprends pas votre question. Dois-je y voir une insinuation ?

Ravi de son effet, le lieutenant enchaîne.

— Non, je n'insinue rien, je cherche à comprendre. Vous savez, dans la majorité des cas, les disparitions d'enfant sont le fait de l'entourage. C'est embêtant que je ne puisse pas interroger le père…

Observant la scène depuis le début, Claude s'en mêle :

— Monsieur…

— Lieutenant…

— Oui, lieutenant, si vous voulez. Vous voyez bien que le moment est mal choisi, mon épouse est épuisée, elle est très inquiète, comme nous tous. Je vous demande de respecter ça et de vous occuper de retrouver notre Mati. C'est ça, votre boulot, non ?

Sur ce, il ouvre la porte et entre dans la chambre de Nicolas, en entraînant sa femme et son fils dans son sillage. Il s'agit de clouer le bec à ce sous-fifre odieux et sans une once de commisération. Mais il n'a pas le temps de fermer la porte.

— Justement, c'est ce que je fais. Et vous ne m'aidez pas beaucoup. Mais bon, dites, on a retrouvé un vélo bleu de la taille d'un enfant dans le coffre de la voiture accidentée. Ça vous parle ? Un vélo bleu ? Hein ?

Les trois membres de la famille se figent, estomaqués.

— Non, ça ne vous dit rien ? persiste le flic devant les dos statiques. Bon, tant pis. Je vous appellerai si j'ai du nouveau.

Et il tourne les talons, abandonnant une mère, un père et un fils interdits, devant un lit d'hôpital sur lequel gît un moribond que tout accuse.

8

Samedi 22 mai 2004

Il y a les machines, *bip bip bip*, qui contrôlent la régularité des battements de son cœur, les chiffres, le cardiogramme insolent sur l'écran.

Il y a ce bruit de piston produit par la boîte froide qui s'efforce d'apporter à son corps l'oxygène qu'il réclame.

Il y a ce plateau-repas qu'on n'a pas touché, cette odeur de rance et de médecine. De mort aussi, un peu.

Il y a les bandelettes qui enveloppent le haut de sa tête. L'hématome autour de son œil. Le jaune, le bleu, le violacé.

Il y a ses mains, ses jambes, ses pieds dont on devine le renflement sous les draps rêches.

Il y a le carrelage froid, le froissement des blouses et le couinement des mules étudiées pour les longues stations debout.

Il y a les voix, les chuchotements derrière la porte close, tout un monde au-delà de cette chambre.

Il y a surtout une mère qui observe son fils dont la vie s'en va. Se bat-il ? Elle n'en sait rien. Le veut-elle ? Ce n'est pas dit. Elle oscille, elle chaloupe, elle tangue, elle vire, un bord, puis l'autre, faut-il qu'il s'en aille, faut-il qu'il s'accroche ? Faut-il qu'il s'efface pour que Mati revienne ? Éliane chasse cette idée stupide de toutes ses maigres forces ; mais le pacte démoniaque est scellé, elle n'y peut rien, c'est trop tard, elle s'en veut, ce contrat, c'est elle qui l'a provoqué, elle qui a invoqué le Diable et tous ses sbires, elle ne peut plus reculer… Comment a-t-elle pu, comment peut-elle… Elle est perdue. Et si fatiguée.

Elle veille son fils.

Il va se réveiller.

Il va lui raconter.

Ce qui s'est passé. La signification du message laissé par sa fille. Ce qu'il lui a peut-être fait. Là où il l'a mise. Là où on devrait sûrement la retrouver.

Et s'il ne se réveillait pas ?

Si le doute était l'unique horizon ? Si l'angoisse, aidée par le temps, se changeait en manque, et le manque en soupçon ? Soupçonner vaut-il mieux que savoir ? Se perdre en conjectures ou se rouler dans la fange de la vérité ? Subodorer, c'est encore avoir le droit d'espérer. Mais l'espoir perpétuel, qui peut se muer en crainte éternelle de la sentence qui pourrait bien arriver à tout moment, n'est-il pas une prison plus cruelle ?

Alors, lui ou l'enfant ? L'enfant ou lui ? On sauve qui ?

Y a-t-il un degré d'amour dans les liens ?

Face à son agonisant, Éliane est une boule d'interrogations.

Un souffle froid court sur sa nuque, hérisse la naissance de ses cheveux. Elle est tellement lasse. Elle passe une main sur son cou, l'autre rabattant les pans de sa veste sur sa poitrine.

Nicolas...

Elle sursaute, se retourne prestement, la voix, cette voix, non rien, c'est dans sa tête, c'est comme tout à l'heure dans cette maison de l'enfer, c'est sa raison qui débloque.

Nicolas...

Elle tressaille. Est-ce un souffle, le sien, qu'elle contrôle mal ? Ou le bruit du vent qui s'engouffre sous les fenêtres fixées à la va-vite ? Et cette voix la ramène un an plus tôt, presque jour pour jour, lorsque Karine était là, à la place de Nicolas, dans une chambre passablement identique, les dessins de Mati en plus accrochés à la pâte à fixe sur le mur près de la perfusion. Éliane se rappelle, les mêmes bosses sous les mêmes draps, les mêmes machines, les mêmes cliquetis, les mêmes sonneries lancinantes de l'électrocardiogramme, la même odeur, le même désespoir, la même tristesse infinie.

Sauf que.

Elle se rappelle le goutte-à-goutte du traitement injecté dans les veines de sa belle-fille, le visage creusé d'une mourante jadis si belle. Son malaise de la voir ainsi diminuée, son ennemie n'était plus à sa mesure. Elle se remémore aussi l'extraordinaire puissance qui émanait de son corps à l'agonie, son pouvoir de faire souffrir son fils qui sombrait dans un désespoir sans fond. Elle s'était dit, *Il faut que ça s'arrête, ça fait trop mal à Nicolas, ça fait trop mal à Mati, chaque jour qui passe est une torture supplémentaire, ce départ imminent sans cesse repoussé, un supplice pour toute la famille, Karine, ne veux-tu donc pas te décider à nous laisser tranquilles*?

Oui, ça l'avait traversée, cette envie d'accélérer le processus. Quand elle s'était retrouvée seule avec Karine, dans la chambre neutre de l'hôpital, elle avait cherché comment éteindre les machines qui retenaient ce filet d'existence en dépit du bon sens, elle s'était imaginée sectionner des fils, débrancher des prises, perforer des tuyaux. Son regard haineux de louve parcourait et fouillait les recoins pendant que la voix à peine audible de Karine appelait « Nicolas », « Nicolas ».

À présent, c'est Nicolas qui gît devant elle. Vivant, et si peu à la fois.

Éliane fait le tour du lit, s'assied, le corps de son fils penche sous l'effet de son poids sur le matelas, on dirait qu'il bouge, emmuré à l'intérieur de sa propre carcasse.

— Nico, commence-t-elle, étranglée par l'émotion, il faut que tu reviennes…

Elle s'interrompt, attrape un Kleenex, s'essuie le nez, reprend la ronde de ces mots qui la déchirent :

— Tu comprends, Nico, il faut que tu nous rendes Mati…

Elle perçoit la conversation de deux infirmières, juste derrière la porte. Elles commentent un reportage qu'elles ont vu hier à la télévision, la malbouffe et ses quantités de gras, de sucre et de sel qu'on avale sans le savoir, l'inexorable prise de poids à laquelle nul ne peut échapper. *C'est ce qu'ils mettent dans leur saleté de bouffe.* Ça la perturbe, Éliane, cette irruption du quotidien dans sa tragédie. Elle jette un œil mauvais du côté du couloir, se lève, pousse sur la poignée pour s'assurer qu'elle ne peut pas mieux fermer, tire les rideaux, le ciel est trop bleu ça ne colle pas, et se rassied près de son fils dont le corps rebondit doucement sous l'impulsion du matelas.

— Nicolas ? Tu m'entends ? Mati, où est-ce qu'elle est ? Dis-moi que tu ne lui as pas fait de mal ! Dis-le-moi ! J'en crève de me dire que c'est toi ! Où elle est, Mati ? Où est ma petite-fille ?

Sa tête se balance quelques secondes avant de tomber dans ses mains, à la faveur de pleurs incontrôlables.

Une intrusion trouble soudain son mélodrame. Une aide-soignante a pénétré dans la chambre, une feuille à la main.

— Madame Éliane Martin ?

La jeune femme tend la feuille à la sexagénaire et ressort. Sur le papier, un message et une photo, celle d'un vélo. Bleu. Et cette question : « Est-ce celui de Mathilde ? » Une signature : « Lieutenant Paret ». Puis : « Rappelez-moi à ce numéro. »

Éliane déglutit, la feuille glisse sur les draps jaunis par les fluides corporels de tous ceux qui se sont succédé ici. Ce vélo, elle le connaît par cœur, elle pourrait en dessiner le moindre rayon, ce vélo, c'est le cadeau d'anniversaire qu'elle et son mari ont offert à la petite pour ses huit ans, « Tu es grande maintenant petite chérie, allez, va et fais-en bon usage. » Les yeux de la fillette s'étaient mis à briller d'une intensité folle en découvrant le joli guidon, le panier en plastique, la selle blanche. Elle avait sauté au cou de ses grands-parents, en jappant des remerciements pleins de joie enfantine. Plongée dans ses souvenirs, Éliane sourit bêtement. Avant de retourner à la feuille, livide, son sourire benêt soudain mué en rictus déchirant.

Elle n'a aucun doute. Elle revient à son fils, lui jette un œil furieux :

— Qu'est-ce que tu lui as fait, bon Dieu, hein, à ta propre fille ? Comment as-tu osé lui faire du mal ?

Lui, il est là, immobile dans son linceul cinquante pour cent coton cinquante pour cent polyester, luttant contre ses démons, sourd aux accusations proférées par sa mère. Quand bien même les entendrait-il, il est bien incapable de se défendre.

* * *

Les heures défilent, l'imprécision du diagnostic persiste malgré les tests effectués par l'équipe de jour. Le cerveau de Nicolas souffre d'un œdème important. « Pour l'instant, cela n'évolue pas, ni en bien ni en mal, c'est toujours ça de pris », a dit l'interne. À cet instant, personne ne sait si Nicolas se réveillera, ni comment. Rien n'est exclu, rien n'est donné, on émet des vœux, on croise les doigts, on brûle des cierges dans la petite chapelle en préfabriqué.

Claude et Vincent ont pris le relais d'Éliane, le temps qu'elle se repose, le temps qu'elle se remette, qu'elle se recentre. Sur le chemin, elle n'a pas pu s'empêcher de faire un détour par la maison de son fils et de sa petite-fille, question d'habitude, d'espoir aussi, au cas où Mati serait rentrée et qu'on aurait oublié de la prévenir. Mais cette saloperie de maison est fermée, insensible aux protestations des cœurs qui l'ont habitée. Éliane s'est ensuite rendue sur la tombe de sa belle-fille, une première depuis l'enterrement, pour s'assurer que la petite ne s'y est pas abritée. Des gens arrosent des pots, des gens arrangent des fleurs, des gens marmonnent seuls devant des stèles de marbre. Mais pas de Mati. Éliane a voulu cracher sur la tombe mais s'est reprise – pas question que quelqu'un la remarque. Tout ce bordel, c'est à cause d'elle, si Karine n'était pas entrée dans leur vie, tout aurait été plus simple, Nicolas serait là, Mathilde aussi, personne ne se ferait un sang d'encre, le bonheur serait parfait.

Elle arrive chez elle, se cramponne à la desserte de l'entrée pour ne pas tomber. Son téléphone vibre à nouveau, un numéro qu'elle ne connaît pas – un mauvais pressentiment, elle ne décroche pas. L'appareil palpite au bout de son bras, se tait. Éliane respire. Puis il trémule encore, le même numéro, elle l'a déjà vu, elle en est sûre, mais qui est-ce ? Mati ? Et si c'était Mati ?

Elle décroche, le cœur battant :

— Allô ?

— Madame Martin, c'est le lieutenant Paret à l'appareil.

Elle bafouille :

— Lieutenant…

— Vous avez eu mon fax ? Celui avec la photo, vous l'avez eu, n'est-ce pas ?

— Oui je…

— Vous m'avez répondu ? Parce que je n'ai rien reçu…

— Non je… c'est qu'à l'hôpital, ça capte mal…

Elle se justifie comme une gamine prise les doigts dans la confiture. De ses raisons, de ses excuses, son interlocuteur n'a cure ; il la coupe sans autre forme de procès :

— C'est à elle ?

— Pardon ?

— Le vélo, vous me confirmez qu'il est à la petite ?

Mentir lui traverse l'esprit une demi-seconde. Mais, prise de court, Éliane n'ose pas, sa défense n'est pas prête. Et puis elle veut savoir, elle veut comprendre. Elle veut aider, pour Mati.

— C'est le sien, c'est nous qui lui avions offert.

— Et elle s'en sert souvent ?

— Tous les jours. Elle va à l'école avec.

— La dernière fois que vous l'avez vue sur son vélo, c'était quand ?

— Avant-hier soir, quand elle est rentrée.

— Et vous avez remarqué s'il était abîmé ?

— Je… non… je ne crois pas… je…

— Vous pouvez passer au commissariat ? J'aimerais que nous parlions un peu…

— Je suis épuisée, je ne suis pas certaine de…

— Madame Martin, pardon, vous n'avez pas l'air de comprendre mais c'est important, je vais être obligé d'insister. Nous devons parler de votre fils. Si vous ne vous sentez pas de venir jusqu'à nous, c'est moi qui vais passer, mais dans tous les cas, il y a des choses que j'aimerais éclaircir…

— Je vous l'ai dit, bredouille-t-elle sans conviction, je suis extrêmement fatiguée, j'aimerais me reposer un peu, et puis je crois que vous avez tous les éléments. Mon fils n'a rien à voir là-dedans…

— C'est de votre petite-fille qu'il s'agit, madame Martin. Imaginez que chaque seconde qui passe vous enlève une chance de la revoir. Je note quoi, moi ? Que nous avons eu votre coopération ou que vous avez fait obstruction ?

Éliane est au pied du mur ; elle rend les armes.

— Je… Bien, je vous attends chez moi.

— Vous faites le bon choix. Laissez-moi vingt minutes… d'autant plus qu'on a trouvé des traces de sang sur le vélo.

— Des tr… ?

Il a raccroché, l'abandonnant là, dans son salon, frémissante d'incertitudes, de doutes et d'images d'horreur qu'elle ne parvient plus à chasser. Dans la maison aussi, il y en avait. Elle se revoit essuyer. Elle en est malade.

À bout de souffle, la bouche rendue pâteuse par l'émotion, Éliane s'allonge sur le sofa. Elle ne sait pas ce qu'elle va pouvoir dire à ce flic, elle s'apprête à se changer en funambule, à rester sur la corde raide sans pencher d'un côté ou de l'autre. Protéger son fils tout en sauvant Mati, aller à l'encontre de ses convictions pour éviter que la machine judiciaire s'emballe, tout en permettant à la police de faire son boulot. De son esprit las, aucune tactique ne sort, ses idées sont confuses, elle est perdue, elle veut tout et son contraire…

Au-dessus du vide où elle balance, l'image de Karine lui sourit.

9

Dring.

Driiiiiiiing.

Toc toc toc.

Driiiiiiiiiiiiiiing.

— Madame Martin, vous êtes là ?

Éliane s'étire. *Quel jour sommes-nous ? Quelle heure est-il ?*

— Madame Martin, je sais que vous êtes là, c'est le lieutenant Paret, nous avons eu un échange tout à l'heure au téléphone…

Vaseuse, elle se lève et se dirige vers la porte d'entrée d'où provient la voix étouffée. Elle agite les deux verrous, libère la petite chaîne et ouvre au flic, adossé au renfoncement de la porte.

— Ah, j'allais partir…, dit-il en mordant dans une barre chocolatée. Excusez-moi, je n'ai pas eu le temps de déjeuner…

Éliane n'est pas née de la dernière pluie, elle comprend le reproche entre les lignes, *Pendant que vous êtes occupée à sauver le cul de votre fils, moi je me démène pour trouver la gamine.*

— Je peux entrer ?

Elle se décale, dégage le passage, s'efface pour que le lieutenant pénètre dans son antre. Au moment de refermer, elle aperçoit, dans la voiture banalisée, un autre flic qui la dévisage.

— Votre collègue ne vient pas ?

— Non, il attend les résultats des traces de sang dont je vous ai parlé tout à l'heure. Dites, vous m'autorisez à m'asseoir ?

— Oui, évidemment, je...

Éliane trouve que ce flic a du culot, elle n'aime pas beaucoup son arrogance. Elle s'installe en face de lui, prête à parer l'attaque.

— Bien, commence-t-il en se grattant la cuisse, je souhaiterais parler de votre fils. Je ne vais pas y aller par quatre chemins : à ce stade, nous avons de fortes présomptions contre lui. Comme je vous l'ai dit, dans la majorité des cas, les disparitions de mineur ont lieu dans le cadre familial. Rassurez-vous, nous n'avons pas l'intention de nous acharner contre lui, d'autant que... hum... qu'il n'est pas vraiment en position de se défendre. Au moment où je vous parle, mes collègues perquisitionnent son domicile. Si vous voulez, pour être exact, au stade où nous en sommes, nous ne négligeons aucune piste. Aucune.

Il regarde Éliane d'un drôle d'air en appuyant sur les deux dernières syllabes. Elle frissonne, elle a l'impression d'être coincée, prise en otage, alors qu'on met à sac la maison de son fils. Le lieutenant poursuit d'un ton plus doux :

— Pour avancer, j'ai besoin de savoir si je peux compter sur votre aide totale, votre sincérité. J'imagine à quel point cela peut être compliqué pour vous, ça vous met dans une position délicate. Mais c'est la seule façon d'aider votre petite-fille, croyez-moi. Je peux compter sur vous ?

Éliane hoche la tête. Difficile de refuser. Le lieutenant continue sur sa lancée :

— J'ai besoin de connaître votre fils, votre petite-fille. J'ai besoin que vous me racontiez les circonstances de la mort de votre belle-fille, vos relations, l'état psychique de votre fils depuis le décès, s'il a été suivi par un médecin, s'il l'est encore, son emploi. La dernière fois que vous l'avez vu, comment l'avez-vous senti ?

— Mon fils, commence Éliane d'une voix métallique, est un homme charmant.

Elle coule un regard vers la photo de famille posée sur la cheminée. Attiré par l'objet de son attention, le policier constate :

— C'est une bien jolie photo que vous avez là. Ça vous ennuie si je la vois d'un peu plus près ?

Éliane se lève mollement, agrippe le cadre entre ses doigts gelés et le tend au policier.

— Ça fait longtemps qu'elle a été prise ?

— Ça doit faire trois ans environ.

Le lieutenant Paret jauge le cliché. Sur un fond beige clair, une quinzaine d'individus prennent la pose sous la mention *Happy Family*, inscrite en rouge dans une police faite de pleins et de déliés. Tout le monde est pris en pied, bras croisés pour certains, mains en l'air pour d'autres. Il y a un chien aussi. La mise en scène est étudiée, les visages affichent des sourires de circonstance, parfaits, les gens semblent heureux, aucun nuage ne couvre ce bonheur sur papier brillant.

— C'est Mati, là ? interroge-t-il en pressant le verre de l'index.

— Oui, sourit la grand-mère, c'est ma petite-fille.

— Et elle avait…

— Six ans.

— Et là, c'est vous et votre époux ?

— Oui.

— Là, je reconnais Vincent, votre fils aîné que j'ai croisé tout à l'heure, je ne me trompe pas ?

— Non, non, c'est lui.

Éliane est presque heureuse de se replonger dans ce portrait de famille, tous ces êtres réunis par les liens du sang, c'est une sorte d'accomplissement.

— La jeune femme à ses côtés, c'est sa femme ?

— Oui, c'est Émilie, ma belle-fille. Et là, assis en dessous, ce sont leurs enfants, les jumeaux, Léa et Thibaud.

— Ils ressemblent beaucoup à leur père. Quel âge ont-ils ?

— Au moment de la photo, ils avaient un peu plus de quatre ans. Ils ont fêté leur septième anniversaire au mois de mars…

— Et Nicolas est là, donc. C'est bien lui qui tient les épaules de Mathilde ?

— C'est lui, en effet, c'est mon Nicolas.

— Et sa femme, elle n'est pas sur la photo ? Comment s'appelait-elle déjà ? Karine ?

Mince, Karine, elle avait oublié.

— Non, elle ne se sentait pas très bien ce jour-là…

— Ah ? C'est étonnant, en général, ces photos-là sont faites sur plusieurs jours. Ma mère a voulu qu'on fasse à peu près la même. Le photographe a convoqué chaque couple un par un, ça a duré quasiment deux semaines, cette affaire. Enfin, j'imagine que ça se passe toujours comme ça. C'est dommage que votre photographe n'ait pas pu décaler pour que votre belle-fille puisse être présente, vous auriez eu tout le monde…

Le flic est finaud, Éliane est mal à l'aise. Bien sûr que le photographe a essayé de décaler, il a même insisté, Nicolas s'est plaint que sa femme ne soit pas sur la photo, cela a créé un tas d'histoires et Éliane a dû la jouer rusée. Elle a menti, à Nicolas, au photographe, à Mati. La vérité, c'est qu'elle ne voulait pas de Karine sur la photo de famille.

— Elle était souvent souffrante, je me rappelle que ça avait été impossible de se mettre d'accord sur un créneau. On a dû se résoudre à finaliser la photo sans elle. C'est vrai que c'est bête.

Elle fuit le regard inquisiteur du flic.

— Vous dites qu'elle était souvent souffrante… Elle avait une santé fragile ?

Il l'attire sur un terrain miné, Éliane n'aime pas ça. Méfiante, à l'affût, elle se redresse sur son fauteuil.

— Oui, enfin, c'était pas vraiment sa santé, c'était plutôt dans sa tête, si vous voyez ce que je veux dire.

— Dépression ?

— C'est ça, c'était de la dépression.

— De quoi est-elle morte exactement ?

— Elle s'est suicidée.

— C'était sa première tentative ?

— Non, sa deuxième.

— Et vous vous entendiez bien avec elle ?

Éliane souffle ostensiblement.

— Pardonnez-moi, lieutenant, je veux bien répondre à vos questions, mais quel est le rapport avec la disparition de Mathilde ?

Le policier s'éclaircit la gorge.

— *A priori* aucun, vous avez raison. Mais comme je vous l'ai dit, j'ai besoin de cerner l'existence de votre fils. Et ce genre d'éléments peut m'aider… Ça n'a pas dû être simple à gérer pour lui.

— Non, en effet…, répond-elle, glaciale.

Une musique trépidante. Éliane tord son pantalon de ses doigts crispés. La chanson se déploie comme une aguicheuse, le policier pose la photo sur la table basse et se contorsionne pour sortir son portable de sa poche.

— Excusez-moi…

— Faites, faites…, prononce-t-elle à voix basse en pressant nerveusement l'accoudoir du plat de la main.

Elle tend l'oreille, voudrait entendre. Mais le flic est discret, elle ne perçoit que des chuchotements. Elle retient sa respiration, maudit les gargouillis de son ventre, s'échine à chasser le moindre bruit qui pourrait entraver sa compréhension, mais rien, absolument rien ne filtre. Elle plisse les paupières, ça ne sert à rien, *Cet idiot de lieutenant le fait exprès, c'est pas possible autrement, de répondre par des « mmh », des « ouais », des « OK », on n'a jamais vu ça, à un moment donné on est bien obligé d'étoffer, d'utiliser des verbes, des sujets, des compléments.* Si ça se trouve, cette conversion n'a pas lieu, il n'y a personne au bout du fil, si ça se trouve, ce coup de téléphone ne sert qu'à la déstabiliser davantage. C'est avéré, elle déteste ce fonctionnaire et cela doit être réciproque, il a décidé de piéger son fils, *Il a beau arguer du contraire, pas besoin d'être devin pour comprendre qu'il bluffe.* Elle contemple à nouveau l'image de la famille bonheur. De l'index, elle recouvre le visage de la petite, glisse le long de sa chevelure, contourne ses épaules, caresse sa silhouette étroite. Elle remonte sur le corps jeune de son fils, cet homme si beau au regard affecté par une drôle de prédisposition à la tristesse. C'est prégnant sur cette photo, maintenant qu'elle s'y attarde elle voit la lueur éteinte de ses yeux, le tourment derrière le sourire de façade. *Comment ai-je fait pour passer à côté ?* Elle observe plus intensément l'image figée de sa petite-fille, décèle chez elle aussi cette tristesse immense dans les yeux, la peur et le désarroi derrière le sourire Kinder et le masque de la joie. Éliane frissonne. Déjà indiscutable sur la photographie, la ressemblance de Mati avec Karine s'est affirmée. *La dépression peut-elle se transmettre dans les gènes ?*

Cette question la ramène à la terrible situation actuelle : que s'est-il passé ? À qui en vouloir ? Ce sang trouvé sur le vélo et qu'elle a vu dans la maison, pourvu qu'il ne soit pas à Mati…

Éliane plonge. Dans les abîmes de ce cliché factice, dans les méandres de cette réunion bancale. Tout s'effondre à présent, elle prend conscience qu'il n'y avait rien derrière la cloison, un décor de carton-pâte, des comédiens, un mensonge. Et que c'est elle, la réalisatrice de ce film à la con.

— Tout va bien ?

Elle sursaute, la voix du lieutenant Paret l'extirpe de son brouillard.

— Euh, oui, je... je vous l'ai dit, je suis un peu fatiguée...

— C'est évident, on le serait à moins. On peut reprendre ? Votre fils, comment allait-il ces derniers temps ?

Maintenant que la mise en scène s'est écroulée, elle n'a plus la force de mentir. Alors elle laisse couler les mots comme ils viennent, même si c'est dur, même si elle a l'impression de rouler sur un corps à terre.

— Mal.

— Mal comment ?

— Nicolas a beaucoup souffert de la disparition de Karine, il ne s'en est pas remis.

— Vous a-t-il semblé que, d'une certaine manière, il pouvait en vouloir à sa fille ?

— À Mathilde ? Non, elle est ce qu'il a de plus précieux. C'est une béquille pour lui.

Le flic a sorti un calepin orange. Il hoche la tête et répète, pour mieux les retranscrire, les phrases d'Éliane. Entendre ses propres mots dans une autre bouche que la sienne lui fait tout drôle, elle a l'impression qu'on lui raconte une histoire qui la toucherait moins.

— En revanche, sur la photo, votre petite-fille ne ressemble pas beaucoup à son père, si je puis me permettre… Physiquement, je veux dire.

— C'est vrai, approuve la pauvre femme, Mati est tout le portrait de sa mère.

Il note, il note, il note. Sur la page, le crayon émet des *scronch*, accentuant le silence effrayant qui sourd entre chaque question. La feuille, elle, est noircie en moins de deux.

— Le vélo, vous avez idée de la raison pour laquelle votre fils l'aurait récupéré dans son coffre ? Parce que, si j'ai bien compris, Mathilde s'en servait pour aller à l'école. Donc, en toute logique, elle aurait dû l'avoir avec elle, vous ne croyez pas ?

— Si, sûrement. Et le sang, vous avez trouvé quelque chose à propos du sang ?

— Oui, j'allais vous en parler. Mon collègue qui perquisitionne la maison de votre fils m'a annoncé qu'ils ont trouvé d'autres traces…

La grand-mère sanglote, *Du sang, celui de ma poupée, dans cette maison, comment, comment est-ce possible ?*

— Il y en a beaucoup ? parvient-elle à balbutier.

— Non, non, je ne crois pas.

Il ajoute, la bouche tordue par une moue réprobatrice.

— Mais il semble que quelqu'un ait cherché à nettoyer.

C'est vague, trop vague. Comment peut-il la laisser ainsi dans l'incertitude ? Une lueur dans son esprit, un espoir tout à coup.

— Et vous savez à qui il appartient ?

C'est vrai ça, du sang, ça peut être à n'importe qui.

— On le saura d'ici quelques heures.

— Lieutenant, vous... vous pensez qu'elle est vivante ?

Il secoue la tête, navré.

— J'aimerais vous dire que oui, madame Martin. Mais la vérité, c'est qu'on n'en sait rien du tout.

Elle sanglote, supplie :

— On va la retrouver au moins, hein ?

— On fait tout pour, madame, je sais que c'est dur mais il va falloir nous faire confiance. Et nous aider à y voir clair. Sans rien nous cacher.

Rien d'autre ne compte que sa petite-fille. Si cela pouvait aider à la retrouver, Éliane torturerait son fils elle-même.

* * *

Éliane est en rogne, une boule de nerfs en pelote. Dans sa tête, une tornade d'accusations se déchaîne. Sa petite-fille avait le droit d'être heureuse. En lui imposant la présence d'une mère déboussolée, Nicolas lui a volé son enfance. Passe encore que lui, il l'ait supportée, sa femme dépressive, il est adulte, il fait ses choix. *Mais la petite n'a rien demandé, Nicolas, tu aurais dû l'éloigner. La boucle s'est bouclée, et tu ne l'as pas supporté, c'est ça ? Quand tu as compris que la souffrance allait se perpétuer, tu n'as pas supporté de retrouver, dans les traits de ta fille, ceux de la femme par qui tout est arrivé.* Mati, le portrait craché de sa mère, Mati, l'enfant sacrifiée sur l'autel de l'amour impossible, petite victime collatérale d'un crime passionnel tellement ordinaire. Il y a du sang, il l'a blessée, il lui a fait mal.

Éliane éructe, son imagination s'emballe, et tandis qu'elle retourne à l'hôpital comme dans un rêve, c'est le mot *vengeance* qu'elle a envie de beugler.

Jusqu'à ce qu'elle pénètre dans la chambre feutrée.

La peau de son fils désespérément immobile vient tamponner sa mémoire. *Je suis la chair de ta chair.*

Jusqu'à ce que la fragilité de son propre enfant la griffe et lui transperce l'âme et le cœur.

Elle s'approche du lit, effleure la barbe naissante, le poil dru et la mâchoire délicate de cet homme trop sensible.

— Tu aurais dû m'écouter, gémit-elle, tu aurais dû venir habiter avec nous…

La porte s'ouvre en grand, trois personnes entrent. Les yeux rougis par les tourments, la bouche pincée, Éliane reconnaît le médecin du petit matin, celui qui a annoncé la nouvelle, prononcé le mot « coma ». L'infirmière change la perfusion, s'assure que tout fonctionne correctement. Le médecin, lui, observe les machines, griffonne quelques mots sur la feuille coincée dans l'écritoire. Puis, avant de refermer la porte :

— Si je peux me permettre, rentrez chez vous, conseille-t-il. Prenez du repos, vous avez l'air épuisée. On vous appellera s'il y a du nouveau.

Éliane se retrouve seule, face à son gisant.

Son téléphone sonne à présent. Le flic.

— Allô ?

— Madame Martin, rebonjour, c'est le lieutenant Paret. Bon, on avance doucement sur les analyses du sang qu'on a retrouvé mais j'aurais besoin d'un peu plus de matière. Je constate sur ma fiche que Mathilde a été opérée il y a deux ans. Vous vous souvenez dans quel hôpital ?

— Euh oui… c'était à Jean-Jaurès…

— OK, c'est noté, on va voir avec eux pour avoir quelques infos. Et vous, de votre côté, comment va votre fils ?

— Je suis dans la chambre avec lui et il est toujours dans le coma…

— On s'appelle s'il y a du nouveau.

— Oui, d'accord, on s'appelle… Lieutenant ?

— Oui ?

— J'imagine que vous auriez commencé par ça, mais… voilà, vous n'avez toujours pas de trace de Mati ?

— Pas encore, mais on y travaille.

— Merci.

Seule, de nouveau, avec son fils statique. Elle s'attarde sur le plafond, comme ça, pour s'occuper, pour s'attacher à la matière, à quelque chose de précis, de stable, de constant. Puis elle s'affale sur la chaise en similicuir positionnée sous la télévision éteinte et constate que les yeux de Nicolas sont grands ouverts.

* * *

— Docteur ! Docteur ! Vite !

Elle hurle dans le couloir.

— Mon fils est réveillé ! Dépêchez-vous, mon fils est réveillé !

Le docteur accourt, suivi de l'interne et de l'infirmière. Sans ménagement, l'équipée s'infiltre dans la chambre, s'arme d'outils, s'agite, chuchote. L'essaim bourdonne autour du lit tandis qu'Éliane reste en retrait, pétrie de joie et de remerciements, *C'est irréel, merci la médecine, merci Dieu, merci le printemps, merci à toi, Nicolas, de t'être battu et d'avoir choisi de rester auprès de nous.*

Le médecin se penche au-dessus de Nicolas et, au moyen d'une torche très fine, affole ses pupilles. Les paupières réagissent, elles clignent, faisant apparaître et disparaître des yeux craintifs, le regard décousu de celui qui ne comprend pas.

Mais rien d'autre ne bouge.

— Nicolas, vous m'entendez ?

Toute la vie de cet homme paraît tenir dans ces yeux, ces paupières qui montent et qui descendent, effrayées.

Éliane n'y tient plus, elle s'avance dans le cercle des soignants.

— Nicolas, c'est Maman, tu... tu es avec nous ?

Rien. Silence.

— Pourquoi est-ce qu'il ne bouge pas ? Il devrait bouger, là, c'est normal ? bredouille-t-elle en s'agrippant à la blouse du docteur.

— Il est encore trop tôt, madame, nous ne pouvons pas...

Les yeux de la mère se plantent dans ceux du fils, et ce qu'ils y lisent est effroyable.

— Aidez-le, je vous en prie..., sanglote-t-elle. Il a l'air... coincé.

Le médecin se redresse et lui demande de sortir.

Obéissante, Éliane s'exécute sans un mot et, chancelante, va s'adosser au mur en face de la porte, la bandoulière de son sac pendant au bout de ses doigts mornes. Des silhouettes passent, sourdes et aveugles à son dilemme. *C'est une bonne chose que Nicolas soit parmi nous. Il n'est pas mort et on ne peut que s'en réjouir.* Mais il y a cette petite voix qu'elle ne parvient pas à chasser et qui lui répète inlassablement : *C'est lui ou c'est elle, c'est lui ou c'est elle,* ces cinq syllabes carillonnent sous son crâne, s'amusent de ses atermoiements, un coup lui, un coup elle, *Tu choisis oui ou merde, t'auras pas les deux de toute façon, fais-toi une raison.* C'est dingue, ça n'a aucun sens, cette alternative, pourquoi choisir, il y a suffisamment de place pour deux sur cette foutue Terre, mais c'est plus fort qu'elle, ce sera Nicolas ou Mathilde, c'est le terme du pacte qu'elle a signé, pauvre marionnette valsant au rythme des circonstances.

En deux appels donnés du couloir sombre, elle a fait le tour : son mari, Vincent. Ils vont arriver, c'est une question de minutes. Toujours ce foutu temps, et Mati qui est Dieu sait où.

— Madame, il faut couper votre mobile, ça crée des interférences avec les machines, lui balance une ombre sans visage.

Éliane ne fera pas d'esclandre, elle n'argumentera pas pour expliquer que les liens qu'elle tisse par l'entremise de ce téléphone sont les seuls qui la raccrochent à son existence. Elle feint d'éteindre l'appareil, le renfonce dans sa besace et trépigne de colère et de frustration.

Mati, si tu es morte, envoie-moi un signe, n'importe lequel ; si tu es vivante, trouve le moyen d'appeler, je t'en conjure.

10

Le flic lui a demandé de passer au commissariat. Il a des choses à lui montrer. Lorsque Éliane arrive dans le bâtiment froid, les bancs sont peuplés de gens ternes. Certains sont venus en couple, ils chuchotent. Elle attend quelques secondes, nauséeuse, avant de s'approcher du comptoir derrière lequel s'affairent deux agents en uniforme.

— Je viens pour le lieutenant Paret. On a, euh… rendez-vous.

Elle aurait préféré un autre terme, on a rendez-vous chez le coiffeur, chez le dentiste, avec sa meilleure amie, mais avec la police on n'a pas rendez-vous, on est convoqué, on vient.

— Patientez deux minutes, je vais le prévenir.

Elle s'assied presque devant. À côté d'elle, un vieil homme remplit une grille de sudoku, une jeune femme agitée bat la mesure de ses genoux. Éliane est irrésistiblement attirée par la jeunesse de cette fille qui mastique un chewing-gum avec insistance, son pantalon étroit remonté sur les chevilles, son sweat-shirt à capuche violet, ses Converse usées couleur denim, ses cheveux longs et raides qui encadrent un front plissé. Ses ongles sont rongés, la chair de ses doigts est à vif. Quel âge a cette angoissée ? Seize, dix-huit ans ? A-t-elle fait une connerie ? Mathilde aurait pu devenir ce genre de fille… Éliane tente de chasser ce conditionnel mesquin qui se faufile et étanche son optimisme déjà sérieusement mis à mal.

Les gens vont et viennent dans ce commissariat, il y en a de toutes les conditions, de tous les milieux. *Je sors d'une cour des miracles pour en retrouver une autre, on n'est décidément à l'abri de rien, qu'on soit pauvre ou riche, entouré ou seul au monde, les flics et l'hosto, on y revient.*

— Madame Martin ?

Un homme courtaud à la peau brune se tient sous un écriteau « interdit au public ».

Éliane se lève illico, au garde-à-vous.

— Oui, c'est moi.

— Suivez-moi, je vous prie.

Elle progresse à petits pas pressés, ses talons claquent sur le sol. Elle sent sur sa nuque les regards, ulcérés ou résignés, des spectres malades qui attendent leur tour dans ce chantier judiciaire.

Le couloir est long, étroit. De part et d'autre, des portes béantes laissent entrevoir des bureaux enfumés et des tas de dossiers couronnés de tasses souillées. Une fenêtre ouverte donne sur un patio blafard où sont entassées des poubelles. La petite femme frissonne, il fait un froid de canard.

De temps en temps, le fonctionnaire se retourne et s'assure de sa présence. Étourdie par le dédale de couloirs, les voix qui éclatent, froissées ou hilares, les sonneries des téléphones, les uniformes qui se mêlent aux civils, les brassards orange, les holsters noirs, les odeurs de cuir, de café, de transpiration, Éliane respire avec difficulté.

— C'est ici, annonce l'homme en tendant le bras vers un petit bureau sans ouverture où trônent un bureau en désordre et une petite table rectangulaire.

— Madame Martin, entrez, installez-vous, lui enjoint le lieutenant Paret lorsqu'il la découvre sur le seuil.

Puis, s'adressant à son collègue :

— Ça t'ennuie de rester avec nous ?

Éliane entre, se poste devant une chaise vide. Le flic montre une cafetière remplie à moitié.

— Allez-y, asseyez-vous. Café ?

— Non, merci.

Il se lève, se cogne, ronchonne, siffle d'exaspération et atteint l'objet de sa convoitise.

— Je te sers ? propose-t-il à son collègue.

— Un p'tit, alors. C'est le sixième depuis ce matin, ça commence à faire beaucoup.

Le breuvage fumant coule dans les gobelets en plastique. Des gouttes ardentes s'écrasent sur la table et sur le poignet du lieutenant de police.

— Merde, peste-t-il en secouant la main.

Sous l'effet de la chaleur, la matière se tord, les godets ploient un peu.

Comme elle. Ces verres mous sont à son image, un creux rempli de tourments noirs et brûlants, façonné par l'absence de Mati, sculpté par une crainte visqueuse, l'amertume nauséabonde et le doute sucré.

Le policier tend le gobelet branlant à son collègue, saisit le sien et retourne s'asseoir face à la petite femme en lutte.

— Bien, merci d'être venue. Comment va votre fils ?

— Il s'est réveillé tout à l'heure.

— Mais c'est une excellente nouvelle, ça !

— …

— Et il vous a… euh… parlé ?

— Non, il en est incapable pour le moment.

Le flic se mord la joue, il ressemble à un gamin frustré, alors Éliane enfonce le clou, elle s'en délecte, c'est idiot, elle le sait, mais c'est son fils, bordel.

— Il ne bouge pas, il ne parle pas, il n'y a plus que ses yeux.

L'autre fait la moue. En bruit de fond, le rondouillard souffle sur sa mixture.

— Et les docteurs, ils vous en disent quoi ?

— D'attendre, ils n'ont que ce mot à la bouche.

— Je suis désolé, vraiment, j'imagine que pour vous…

— Vous êtes désolé pour qui, au juste, lieutenant ? Pour moi, ou pour vous, parce que mon fils ne pourra sans doute jamais se dénoncer ?

Ça lui a échappé. Elle ravale aussitôt son amertume mais il est trop tard. Le policier rapproche son museau, elle peut sentir son haleine.

— Vous vous trompez de cible, madame Martin, je suis de votre côté. Tout ce qui m'intéresse, c'est de retrouver Mathilde au plus vite. Pas vous ?

Elle fouille dans sa poche, attrape un mouchoir, s'essuie délicatement le coin des paupières et se radoucit.

— Si, si, bien sûr, je veux qu'on retrouve la petite…

— Bon, reprend-il avec une autorité toute neuve, maintenant que les mises au point sont faites, je vais vous dire pourquoi je vous ai demandé de venir. Comme je vous l'ai annoncé tout à l'heure, mes services ont procédé à la perquisition du domicile de votre fils et de votre petite-fille. Il y avait une lampe cassée au rez-de-chaussée et des cadres par terre à l'étage, mais je suppose que vous les avez vus puisque vous êtes la dernière personne à avoir pénétré dans la maison…

Elle hoche la tête.

— C'est moi qui les ai brisés, répond-elle à la question qu'il n'a pas posée.

— Ah ? Pour quelle raison ?

— J'étais morte d'inquiétude, j'ai pris peur, rien de plus.

— Bon, moi qui m'imaginais des traces de lutte.

— Je vous le répète, c'est moi qui les ai cassés.

— Et le sang, c'est vous qui l'avez nettoyé ?

— Oui, mais j'étais à mille lieues de m'imaginer que c'était du sang.

— OK, je vais ajouter ces éléments au dossier, ça évitera qu'on s'interroge inutilement. En fait, c'est surtout ça que je voulais vous montrer.

Il plonge le bras dans un tiroir et en sort un sachet où se morfond une feuille pliée en quatre.

— Qu'est-ce que c'est ? demande Éliane en attrapant le sachet.

— Ouvrez-le.

Les bords de plastique s'écartent. Les doigts d'Éliane se coulent à l'intérieur, crochètent la feuille, s'en emparent, la remontent à l'air libre, lui redonnent vie. Elle retient sa respiration.

— Mon Dieu…

Sur le papier est dessiné un long rectangle rempli d'une multitude de visages. On dirait la photographie de famille qu'elle a posée sur sa cheminée. Oui, tout y est, même la légende *Happy Family*, au stylo à bille rouge. Sous le dessin, deux lignes tracées au crayon à l'aide d'une règle et une écriture d'enfant un peu brouillonne.

Maman regarde Papa qui veut mourir.

— Y a rien qui vous choque ?

— Le message… c'est… c'est Mati, vous pensez ?

— Oui, je vous confirme que c'est bien votre petite-fille qui a écrit ça. On a comparé avec des cahiers retrouvés dans sa chambre et il n'y a aucun doute. D'après ces cahiers, on peut supposer que ce dessin remonte à l'année dernière. L'écriture d'un enfant change vite, c'est sacrément pratique pour dater. Autre chose ?

Éliane s'engloutit dans l'examen du dessin. Que doit-elle trouver ?

— Mais si, là, regardez…

Sous le doigt du policier, il y a un minuscule visage qui ne devrait pas y être, une femme aux cheveux longs et raides, à côté de Nicolas. Tout le monde arbore un sourire hideux, mais lui, il semble pleurer.

— Karine…

Elle replie le papier, inspire bruyamment, le pose sur le coin de la table.

— Et qu'est-ce que je suis censée comprendre ? En quoi ça me ramène Mati ?

— Disons que ça nous conforte dans le fait que Nicolas n'était pas très en forme, si je puis dire, puisque même sa fille a perçu qu'il y avait un malaise. Et puis il y a ça aussi.

Le lieutenant Paret lui tend un nouveau sachet.

— Ça, précise-t-il, on l'a trouvé dans la chambre de votre fils.

Éliane se sent prise au piège dans un jeu dont elle serait l'attraction principale, un Cluedo à l'envers où la carte du coupable serait retournée depuis le début de la partie. Ces indices, que l'autre prend un malin plaisir à distiller, la ramènent toujours vers Nicolas.

Elle attrape la pochette, l'estomac cintré par la crainte de trouver *la* preuve, qu'aucune volonté, aussi forte soit-elle, ne pourra déjouer.

Et elle est là, sur un Post-it citron. Devant elle défilent à présent la bouillie informe de son existence et des lambeaux de sa famille, ses yeux se voilent, c'est une torture, un cauchemar, elle va se réveiller, forcément.

Elle est trop toi, je n'en peux plus, viens nous chercher.

C'est l'écriture de Nicolas.

Éliane place sa main devant sa bouche, elle se mord les lèvres jusqu'au sang.

— Je suis désolé. Vous voulez un verre d'eau ?

Elle secoue frénétiquement la tête, elle est ici et à des kilomètres à la fois, elle est dans la chambre d'hôpital, ça la torture, ça l'écartèle, elle n'est plus que remords et culpabilité, elle voudrait crever tout de suite.

— Non, non, merci, répond-elle dans un hoquet.

— Nous avons mené une enquête de voisinage, au cas où quelqu'un les aurait vus partir ensemble… La petite est manifestement partie à vélo, comme tous les autres matins. Mais elle n'est jamais arrivée à l'école et son vélo se trouvait dans le coffre de son père. Vous comprenez ce que ça signifie ?

Éliane ne contrôle plus rien. Elle dit juste *corps*, *chercher*, *enfant*, *mort*, *impossible*, *Nicolas*, *tromper*, *peut-être*, *horrible*, *mon Dieu*, *Karine*, *Mati*, *si petite*, *injuste*.

11

Dans l'esprit d'Éliane, les souvenirs se mêlent aux fantasmes, la moindre parole, le moindre geste, intonation, hochement de tête, hier, avant-hier, les mois précédents, tout est passé au peigne fin, au crible de la culpabilité qui s'impose avec une évidence diabolique. Tout désigne le père, le fils, rien ne l'épargne. Ses jambes flageolent, elle doit s'agripper au mur pour ne pas sombrer. Elle coule en fait, lentement, comme dans une piscine, une enclume autour du cou, et la masse d'eau se referme sur elle.

— Maman ? Ça va ?

Non, elle ne va pas bien, elle est livide, elle préférait les doutes, c'était plus confortable.

— Oh, Maman ? insiste Vincent.

Au lieu de répondre, sa mère demande, les yeux vissés au hublot troué dans la porte close de la chambre d'hôpital :

— Comment va-t-il ?

— Pour le moment, il ne bouge pas, il ne parle pas, il respire avec une machine, il bouffe grâce à une sonde, il ch…

— Vincent, je t'en prie !

L'aîné baisse la tête, pris en faute.

— Excuse-moi, c'est pas ce que je voulais dire, je sais plus très bien où j'en suis…

— Tu crois, toi, que ton frère aurait pu faire du mal à Mati ? lance-t-elle en se tournant soudain vers lui.

Vincent reste interdit plusieurs secondes, mal à l'aise.

— Parfois, quand on va pas bien, répond-il, on peut faire des trucs bêtes.

Les odeurs de pisse et de désinfectant empestent. Vincent et Éliane sont de nouveau côte à côte, abîmés dans la vision du trou par lequel l'homme-mollusque se laisse surveiller.

— Tu penses qu'il l'a su ?

Ça y est, Vincent y vient. Cette question brûle toutes les lèvres depuis le début du désastre.

— Pour Mati ? Non, je suis sûre que Karine ne lui a rien dit.

Les yeux du grand fils s'embuent.

— Tu sais Maman, j'y pense tout le temps, ça m'obsède, je peux pas m'empêcher de me dire que ça aurait été mieux de lui expliquer, jouer cartes sur table ça nous aurait évité tout ça… C'est mon frère, putain.

Éliane plante ses iris dans les siens en arguant d'un ton sec :

— Écoute-moi bien, Vincent, tu n'as pas à culpabiliser. Sans toi, Mati n'aurait sans doute jamais existé et ton frère n'aurait peut-être jamais connu la joie d'être père.

— Ouais, mais imagine deux minutes qu'il ait compris, tu peux te figurer sa peine ? Trahi par son propre frère, par sa femme… c'est dégueulasse… On est des monstres.

Il sanglote. Elle se raidit.

— Impossible. Comment veux-tu qu'il se doute de quoi que ce soit, alors que même Karine n'était sûre de rien ? Non, vraiment, ne t'inquiète pas. Allez, rentre, je vais rester près de lui.

— Tu préfères pas que je reste un peu ?

Non merci, sa façon de s'épancher l'exaspère, tandis qu'elle tente, elle, de garder le cap. Qu'il parte, bon sang.

— Non, oppose-t-elle simplement, rentre et appelle ton père.

* * *

Dimanche 23 mai 2004

Syndrome de dé-efférentation motrice, *locked-in* ça s'appelle.

On en est là.

La rage qu'éprouve Éliane est à la mesure de l'amour qu'elle porte à son fils, intense, imbécile. Elle pourrait le tuer de ses propres mains, ce fils préféré, son tout-petit. Elle est un geyser au bord de l'explosion, un torrent de lave mal contenu par un volcan sur le point de céder. Pour juguler ce déchaînement qui la submerge, elle n'a rien trouvé d'autre que faire les cent pas autour du gisant, comme un lion en cage.

— On sait que c'est toi, commence-t-elle en se triturant les cheveux, tout le monde le sait. Où est-ce que tu l'as mise ? Tu n'étais pas obligé de lui faire du mal, elle n'avait rien demandé. Comment as-tu osé ? Comment as-tu pu ? Tout ça à cause de cette garce de Karine.

Pendant qu'Éliane l'apostrophe, les yeux fixes de Nicolas s'emplissent d'une immense tristesse.

— Une salope, une traînée, ta Karine ! Et toi qui lui as toujours tout pardonné, je n'ai jamais réussi à comprendre…

Voilà, depuis le temps que l'édifice branlait, il fallait bien qu'on crève l'abcès.

— Et toi, t'es là, regarde-toi, dans ton lit, ni vivant ni mort. Qu'est-ce qui me prouve que c'est pas du flan, hein, si ça se trouve tu fais semblant, juste parce que t'as pas le courage d'assumer. C'est tellement plus commode, démerdez-vous, hein, c'est ça ? T'as toujours voulu en faire qu'à ta tête.

Tu fais les conneries, et ce sont les autres qui paient, c'est plus facile comme ça...

Elle se tait, à bout de souffle, tremblante des pieds à la tête. Les yeux rivés aux dalles crème du plafond, Nicolas entend tout, subit l'attaque. Il vient de fermer ses paupières, la seule issue possible. Des larmes roulent sur ses joues.

— Du sang, merde, les flics ont trouvé du sang, d'où il vient ? Du sang chez toi, du sang sur le vélo, qu'est-ce que t'as osé lui faire ? Une innocente, la raison d'être de notre famille, ce bonheur en forme de petite fille, la seule chose qui nous tenait. Et son vélo, pourquoi il était dans ton coffre, hein ? Qu'est-ce que j'ai pu rater ? Mon Dieu, c'est un cauchemar, dites-moi que je vais me réveiller...

Son débit s'accélère, les mots fusent, les bons, les mauvais, ceux qu'elle voudrait retenir et ceux qu'elle se délecte de gerber quand même. Puis elle laisse tomber, la retenue, tout ça ; la colère la pénètre tout entière, alors elle vocifère, elle postillonne, elle n'a plus les pieds sur terre, mais elle s'en tape, pour une fois, elle se carre de ce qu'on pourra bien en penser, tant pis si le monde autour ne comprend pas que toute sa vie fout le camp.

L'œil méchant, elle s'assied sur le lit, renifle. De son sac à main, elle arrache d'un coup sec une enveloppe pleine de photographies. Une à une, dans un silence brisé par ses sanglots et les crachats des machines, elle scrute les clichés, cherchant dans chacun d'eux la promesse d'une vie. Ici, Mati a six mois, dans les bras de Claude, tout émerveillé par le sourire de sa descendance, la petite cherche à s'en aller, c'est flagrant, ses bras tendus vers le vide, et le grand-père sourit de cette force enfantine. C'est Éliane qui a pris la photo, elle se le rappelle comme si c'était hier, elle se souvient de l'heure, du jour, de la raison pour laquelle Karine et Nicolas leur avaient confié la gamine, elle se souvient même du temps qu'il faisait. Là, Mati a cinq ans, c'est son anniversaire, elle gonfle ses joues devant un gâteau couronné de bougies incandescentes, Éliane peut encore sentir l'odeur de la cire chaude. Une autre photo, un autre instant magique, Mati a à peine trois ans, elle est allongée dans l'herbe, elle est tombée, c'est l'été et sa robe laisse voir ses genoux rougis par la chute, aux pieds elle porte les chaussures de son père et elle se marre d'avoir dégringolé. Et puis celle-ci, à six ou sept ans, elle est sur des rollers, son casque fuchsia vissé sur la tête, l'air mi-rigolard, mi-inquiet, des protections énormes sanglées sur ses coudes et ses genoux, Éliane et son mari battent des mains dans le fond de l'image, c'est Nicolas qui immortalise. Juste après, ils ont accouru pour l'attraper au vol, Mati ne s'arrêtait plus. Et là, elle a six ans, entourée de ses copines de classe, elles sont déguisées, c'est Halloween, la divine enfant porte une robe noire et bordeaux avec une collerette très haute, les yeux noircis par un fard charbon, et son regard, à travers ses cernes pour de faux, brille d'une confiance pleine, entière et joyeuse. Comment admettre que ces moments figés sont tout ce qui reste ?

À court d'arguments, Éliane brandit ces morceaux de vie devant les yeux fermés de son fils, elle sait que c'est mal mais elle le fait quand même, c'est pour un électrochoc qu'elle se dit, *Je sais que t'es là, tu ne me la feras pas à moi, regarde, mais regarde bon sang, Mati a sept ans, elle est sur un bateau, elle est frigorifiée mais elle aime la mer et elle refuse de rentrer dans la cabine pour s'abriter du crachin, regarde comme elle te sourit quand tu prends cette foutue photo, regarde comme elle t'aime, regarde, c'est trop facile de lui faire du mal et de t'en laver les mains.* Les images perdues défilent entre le pouce et l'index de la sexagénaire aux cent coups, *Tu vas ouvrir tes yeux, bon Dieu,* avec son autre main elle tire sur les paupières de son fils, souffle, furieuse, elle force pour les ouvrir et elle y parvient.

Si Nicolas n'était pas paralysé, sûr qu'il dégueulerait, parce que ce qui se passe au fond de lui, c'est de l'ordre de l'inhumain.

— En plus, c'est pas ta fille, beugle-t-elle, c'est pas ta fille !

À présent, elle est penchée sur lui, elle va le tuer, l'étouffer, histoire de faire revenir Mati. Elle capture l'oreiller sous la tête de son fils, la fureur est trop grande, il faut qu'il cède et qu'il parle, de gré ou de force, et elle aplatit le coussin sur le visage de son enfant, une demi-seconde à tout casser.

Et puis le téléphone sonne.

Ça paraît dingue. Mais le fait est que le téléphone sonne.

— Allô ?

D'une voix monocorde, le lieutenant Paret débite que ça y est, les analyses ont parlé, le sang retrouvé sur le vélo et dans la maison ne correspond pas à celui de Mathilde, il s'agit manifestement de celui de Nicolas, c'est rassurant, et encore, il n'a pas dit le meilleur, il pense avoir une piste pour Mathilde. Nicolas, *a priori*, est lavé de tout soupçon, « C'est bien, non ? Vous devez être contente. »

Trop tard, le mal est fait.

Honteuse, idiote, Éliane sent un goût aigre envahir son palais, le goût du non-retour et des liens qui foutent le camp. Posé en équilibre sur le bord du lit, l'oreiller blanc tangue, hésite et s'écroule aux pieds de la mère interdite. Les photos éparpillées jonchent le sol. Tout est lamentable.

Bip bip chantent les machines, *bip bip* s'indignent les draps froissés, *bip bip* crisse le ciel azur, *bip bip* narguent le ventre blond du soleil et les gorges charnues des merles. Il n'y a plus que des bips dans cette chambre qui pue la merde et la misère, qui pue la tristesse d'un fils immobile et le délabrement d'une mère interloquée.

II

L'existence est un puzzle. Mais avons-nous le choix ?

12

16 janvier 2003

Au bout d'une clairière baignée de soleil, Rémi aperçoit le château et sa façade de lierre. L'endroit semble incroyablement bien tenu. Pourtant, personne ne s'en approche plus depuis longtemps. On raconte un tas de choses étranges, des histoires de fantômes, des légendes pour effrayer les gamins et décourager les rôdeurs. Rémi jette un œil sur sa montre, il accélère le pas. Il passe l'immense grille entrouverte. Il y est.

Soudain, le château se met à tanguer et le sol avec, ça siffle, ça chante, c'est étonnant de voir un château chanter.

La radio crie à tue-tête. D'ordinaire, Rémi aime la musique, il passe des heures son casque vissé sur les oreilles. Quand les mélodies l'enveloppent, c'est tout son être qui s'envole, la sensualité d'une voix, le *beat* effréné, le monde s'ouvre, plein de promesses. Il s'imagine au volant d'une grosse cylindrée, crier au bord des falaises, il explore des contrées impossibles, s'échauffe d'amour, hurle de désespoir. Dans ce monde qui n'appartient qu'à lui, la vie est une montagne à gravir, un pont sur un fleuve déchaîné, un bouleversement des sens. Seule la musique le transporte comme ça.

D'ordinaire, donc, Rémi aime la musique. Sauf quand il faut se lever. Car il redoute les brimades. Depuis tout gosse, Rémi est un garçon à part, différent, rêveur, décalé, un peu ralenti. Dans la banlieue grise où il a grandi, il n'a pas trouvé de place. Son père, il ne l'a pas connu, et son beau-père alcoolique a été renversé par un bus. Sa mère est hôtesse de caisse au supermarché du coin. Les fins de mois sont difficiles, on ne mange que des pâtes, spaghettis, raviolis, coquillettes, poisson pané le vendredi dès le 20, sauf en décembre, treizième mois oblige. La course aux aides, matérielles, financières, tout est bon on prend tout, même les regards condescendants de l'assistante sociale, les pantalons trop courts des cousins, les commentaires des voisins et ceux des enseignants, *Déficient, pauv' gamin*.

Pourtant, Rémi n'est pas idiot. Au contraire. Il a appris à lire, à écrire et à compter. Il a une mémoire dingue, largement au-dessus de la moyenne, et la lubie des territoires et des nombres qui leur sont attachés. Son problème, c'est ailleurs qu'il se situe, c'est une question d'encodage, de décodage, une impossibilité chronique à faire face à l'imprévu.

Rémi est une sorte de handicapé des relations humaines, un torturé émotionnel, un autiste.

Le jeune homme s'enfonce dans son oreiller, grappille une minute supplémentaire, dix secondes tout au plus. Mais la chanson est têtue, elle ne veut rien savoir. Rémi grince des dents. Comme toujours, lorsqu'il est contrarié, sa mâchoire se transforme en étau. La nuit aussi, ça lui prend. Il se mord l'intérieur des lèvres jusqu'au sang, son goût métallique lui rappelle qu'il est encore de ce monde. Aujourd'hui, les choses ont changé, elles se sont arrangées, même : les coups ne pleuvent plus sur son corps chétif, de toute façon il les rendrait. Il est devenu grand, massif, mais il essuie toujours des quolibets, des plaisanteries crasses, il perçoit des œillades amusées, fières de leur normalité. Bref, à vingt-trois ans, Rémi est un homme différent.

Il a beau être à peu près sorti d'affaires, il garde comme un tatouage les stigmates des brimades qu'il a subies. Et aujourd'hui, comme tous les matins où il doit aller travailler, affronter l'extérieur et ses codes dont il n'a pas les clés, il ne veut pas se réveiller.

— Rémi, allez, debout, c'est l'heure.

Sa mère a passé sa tête dans l'encadrement de la porte. Pour toute réponse, Rémi a grogné un drôle de charabia.

— Et éteins-moi cette radio ! Tu vas finir par réveiller tout le quartier avec ta musique de zouave.

Elle peste, comme tous les jours ouvrables. Parce qu'il ne bouge pas, parce qu'il rechigne, parce qu'on dirait qu'il émerge d'un sommeil de trente siècles. D'un pas qu'elle leste sciemment, sa mère entre dans la chambre en désordre, écrase un rouleau de pantalon-chaussettes-caleçon en laissant échapper un juron.

Poussé dans ses derniers retranchements, Rémi abdique ; il émerge, un œil, puis l'autre, il s'étire, c'est violent, c'est douloureux, cette lumière en pleine figure. Se lever, affronter une nouvelle journée, commencer par le petit déjeuner, un bol de chicorée, deux tartines de beurre salé, se préparer dans la salle de bains rose puis enfourcher sa mobylette, traverser la départementale, les rues bordées de pavillons, la ZAC, la cité HLM et ses six tours délabrées, jusqu'au bureau de poste qui l'emploie. Sa capacité à lire très vite et son excellente mémoire des codes postaux se sont révélées de vrais atouts. Rémi trie le courrier.

* * *

Il enfile son manteau. Rien que ça, ça lui tord le bide.

— T'as pensé à prendre des sous pour le pain ce soir ?

— Oui M'man. T'inquiète pas.

Il ouvre la porte de la maison. L'air glacial le gifle. Il remonte son col, tire sur le zip cassé de sa fermeture Éclair, capitule.

Du seuil, sa mère l'observe s'éloigner en serrant les pans de son gilet bordeaux sur sa poitrine. Elle le regarde saisir le casque qui pend du guidon de la mobylette, l'enfiler sur son bonnet et disparaître dans la rue longiligne. Elle a le cœur gros. Elle s'inquiète. Pourtant, il est adulte à présent.

La mobylette de Rémi pétarade. Elle culmine à cinquante kilomètres à l'heure. Sur la route engourdie par le froid et le gel, la prudence, autant pour lui que pour les autres, est de mise. Les plaques de verglas parsèment le bitume de la départementale, elles brillent, on dirait des diamants.

Ça y est, au détour de la cité HLM, il aperçoit l'ovale safran, la flèche bleue caractéristique, les véhicules blonds parqués tout autour. Au moment où, les cheveux encore tout électriques, il pénètre dans le bureau de poste et salue poliment ses collègues, le chef d'équipe, instinctivement, lorgne du côté de la grande pendule au mur et annonce, comme tous les matins :

— Rémi, c'est l'heure d'aller récupérer le courrier de la boîte.

Rémi se rassure, cette journée sera manifestement sans surprise, il baisse un tantinet la garde. Il est à mille lieues d'imaginer qu'il tient, dans le bac qu'il transporte entre ses bras vigoureux, sa toute nouvelle vie.

Comme chaque matin, il dépose sa caisse sur la console en métal. Elle est lourde, plus lourde que la veille. Rémi ouvre et ferme les doigts pour que ses articulations striées d'éclairs blancs revivent. La masse d'enveloppes et d'images déposées en vrac lui promet une myriade de voyages imaginaires. De temps à autre, ses collègues l'attrapent à lire une carte postale, alors ils haussent les épaules, *Si ça lui fait du bien ça peut pas faire de mal*. Lui, il sent l'encre, palpe les textures, les codes postaux deviennent des contrées magiques, les chiffres sont autant de plaines, de vallons et de montagnes, des fleuves aux crues terribles, des ruisseaux étincelants dans des forêts touffues.

On n'imagine pas ce que c'est de trier le courrier. Rémi est rapide, il connaît les départements par cœur, sa main est une bestiole frénétique, à gauche, à droite, devant, derrière, à gauche, à droite. Les lettres semblent se reproduire comme des lapins, plus on range, plus on en voit. Il ne doute jamais, il va vite, c'est son talent.

Certaines lettres, parfois, brisent le geste incessant, celles dont l'adresse est illisible, incomplète, dont le nom a été oublié, ou qui s'affublent d'adresses extravagantes, dans des pays ou des villes que le meilleur cartographe du monde n'aurait pu composer. Ces dernières sont souvent le fait d'enfants, ça se voit au premier coup d'œil, l'écriture est trop lisse, trop droite, livrée sous l'effort, la langue tirée entre deux lèvres crispées. Elles sont légion à Noël, l'imagination déborde quand on s'adresse au Père Noël. Ces lettres magiques partent dans un bureau spécial, où des postiers s'affairent à répondre sur papier glacé. Mais ce n'est plus Noël, la lettre que Rémi tient dans sa main gauche doit être une retardataire. *C'est dommage*, pense-t-il, *le bureau des réponses est fermé depuis le 31 décembre à 17 heures, en voilà un qui risque de l'attendre longtemps, sa missive du Père Noël.*

Avec son timbre au feutre rouge et ses guirlandes argentées, l'enveloppe retient son attention. Non, elle n'est pas destinée au gros monsieur rond. « Maman » déchiffre-t-il, juste « Maman », sans nom, sans prénom, et une adresse de conte de fées :

Maman
Chemin doux
00000 Pays blanc

Un peu surpris, Rémi la range de côté, presque machinalement, avant de se remettre à trier. Il aurait pu l'oublier, l'abandonner à son sort de bout de papier biodégradable, puisque l'expéditeur n'est mentionné nulle part. Mais non. La lettre est restée sur le côté, comme laissée pour plus tard, quand on aura une idée de quoi en faire. Tout le temps de son premier service, la pause, le café, la reprise, le bac réalimenté.

— C'est bon, Rémi ? Tu t'en sors ?

Sa journée s'achève. Au moment où il se lève, son regard croise la lettre qu'il a eu des scrupules à jeter. Il la fourre dans la poche de son anorak, ni vu ni connu, une pulsion soudaine. *Pays blanc, Pays blanc, quelle idée étrange*, se dit-il. Il part avec, ça va très vite, trop vite. *45 720, 87 300*. Le destin lui aurait-il donné rendez-vous ?

— Salut, Rémi, à demain !

— À demain, ouais, salut, marmonne-t-il.

À califourchon sur sa mobylette, il ne sent pas la petite enveloppe, trop fine, imperceptible dans les plis de son manteau. Mais il y pense tout le trajet.

Quand il ouvre la porte, sa mère est occupée dans la cuisine. Penchée au-dessus de la table, elle épluche des pommes de terre. Les doigts serrés sur son économe, elle songe que l'omelette accompagnée de salade verte fera le bonheur de son fils. L'eau à la bouche, elle lance les pommes de terre dans la passoire en écoutant vaguement le présentateur d'un jeu télévisé qu'elle ne regarde pas. Rémi s'approche, l'embrasse, sa barbe naissante picote la joue de sa maman qui décline. Elle se tourne, contente de le voir, heureuse de constater qu'il a survécu à une journée de plus dans la jungle humaine. *Une de plus en moins*, se dit-elle. Ses yeux se promènent sur la silhouette de son grand fils, elle cherche quelque chose. Elle fronce les sourcils.

— T'as pas pris le pain ? finit-elle par grogner.

Obnubilé par la lettre, Rémi a oublié de prendre la baguette. Il ressort aussi sec. Sur le chemin, il s'assure qu'il a des sous dans sa poche, en profite pour tâter l'enveloppe, compte mentalement les pièces que ses doigts reconnaissent. Et la lettre tombe, et, tout à sa foulée rapide, il ne sent pas l'enveloppe glisser hors de la poche.

À la boulangerie, les joues rougies par l'effort, il attend son tour. Devant lui, quelqu'un maugrée dans un téléphone large comme une carte bleue, *Tiens, je vais prendre des quiches, y a légumes ou lorraine... Quoi, t'aimes pas les légumes ? Faut toujours que ce soit compliqué avec toi. OK, je prends rien, du coup.*

Sa main fouille, ses doigts paniquent, plus de papier, plus d'encre argentée, rien, plus que des pièces. Où est la lettre ? *65 304, 93 200, 01 800.* Son abdomen se creuse, son estomac se tord, il panique.

— Monsieur ?

Il farfouille, sourd à la voix perchée de la boulangère, retourne le tissu de la poche, les pièces tombent, cliquettent sur le carrelage, il s'en fout, il cherche, il cherche, mais c'est le vide, abyssal.

— Monsieur, s'il vous plaît ? Qu'est-ce que je vous sers ?

Il lève une tête imbécile vers la vendeuse agacée qui jette des coups d'œil vachards sur la file croissante, *Dépêchons, z'êtes pas tout seul*, mais lui, pâle, un teint de pain au chocolat mal cuit, il ne sait plus où il se trouve ni ce qu'il est venu chercher, l'angoisse est mordante, elle lui brûle l'œsophage, *La lettre, où est ma lettre ?*, il fait peine à voir. Il tourne les talons, comme ça, sans un mot, devant le regard ahuri de la commerçante, qui prononce, d'un ton offusqué :

— Y en a, quand même, j'vous jure.

Pendant tout ce temps, l'enveloppe agonise sur un coin de trottoir, à deux pas. Son encre métallisée scintille encore mais le cœur n'y est plus. Une enveloppe que d'aucuns pourraient envoyer valdinguer sans s'en rendre compte, un vulgaire morceau de papier de 114 x 162 mm dont les pigeons viendraient becqueter les fibres effilochées, moisies.

Pas cette fois. L'enveloppe a du bol puisque Rémi, tout sourire, vient de se jeter sur elle. Rasséréné, il repart en la rangeant bien au chaud dans sa poche zippée, heureux comme un pape de l'avoir retrouvée.

Rémi arrive chez lui, perturbé par cette mésaventure, et il n'a toujours pas de pain. Sa mère, habituée aux frasques, aux absences, aux phobies et aux manies de son fils, n'en fait pas une maladie.

On mangera du pain de mie, il en reste dans le placard, ça ira bien, va, t'en fais pas, mon Rémi.

Le repas avalé devant le journal télévisé, sa banane engloutie entre l'explosion d'un bar au Burkina Faso et la mise en examen d'un ancien ministre des Finances pour détournement d'argent public, Rémi monte dans sa chambre et s'affale sur son lit. Il coiffe son casque aux coussinets géants et, calfeutré derrière la musique, se coupe du monde pour de bon. La petite lettre attend paisiblement sur le bureau, un peu fanée, un peu salie. Rémi se lève, l'envisage un moment, *Qu'est-ce que je vais en faire ?* À chaque regard c'est la même ambivalence. Il la prend, la respire, la tourne, la retourne. Et voilà qu'il remarque qu'elle est un peu ouverte, il y a un jour minuscule là où la colle s'est asséchée. Alors il passe l'auriculaire dans la mince ouverture, écarte méticuleusement le rabat, extirpe la lettre, la déplie, la replie tout de suite, étouffant sous le poids de la culpabilité qui l'assaille, mais curieux, curieux comme jamais, il la déplie de nouveau et laisse son regard vagabonder sur l'écriture et les mots qui l'habillent.

Chère Maman,

Je ne sais pas si tu liras un jour cette lettre, mais la maîtresse répète qu'écrire permet souvent d'arranger les choses et d'aller mieux. Où tu vas, quand tu pars dans ta tête et que tu ne me parles plus ? J'ai l'impression que tu pars loin, alors j'ai noté une adresse au Pays blanc, là où tu m'as dit que tu voulais aller. J'espère que ma lettre te parviendra. Je voulais te dire que je t'aime très fort et que tu me manques. J'aimais bien quand tu m'embrassais et quand tu me mettais au lit le soir. Tu te rappelles ? Avant, tu me lisais des histoires. Maintenant, c'est moi qui t'en lis, même si je ne sais pas si tu arrives à les écouter. Tout le monde est de plus en plus triste ici, j'aimerais comprendre, mais personne ne veut me dire ce qui se passe. Mamie vient souvent à la maison, ça devrait me rassurer, mais ça me fait un peu peur en vrai. Depuis que tu es rentrée de l'hôpital, tu es différente mais je voulais te dire que je te trouvais toujours aussi belle. Et je suis contente parce que tout le monde trouve que je te ressemble. J'en ai de la chance, de ressembler à une si jolie maman. Tu vas bientôt revenir comme avant ?

Je t'aime très fort et je m'occuperai toujours de toi, même quand je serai grande et que j'aurai des enfants. Ou alors j'en aurai pas, comme ça, ce sera encore plus simple de m'occuper de toi.

Gros bisous.

Mati

Rémi n'est pas certain d'avoir tout compris : il relit la lettre une dizaine de fois, tant et si bien que les mots se vident de leur sens et que les phrases ne se tiennent plus. Lorsqu'il s'endort, il s'aperçoit qu'elles se reforment dans son esprit et que, sans le vouloir, il récite le texte. Il a une mémoire époustouflante, c'est son boulot. La lettre, elle, est quelque part au fond de son tiroir. Maintenant qu'elle est gravée dans sa tête, l'objet n'a plus la moindre importance.

13

13 février 2003

Bien qu'il continue de la réciter le soir dans son lit, la lettre de Mati s'est changée en barcarolle creuse, les phrases s'enchaînent mais c'est le rythme qui compte et qui décide ; l'esprit de Rémi a fait le reste pour la vider de sens. Les mots s'effacent.

L'hiver indifférent continue son œuvre, la saison refroidit les âmes et les bâtiments, la banlieue se recroqueville, on vit en pointillé en attendant des jours meilleurs. Gris le béton, gris les trottoirs, grises les rues, grises les âmes, tout est gris, on s'emmerde à mourir. Tous les jours, quand il va travailler, Rémi croise les gamins qui s'amalgament tristement à l'Abribus au milieu de la cité Prévert, ils fument du hasch dans leurs survêtements trop larges et leurs baskets siglées. Sur sa motocyclette, il rebondit sur l'asphalte, ça sent l'essence et la mécanique pas chères, l'engin bute sur les aspérités du bitume, ça le berce, sous les poteaux électriques, le nez caché par une cagoule en polaire, l'air qu'il recrache en volutes, ça le berce aussi, les tours HLM, tout coule, tout roule, *Ce soir, je n'oublierai pas le pain*. En attendant, Rémi range, classe, sépare, sélectionne, distingue, tamise, filtre, épure avec des gestes assurés, grâce à sa mémoire infaillible et à son goût de l'ordre, les lettres entrent dans des cases, toi ici, toi là. Deux agents papotent sous la lumière terne des néons. Un des tubes grésille, il ne va pas tarder à rendre l'âme, ça agace les employés qui sont juste en dessous, ils l'ont signalé, mais le technicien tarde à intervenir.

Subitement, Rémi suspend son geste au-dessus de la mêlée. Sourd aux protestations futiles de ses collègues, aveugle au ballet lancinant du plafonnier souffrant, il a reconnu l'écriture, l'enveloppe, l'encre argentée, l'adresse loufoque. Il tremble, l'angoisse de la première rencontre un mois plus tôt lui saute à la gorge, *14 280, 08 310, 12 430. Comment elle s'appelait déjà ? Mati, oui c'est ça*. Et voilà que ça recommence, que faire de cette lettre qui ne veut entrer dans aucun compartiment, ça le reprend à l'abdomen, il ne sait pas où mettre cette putain de lettre.

Pendant ce temps, derrière lui ça jacasse, ça se moque un peu, *Regarde, il bouge plus, qu'est-ce qu'il a encore, cet imbécile, moi j'trouve qu'il fait flipper, j'ai une cousine elle est pareil, des fois elle buggue on sait pas pourquoi*. Et ça ricane en silence, normalité toute-puissante, raison en ligne droite avare de toute fulgurance, ça pouffe, ça rougit, content d'avoir échappé à la dinguerie. Et au génie, aussi.

Rémi se lève d'un coup, le teint terreux. *14 790, 02 000, 35 760.*

— Rémi ? Ça va comme tu veux ? interroge le chef en le voyant sauter au bas de sa chaise et s'élancer vers les toilettes.

Il ne répond pas. La lettre est dans sa poche, il n'a pas fait exprès, elle est venue là presque à son insu, peut-on lutter contre un message qui ne demande qu'à être lu ?

Enfermé dans les sanitaires, il s'agenouille près d'une cuvette et entreprend d'ouvrir l'enveloppe aussi discrètement que possible.

Chère Maman,
T'es là mais t'es pas là. J'ai entendu Papa et Mamie parler tous les deux hier. Mamie dit que c'est parce que tu nous aimes pas assez. Moi, je sais qu'elle se trompe, c'est justement parce que tu nous aimes trop que parfois tu t'en vas dans ta tête. Enfin, je crois. Ou alors j'espère.
Quand tu m'as souri ce matin, j'ai bien vu que ça n'allait pas. Je voudrais t'aider, Papa aussi, il l'a dit au téléphone l'autre jour à je sais pas qui, mais on sait pas comment faire. Tous les jours à l'école je pense à toi. Je n'ai rien raconté à mes copines, ça sert à rien, elles ne comprendraient

pas, Inès se moquerait, d'ailleurs elle se moque toujours de tout, elle se rend pas compte qu'elle a l'air d'une idiote quand elle rigole et qu'on voit toutes ses dents. En plus, elle se force, ça se voit, pour faire son intéressante. Je l'aime plus trop. La semaine dernière, la maîtresse nous a appris un nouveau mot, « pavane », et j'ai trouvé que ça lui allait bien, quand je la vois avec sa mère à la sortie de l'école, je trouve qu'elle se pavane. Tu vois, j'ai bien compris.

Nous, on n'a pas beaucoup de devoirs, dans l'autre classe de CE2, ils en ont plein. C'est peut-être parce qu'on est plus forts qu'eux et qu'on a déjà appris plus de choses. Ça les énerve quand on leur dit ça, ils pensent que c'est parce que leur maître est plus sévère et que c'est la seule raison.

Faut que j'aille à l'école ma petite maman, je dois te laisser. Je pense très fort à toi. Je t'aime et je te fais des gros bisous.

Mati

Les mots se gravent dans l'esprit de Rémi au fur et à mesure qu'il les découvre. Il n'aura jamais besoin de les relire, il les connaît par cœur. Dans sa tête, ils se mélangent aux anciens, c'est un sacré bordel.

Il replie la feuille, les lèvres sèches, son palais accroche, ça pique lorsqu'il déglutit. Cette histoire le chiffonne, il a la sensation d'être debout devant un ravin, prêt à basculer, c'est la première fois qu'il ressent ce genre de malaise.

« Maman – Chemin doux – 00000 Pays blanc », hurle la petite enveloppe froissée dans sa main moite.

À présent, son tourment a un prénom. Dans la souffrance qu'il perçoit à travers les mots qui galopent dans sa tête, il reconnaît un morceau de la sienne. Lui qui est incapable d'interpréter les expressions du visage, le voilà soudain virtuose pour lire entre les lignes, c'est nouveau, il faut comprendre, pour quelqu'un qui préfère avancer seul plutôt que s'empêtrer dans le cordage mou des émotions humaines.

— Rémi ? Oh, mon gars, tu vas bien ?

La voix du chef, de faibles coups sur la porte lui parviennent, assourdis.

— Eh Rémi !

Les coups redoublent d'intensité, la porte vibre. Rémi réfléchit, les paupières closes, à des kilomètres du bureau de poste.

— Merde, j'espère qu'il s'est pas évanoui, fait chier, tiens, quel boulot de chiotte, faut tout faire ici.

Pays blanc, Pays blanc, à quoi ça ressemble, le Pays blanc ? Et le chemin doux, dans ce Pays blanc, en voilà des promesses, il imagine du coton, de la neige, des flocons partout, il s'envole et rien ne l'arrête.

— Venez m'aider, je crois qu'on a un problème, vocifère la voix qui s'est un peu éloignée.

De la neige donc, ni trop froide ni trop chaude, là-bas on n'a pas besoin de pull, on n'a pas besoin d'anorak, on est bien, c'est calme et c'est beau, frfrfr, frfrfr *font les pas dans cette couche bienveillante, tout est blanc, le ciel, le sol, les arbres, tout est immaculé, à égalité.*

— Magnez-vous ! Rémi, est-ce que tu m'entends ? Putain de débile, qu'est-ce que t'as encore foutu ?

Autour de lui, plus rien, du blanc à perte de vue, il se lève, s'apprête à plonger… et de la chaleur, tout à coup, dans sa main droite. Il baisse la tête, l'enveloppe qui s'y trouvait a disparu pour laisser place à cinq petits doigts et une jolie paume, une main d'enfant enlacée dans la sienne, une petite fille floue sans visage. Il observe en souriant cette main qui tire la sienne avec confiance, cette main s'appelle Mati, il l'entend dans un souffle, et il se laisse entraîner dans ce pays qu'il découvre.

— Faudrait défoncer la porte !

— T'es con, ou quoi ? On risquerait de lui fracasser le crâne s'il est juste derrière.

— Ouais, non, t'as raison, c'est pas ça qu'il faut faire. Bon, bah y a plus qu'à démonter la porte, alors.

— Rémi ! Rémi !

Les coups le jettent hors de ses songes, la main disparaît, la chaleur réconfortante avec, remplacée par une enveloppe humide. Retour banlieue, bureau de poste, réalité.

— Merde, qu'est-ce que tu fous, Rémi ? J'ai cru que t'avais... enfin tu sais, que t'avais fait un malaise ou un truc comme ça.

Le teint cireux du jeune homme les effraie. À leur panique, il oppose le regard vide où pointent un zeste de déception et pas mal d'incompréhension.

— Écoute Rémi, lui dit son chef en le prenant à part quelques minutes plus tard, tu devrais prendre deux ou trois jours, histoire de te reposer un peu... Hein, qu'est-ce que t'en dis ? Tu dois bien connaître un médecin qui pourrait t'arrêter, non ? Parce que si c'est ça, le problème, je peux te donner l'adresse du mien, tu verras, il est plutôt compréhensif...

— J'ai pas envie.

— Ah ? fait l'autre, surpris. Et pourquoi donc ? Surtout que c'est ton... ton chef qui te le conseille... Tu sais, c'est pas bon de trop tirer sur la corde, si tu vois ce que je veux dire.

— Tout va bien... Mais j'veux pas arrêter de travailler.

Le supérieur se racle la gorge, mal à l'aise.

— Dans ce cas, OK, bon, comme tu voudras, c'est toi qui vois, t'es pas obligé d'écouter mes conseils... Par contre, la prochaine fois que tu nous fais un coup comme ça, je serai obligé d'appeler les pompiers.

Rémi hoche la tête et enfile son manteau, en répondant simplement :

— À demain !

À partir de ce moment, Rémi va vivre dans l'attente d'une nouvelle lettre, nuit et jour, pour retrouver cette petite main chaude qui le guidera dans le Pays blanc, ce lieu de sérénité absolue. Chaque matin, il se réveillera persuadé qu'une lettre de Mati est arrivée, puis se couchera le soir, le cœur et la tête pleins de gaieté à la pensée que demain sera peut-être le bon jour.

14

27 mars 2003

Il tremble, dans ses mains, il ne rêve pas, il y a la lettre tant attendue, celle qui vient l'enlever loin. Son cœur bat la chamade. D'un geste furtif, presque accidentel, il la confisque, la plie en deux et la glisse au fond de la poche de sa veste, il ne la veut que pour lui, il la découvrira seul, dans le calme de sa chambre, il craint trop d'être découvert et qu'on lui retire son job, le fil ténu qui le relie au paradis.

Le reste de la journée passe. Tendu vers ce que contient sa poche, Rémi ne ressent rien, l'extérieur est un brouillard, la réalité un voile léger, mais il brûle intérieurement. À certains moments, la sonnerie du téléphone titille ses tympans, un courant d'air froid chatouille ses doigts ; il est indifférent, tout ce qui compte, c'est ce nouveau message.

Il est tard, la nuit est tombée. Une à une, les fenêtres s'éteignent en se couvrant de volets opaques. Allongé sur son lit, Rémi effleure le velouté lisse de l'enveloppe, le léger renflement de l'empreinte des lettres, *Maman, Chemin doux, 00000 Pays blanc,* il respire le parfum du papier, se laisse pénétrer par ses effluves âcres, savoure l'instant, entretient la volupté, refuse au dernier moment, puis réclame, la contradiction de ses sentiments est invivable, *Oui, non, allez, tant pis, je l'ouvre.*

Et la petite main est là, elle est un port, un paquebot, elle l'embarque, *Viens, viens, je suis là pour toi et tu es là pour moi, nous sommes deux, inséparables, intrépides contre les flots.*

Ma petite Maman,
C'est Mamie qui m'a emmenée voir le spectacle finalement avec Papa. Je crois qu'elle était bien contente que tu n'aies pas réussi à venir, je me demande si elle n'attendait pas que ça. C'est bizarre, j'ai l'impression qu'elle t'aime pas trop. Mais c'est pas grave, moi je t'aime largement pour elle. Est-ce que tu les entends, Papa et elle, se disputer ? J'espère que non, parce que je suis sûre que ça te ferait de la peine. Elle, elle dit que ta place est à l'hôpital, que tu devrais pas être avec nous, elle dit que ça me fait du mal de te voir comme ça, c'est n'importe quoi, si elle croit que ça me ferait moins mal de pas te voir du tout !
Tu veux que je te parle du spectacle ? Ça faisait un peu bébé en fait. C'était l'histoire d'une

méduse amoureuse d'un coquillage. À la fin, la méduse et le coquillage se changent en rocher et ils restent comme ça éternellement. Mamie était vachement emballée, Papa a dit que c'était gnangnan. Je suis sûre que si tu avais été là, on aurait bien rigolé, parce qu'on rigolait souvent toutes les deux. C'est dommage que tu aies l'air si triste, j'espère que ça va passer. Hier, j'ai rêvé que j'étais la méduse et que Papa et toi vous étiez deux coquillages et qu'on restait collés. Je t'aime très fort et je te fais des gros bisous pieuvres (c'est des bisous un peu dégoûtants).

Mati

15

28 avril 2003

Chère Maman,
Il faut que tu reviennes, il faut que tu reviennes, il faut que tu reviennes, il faut que tu reviennes, il faut que tu reviennes, il faut que tu reviennes, il faut que tu reviennes, il faut que tu reviennes, il faut que tu reviennes.
Ou alors il faut que tu m'emmènes avec toi.
Mati

Un minuscule relief abîme la douceur du papier, à certains endroits l'encre s'est éparpillée en petits flocons irréguliers. Même l'écriture est cabossée. Rémi, ça le bouleverse, il est sûr que Mati a pleuré. L'enveloppe aussi est différente. Et puis, pour la première fois, il y a une adresse au dos. Rémi crève d'envie d'y aller.

Le temps passe, et il y pense tout le temps, nuit après nuit, jour après jour. Il ne devrait pas, c'est mal, lui l'employé de poste qui trie les courriers, elle l'enfant qui les écrit, il y a une barrière qui ne se franchit pas, une sorte de serment d'Hippocrate des postiers, rester à distance, accepter que les mots transitent. Mais elle s'appelle Mathilde, elle a un surnom et elle habite quelque part.

16

22 juillet 2003

Bientôt trois mois, trois mois interminables qu'aucune lettre n'est venue alléger. Rémi a refusé de prendre des congés, peur de passer à côté. En dépit d'un espoir en montagnes russes, le destin ne réagit pas, le bac reste vide. Noyé dans l'attente, Rémi a perdu l'appétit et le sommeil. Sa mère est persuadée qu'il y a une fille là-dessous, elle s'en réjouit d'ailleurs, enfin une amoureuse pour son fils qui va bientôt finir par se couler dans le moule et se modeler une existence dans les clous. Rémi ne dément pas, il s'en fiche, va pour l'amoureuse, pour ce que ça change.

Mais voilà, le bac est vide. Vide de cette saveur particulière, son envolée mystique, ce moment rien qu'à lui, ces cinq doigts fluets serrés contre les siens. L'absence est une sacrée garce. Son quotidien s'étale dans une apathie tristounette. Sa jeunesse s'évapore dans l'attente et la récitation des messages déjà reçus. Il imagine des scénarios alambiqués, une lettre arrivée un week-end et passée entre les mailles de son filet tendu au cordeau ; c'est la seule raison valable à ce silence qui s'éternise. Il finit par courir au troquet en face du bureau chaque fois qu'il en a l'occasion, début et fin de service, il se poste à la même table, pile en face de la boîte aux lettres incrustée à la façade bleu et jaune, il arrive de plus en plus tôt, part de plus en plus tard, à regret chaque fois, parce qu'on ne sait jamais, *Imagine si elle arrive quand toi, tu tournes les talons, à une demi-seconde près t'as rien vu, quelle ironie alors, la vie ça tient à rien, un concours de circonstances.*

Sauf que son chef n'aime pas la tournure que ça prend. Il va en référer à qui de droit, ça ne va pas tarder, *Il y a un truc qui cloche et qui va finir par me retomber sur le coin du museau, mon employé est en train de virer taré, on va encore dire que c'est la faute de La Poste et des cadres qui pressent trop les employés, manquerait plus qu'il se pende au milieu du courrier et on aurait tout gagné.*

—Rémi, lui dit-il un soir alors que le bureau est en train de fermer, si quelque chose te tournicotait, tu me le dirais, n'est-ce pas ? Tu sais, on ne fait pas que travailler ici, on est un peu une grande famille, et les membres d'une même famille, ça s'entraide et ça s'éc…

Pays blanc, Mati, Maman, il faut que tu m'emmènes avec toi…

—Oh ! Rémi ! Tu entends ce que je suis en train de te dire, là ?

Non, Rémi n'entend rien et cette fois il n'y tient plus, ça le prend de partout, une décharge électrique, une évidence fulgurante, il veut savoir.

Ce soir, il ne s'attablera pas au bistrot devant un chocolat tiédasse. Ce soir, alors que le crépuscule mandarine épousera les contours des silhouettes banlieusardes, tandis que les adolescents en vacances attraperont des coups d'amour et se donneront rendez-vous à côté du *Kiabi* pour échanger des baisers, que le soleil arrosera les carrosseries des voitures coincées aux feux tricolores et que des dealers à la sauvette commenceront à se rassembler dans les cages d'escaliers, il se rendra chez Mati, une boule coincée au fond du ventre, le t-shirt gâté de transpiration, l'angoisse chevillée au corps.

* * *

Voilà, c'est cette rue. Bordée de pavillons quelconques et de jardins tirés à quatre épingles, elle ne paie pas de mine. Quand il arrive au croisement, Rémi n'ose pas s'avouer qu'il est un peu déçu. Il arrête sa mobylette, en descend. Termine à pied.

Dans sa poitrine, son cœur bat à tout rompre. Il se rapproche du numéro 19. C'est là, à deux pas, après le carrefour. Il s'apprête à traverser la rue quand une femme enceinte le percute.

— Hé !

Il bredouille de vagues excuses, par réflexe pur, toute son attention portée vers une maison à deux niveaux dont la cour de gravillons est ceinte d'une haie en bois. Il y est. Il déglutit.

Il avait imaginé autre chose, du majestueux, un poème, un hôtel haut comme le ciel, des oiseaux tout autour, de la dentelle, des fleurs par milliers. Au lieu de ça, il reste planté devant un pavillon enraciné dans un terrain sans plus, des coulures d'humidité striant le revêtement en crépi, une boîte aux lettres qu'on n'a pas pris la peine de relever depuis des lustres et qui dégueule de prospectus gorgés d'eau, une poubelle renversée, de l'abandon partout. Une citadine trois portes rouge stationne devant le portail. À l'étage, deux volets sont fermés. Une berline sombre est garée dans la cour. Un vélo bleu d'enfant est couché près des roues. Il y a un panier devant et des petits jouets coincés à l'intérieur, on dirait des peluches montées en porte-clés.

Combien de temps demeure-t-il enfoncé dans le goudron, le regard cramponné aux îlots de mousse qui ourlent la naissance des murs ? Une éternité sûrement, puisque la nuit se propage. Les lampadaires sont allumés. Une légère brise agite ses cheveux, il frissonne, il a l'impression que le temps s'est arrêté. De loin lui parvient le bruit de la circulation.

Tout à coup, il perçoit des mouvements furtifs à l'intérieur de la maison, quelqu'un s'agite près des fenêtres. Rémi est inquiet et heureux, ça s'emmêle, ça se répond, c'est étrange ce sentiment ambigu. Un à un, les stores descendent. Pourvu qu'ils ne condamnent pas toutes les ouvertures, pourvu qu'ils lui laissent apercevoir une bribe d'existence, une ombre de Mati. Mais les stores continuent leur chute inexorable, c'est terminé pour aujourd'hui.

Rémi s'apprête à tourner les talons, bredouille, lorsque la porte s'ouvre. Il fait un pas de côté, se coule dans la pénombre et vise la petite femme à lunettes qui se dirige vers le portail. Ses talons écrasent les graviers, *crr crr crr*, la nuit amplifie le ramdam des cailloux sous les semelles, *crr crr crr*, elle ramène un battant vers elle, se retourne, regarde en soufflant l'extérieur de la maison, referme derrière elle, appuie sur le bouton d'une télécommande coincée dans sa main. Les phares de la citadine s'illuminent. La femme ouvre la portière conducteur, s'installe derrière le volant, démarre et emporte avec elle ses secrets.

— Bonsoir, je peux vous aider ?

Rémi se pétrifie. Il ne se retourne pas.

— Vous cherchez quelqu'un peut-être ? insiste la voix.

Le museau d'un golden retriever vient renifler ses chaussures. Foudroyé de terreur, Rémi ne respire plus. Il n'a rien à faire là, il le sait. Le chien tourne et vire autour de lui, on dirait une sentinelle. Alors ni une ni deux, parce qu'il est paumé, parce qu'il ne voit pas ce qu'il pourrait faire d'autre, Rémi prend ses jambes à son cou, récupère sa mobylette au coin de la rue, démarre en trombe. L'autre, médusé, arque ses sourcils en se grattant la tête :

— Allez viens, Circonflexe, on rentre à la maison.

17

9 octobre 2003

Attablé près de la baie vitrée du bistrot, Rémi sirote sans conviction une mauvaise mixture chocolatée. Ses pupilles éteintes s'attardent sur les feuilles mortes qui parsèment l'asphalte ou tourbillonnent en dégringolant. Depuis le mois de juillet, il ronge son frein, pas de lettres, pas le cran d'y retourner, c'est terrible, et plus le temps passe, pire c'est, Mati est partout, tout le temps. Il espère qu'elle n'a pas déménagé. En attendant, il récite ses derniers mots. Peut-être qu'elle finira par entendre son appel. On dit bien qu'allumer une cigarette à l'arrêt du bus le fait arriver, ou que les derniers invités se présentent toujours lorsqu'on débouche le champagne. Alors, pourquoi pas ?

De l'autre côté de la rue, les deux fentes du bureau de poste accueillent leur ration journalière. Une vieille dame s'approche des boîtes aux lettres en claudiquant. Une enveloppe à la main, elle paraît hésiter, les boucles de sa mise en plis vibrent sur son crâne, son manteau sable est si grand qu'il la dissimule presque entièrement. Puis c'est un homme maigre au costume impeccable, un long parapluie dans la main droite, qui va nourrir la boîte. De l'intérieur de son veston, il extirpe une grande enveloppe Kraft qu'il balance sans précaution. Quelques secondes plus tard, une joggeuse lance une lettre, sans arrêter sa course.

Rémi a le cœur gros. Peut-être l'automne, peut-être ces vies qui se vivent sans lui, peut-être Mati. Il ne peut se résoudre à laisser tomber, il en va de sa survie.

La pendule au-dessus du comptoir indique 7 h 50. Il souffle, plus que cinq minutes. Les effluves de café, le tintamarre des cuillères contre la faïence, les voix des tenanciers, les miettes de croissant sur le zinc, le monsieur triste qui poireaute devant son ballon de vin rouge, tout se perd dans la mousse de son chocolat. Comme lui. Pour passer le temps et juguler sa tristesse, il ronge l'ongle de son index et se mord le bord gauche de la lèvre inférieure, c'est nerveux, il a toujours fait ça. Ses dents grincent. Ça aussi, c'est nerveux.

Tout à coup, un enfant perché sur un vélo s'échine à monter le trottoir sans descendre de son engin. Une épaisseur de cheveux châtains se balance sur son cou, c'est une petite fille, vêtue d'un manteau rose brillant et d'un jeans. Sur son dos, un cartable marron se maintient avec difficulté. L'intérêt de Rémi s'éveille, le vélo est bleu.

Incrédule, pris de court alors qu'il attend ça depuis un siècle, il approche son visage de la vitre, colle le nez contre le verre. Une petite fille, un vélo bleu. Au prix d'un effort certain, elle est parvenue à monter la butée du trottoir. Elle couche sa bicyclette sur le macadam. Le vélo dispose d'un panier blanc et des peluches s'agitent à l'intérieur. À cette distance, il ne les distingue pas bien, mais il a compris.

L'enfant pose son cartable à terre, l'ouvre, en sort une enveloppe grise, se relève, embrasse la lettre et la pousse délicatement dans une des ouvertures de la boîte. Rémi oublie de respirer. Machinalement, son petit doigt se niche entre ses dents. L'ongle cède sous son incisive.

Rémi est subjugué. Le cartable sur le dos, inconsciente de l'effet qu'elle est en train de produire sur un jeune homme dans le café en face, la petite fille relève son vélo, l'enjambe, appuie sur les pédales, se réapproprie le guidon qui tergiverse et s'éloigne dans la circulation.

Rémi met plusieurs secondes avant de réaliser que la petite fille n'est plus là.

Mati. Mati. Mati.

D'un bond, survolté, il se lève, se cogne contre les chaises qui l'entravent, sort et traverse la rue en courant.

* * *

Chère Maman,

La maîtresse m'a conseillé d'écrire chaque fois que quelque chose me fait trop souffrir. Elle dit qu'écrire permet de réduire le mal quand il est là.

Je me suis dit que, quitte à écrire, autant que ce soit à toi. Mais ça me fait tout drôle, parce que ça me donne l'impression que tu es encore en vie, quelque part, et que cette lettre, tu vas la lire, et que tu vas me répondre.

La maîtresse raconte qu'écrire, ça fait fuir la douleur. Que la douleur, elle n'aime pas trop les mots, qu'ils lui font peur à cause du pouvoir qu'ils ont sur les gens et sur les sentiments. Magali, ma maîtresse, elle ajoute que la peine est moins lourde à porter, qu'elle est même toute rabougrie quand on la raconte. C'est comme de la magie.

Je l'aime bien la maîtresse, elle a toujours des bonnes idées, même si parfois elle a une drôle de façon de nous les expliquer. Dans ma classe, certains garçons trouvent qu'elle a l'air cinglée. Moi, je crois plutôt qu'ils sont trop bêtes pour comprendre. Et comme ils sont trop idiots pour que ça entre dans leur tête, ils préfèrent croire que c'est elle, le problème.

Hier, j'ai été très triste. Peut-être à cause de ton anniversaire. Je me suis mise à pleurer pendant la récréation. Magali est venue me voir, elle a été très gentille. Elle m'a donné un mouchoir et puis elle est restée à côté de moi jusqu'à ce que ça sonne, sans parler. J'ai pensé que son silence me consolait. Tu sais, elle est douce comme toi, la maîtresse. Elle me fait souvent penser à toi d'ailleurs… Oh, il ne faut pas que tu t'inquiètes, elle te remplace pas. Mais je crois qu'elle comprend ce que ça fait. Ça serait bien si Papa pouvait passer un peu de temps avec elle. Peut-être qu'elle le comprendrait lui aussi, qu'elle lui dirait d'écrire et que sa peine en serait toute ramollie ? Même que son sourire pourrait lui redonner envie de sourire à lui aussi, parce que, quand elle sourit, Magali, elle attrape tout le soleil.

Il est tellement triste depuis que tu es partie. Des fois, il garde les yeux dans le vague et ça peut durer longtemps. Quand je lui demande ce qui ne va pas (en vrai, je sais bien ce qui va pas), il me répond juste "rien", comme ça. Peut-être qu'il a pas envie qu'on en parle, peut-être qu'il croit que j'ai oublié et que ça me ferait du mal de remettre ça sur le tapis. Il se trompe. La nuit, parfois, je l'entends sangloter, et ça me brise le cœur.

Mamie lui a proposé plusieurs fois qu'on déménage près de leur maison, à elle et à Papi. Moi, je n'ai pas envie d'aller habiter ailleurs.

Changer d'école, quitter mes copines et la maîtresse, ça serait trop dur. Et puis il y a notre maison, avec ton odeur à l'intérieur et tes vêtements que Papa ne veut pas jeter. D'ailleurs, j'ai volé une de tes robes en cachette. Mais chut : Papa n'en sait rien, et c'est mieux comme ça, parce que s'il l'apprenait, il me gronderait sûrement.
J'espère que tu ne t'ennuies pas trop là-haut, que tu t'es fait des amis. Ils en ont de la chance de t'avoir, vu que nous, on t'a plus.
Je te fais des gros bisous et je pense fort à toi.
Ta fille, ta Mati

Rémi tient dans ses mains la raison du silence des derniers mois. À travers la lecture de ces lignes, il assiste, impuissant, à la souffrance de l'enfant. Chaque phrase est un coup. Le Pays blanc a désormais une autre saveur, plus lointaine, plus inaccessible, plus glauque. Ce qu'il prenait pour une lueur immaculée revêt des airs de fantôme. Rémi se laisse embarquer par la petite main, mais les cinq doigts grelottent ; ils se recroquevillent dans sa paume. Dans sa tête, les interrogations se bousculent, car s'il perçoit l'affliction de Mati, il n'est pas certain d'en comprendre les raisons. La seule chose dont il est sûr, c'est que sa mère est partie pour de bon. Enfermé dans les toilettes, sans interférence avec la réalité qui meuble son quotidien, il murmure, les yeux mouillés de larmes :

— Pauvre petite fille. Je suis là, moi, ne t'inquiète pas.

Et, dans sa tête, la petite acquiesce.

18

15 décembre 2003

L'aube a vu dégringoler les premiers flocons. En ce mois de décembre plus froid que d'habitude, les jours sont terriblement courts, il faudrait pouvoir hiberner. Au sol, des flaques d'eau boueuse tachent le bitume et menacent de geler. Sur le chemin de l'école, des gamins survoltés sautent dans les mares. Il fait un temps de chien dont même les chiens cherchent à s'abriter. Les détritus s'accumulent dans les caniveaux. Les employés de la mairie ont procédé à l'attelage des décorations de Noël, mais les lumignons luttent à peine contre la nuit qui engloutit les rues. Les ombres brillent, le froid jubile et on étouffe dans les appartements surchauffés.

C'est une période que Rémi n'a jamais vraiment appréciée. Cette année, c'est encore pire. Il s'enlise dans une insondable tristesse : ce n'est pas son sort à lui qui le taraude, c'est son sort à elle, Mati n'est pas heureuse et il ne l'est pas non plus. La lettre, reçue cinq jours plus tôt, n'a rien arrangé :

Chère Maman,

Ils pensent tous à Noël, aux cadeaux qu'ils ont commandés, à la fête qu'ils préparent, ils n'ont que ça à la bouche. Pas moi. Ils me donnent presque envie de vomir. Chez nous, mais tu t'en doutes sûrement, on n'y pense pas beaucoup. Mamie a insisté pour que Papa retourne à la banque, elle lui a dit que ça lui ferait du bien de sortir de la maison et de voir du monde. Mais depuis qu'il a repris son travail, il est différent, il me fait peur, il me regarde bizarrement, comme s'il attendait quelque chose. Mamie est là tous les soirs. Elle me fait mon goûter, elle s'occupe de moi en attendant que Papa rentre. Mais après elle s'en va et elle me laisse toute seule avec lui.

Tu sais, j'ai l'impression parfois que Papa sait pas que t'es plus là, ou qu'il oublie. Je l'entends te parler, ça me fait tout drôle. Comme s'il dormait. Quand il se réveille et qu'il se rend compte que t'es pas là, ça le rend dix fois plus triste, et dix fois plus énervé. Il faudrait que quelqu'un lui explique, à Papa. J'ose pas le dire à Mamie, j'ai peur qu'elle le gronde. Et Papa, il a pas besoin de ça, pas vrai ? C'est juste qu'il

est malheureux. Moi, faut que je sois forte pour lui.
Pour Noël, je veux pas de cadeaux. Ce que je voudrais le plus au monde, c'est que tu me répondes. Même si je sais bien que c'est impossible, ça m'empêche pas de le vouloir, c'est pas nous qui décidons de ce qu'on désire ou pas.
Tu me manques trop.
J'espère que tu n'as pas trop froid parce que tu as laissé ton beau manteau noir ici. J'espère aussi que tu penses un peu à nous. En tout cas, je pense tous les jours à toi, tout le temps.
Je te fais des gros bisous et je t'aime.

Ta Mati

Un bonbon en forme de cœur a glissé hors de l'enveloppe et atterri aux pieds de Rémi. Il l'a ramassé et malaxé toute la soirée.

— Rémi, c'est quoi que tu tiens dans ta main ? s'est étonnée sa mère.

Elle a souri quand il a ouvert sa paume innocemment. « Ah, l'amour », s'est-elle exclamée, rêveuse soudain, avant de siffloter un air désuet devant la mine déboussolée de son fils.

Cette dernière lettre, il la récite sans arrêt depuis cinq jours. Il s'agite contre ce père dont l'attitude ne lui semble pas correcte, contre cette grand-mère qui ne paraît pas très compréhensive, contre cette mère qui reste décidément introuvable et contre lui-même, impuissant à changer les choses.

Ce matin donc, après cinq jours passés à serrer les mâchoires et à se gratter le dessus des mains jusqu'au sang pour trouver comment redonner le sourire à la petite fille, une idée a traversé son esprit prisonnier de ses angoisses : répondre. C'est si simple. Répondre à l'enfant que sa mère pense à elle, répondre qu'elle n'est pas seule contre tous.

La journée passe, les minutes se succèdent dans le tri des lettres anonymes. Le supérieur de Rémi passe et pointe son cou à la manière d'un suricate. Rémi s'en tape, concentré sur les mots qu'il lui faudra choisir un peu plus tard. Il s'en balance, des murmures piquants qui accompagnent chacun de ses mouvements, c'est à peine s'il les entend, les bourdonnements des collègues, dans le nuage de la mission qu'il s'est assignée.

Le soir est une libération et une source infinie d'appréhension. Rémi doit maintenant s'atteler à la tâche. Fébrile, il allume la lampe sur son bureau et s'empare d'une feuille de papier ligné et d'un stylo. Il laisse vagabonder ses pensées avant de se jeter dans l'exercice. Il griffonne, rature, biffe, trace, raye, c'est un combat, il chiffonne, s'énerve, s'impatiente, aplatit sa feuille, se relance à corps perdu dans la quête de la bonne phrase au bon moment, se mord les lèvres, se gratte, écrit des suites de chiffres pour que vienne l'inspiration.

Le stylo transperce la feuille qui se laisse supplicier avec une résignation stoïque.

Enfin, au bout d'une heure d'activité intensive, Rémi se calme, ses mâchoires se relâchent, ses doigts se décrispent. Il se lève, allume sa chaîne hi-fi, chaloupe lentement en suivant la voix profonde d'Annie Lennox, s'empare d'une feuille neuve et trace avec application :

Bonjour Mati,
Je m'appelle Rémi. J'habite au Pays blanc et je suis avec ta maman. Elle voudrait te dire qu'elle a bien reçu tes lettres, qu'elle est très heureuse de les lire et qu'elle pense elle aussi très fort à toi. Elle t'aime. Elle voudrait aussi te rassurer : elle n'a pas froid car on lui a prêté un autre manteau quand elle est arrivée au Pays blanc : c'est un manteau beige qui lui va à ravir. Elle voudrait que tu passes un beau Noël et que tu profites de la neige qui commence à tomber.
Elle t'aime très fort et elle t'embrasse.

Rémi (un ami de ta maman)

Il appose le point final, s'empare d'une enveloppe, y écrit « MATI » en gros, bien au milieu. À l'aide d'un feutre bleu, il dessine un timbre en haut à droite, un rectangle à l'intérieur duquel il loge un bonhomme sourire. Il plie la feuille en quatre, l'introduit dans l'enveloppe, décolle le ruban adhésif, appuie pour que ça prenne, tient le tout dans la lumière citron, jauge son travail avec circonspection, tique, plisse les yeux, sourit et dessine sans respirer une flopée de personnages enfantins.

À présent, il retourne l'enveloppe et vise sévèrement le cadre dédié à la mention de l'expéditeur. Est-ce bien ? Est-ce mal ? Il écrit « RÉMI ». Mais il est mal à l'aise. *75 018, 22 140, 27 930.* Il se réfugie dans les chiffres, là au moins il est chez lui, tout est stable et sans surprise. Vautré sur son bureau, tel un élève zélé qui aurait tendance à la myopie, il aligne en un temps record et sans une once d'hésitation tous les codes postaux rencontrés au fil de sa journée. Quand il relève son feutre, le dos de l'enveloppe est quadrillé de groupes de nombres si serrés que les déchiffrer relèverait d'une mission impossible. Il a mal aux dents, mais cette fois, c'est bon, tout y est. Demain matin, il fera un crochet pour déposer la lettre chez Mathilde.

En attendant, il faut dormir. Allongé dans son lit, il s'efforce de se détendre au son de la musique. Dehors, les fenêtres s'éteignent une à une, le sommeil emporte dans son sillage les habitants harassés. Rémi se tourne et se retourne. Ça dure des heures.

Au petit matin, le réveil trouve le jeune homme aux aguets, épuisé. Rémi n'a pas fermé l'œil.

Pourtant, porté par un courant d'appréhension teinté d'une brume d'excitation, à cheval sur sa motocyclette, il vole sur l'asphalte. Dans sa tête, les questions se bousculent et s'entrecoupent d'invraisemblables suites de chiffres.

Le jour se lève lorsqu'il parvient devant chez Mati. Son cœur s'emballe quand il aperçoit les roues du petit vélo qui dépassent d'une bâche posée à la va-vite, et la berline sombre, juste à côté. Les stores sont fermés. Rémi descend de sa mobylette et, planté devant la boîte aux lettres que quelqu'un a vidée, réfléchit.

Tout à coup, un sifflement. Puis une voix masculine :

— Circonflexe ! Viens ici !

Rémi revient dare-dare à la réalité : il coule un regard vers la voix, jette la lettre dans la boîte et redémarre en trombe en oubliant d'enfiler son casque qui cogne contre son guidon. La laisse à la main, le propriétaire du chien regarde passer ce fou sur sa bécane pas chère, sûr de l'avoir déjà croisé quelque part.

Le cœur battant, Rémi, lui, rejoint sa routine et son bureau de poste.

Vers le milieu de la journée, le supérieur de Rémi le convoque dans son bureau.

— Ferme la porte s'il te plaît.

Il ne lui propose pas de s'asseoir, ça va aller vite, c'est l'histoire d'une minute tout au plus.

— Écoute Rémi, commence-t-il sur un ton de confidence, il y a eu des plaintes, des gens disent que les lettres arrivent ouvertes. Il y a eu une enquête, tu sais comment ils sont dans ces cas-là, le grabuge ils aiment pas trop, et les courriers en question ont tous été postés depuis notre boîte à nous. Donc c'est forcément quelqu'un de chez nous.

Au milieu de la pièce, les mains ratatinées au fond de ses poches, Rémi reste coi. Comprend-il seulement la manigance ?

Ne s'attendant pas à une autre réaction, l'autre poursuit sur sa lancée, sans se départir de sa commisération feinte :

— Je dis pas que c'est toi, hein, attention, je suis pas en train de t'accuser, mais faut reconnaître que, de nous tous, tu es celui qui touche le plus les lettres puisqu'elles passent presque toutes par toi. Du coup, en attendant qu'on trouve qui c'est, je vais te demander de plus t'approcher du courrier.

La valse diabolique s'enclenche dans l'esprit du jeune homme : ne plus toucher au courrier ? C'est-à-dire ne plus avoir accès aux lettres de Mati ? Ne jamais connaître sa réponse, ignorer si le bonheur dont il voulait l'enrober a fait son office sur le petit manteau rose ?

— Mais j'ai rien fait, se défend-il. Je veux continuer à trier, c'est mon boulot…

— Impossible, c'est pour te protéger, tu comprends ? Voilà le plan : tu tries plus pendant un mois, si les plaintes continuent d'affluer, les cadors au-dessus pourront pas t'accuser. Tu piges ? Tu vois, c'est pour ton bien…

Rémi déglutit, une fois, dix fois, récite, *93 150, 16 460, 70 210*, il pige, oui, il pige, mais Dieu qu'il a mal aux tripes, il en chialerait.

— Et je fais quoi, alors, pendant un mois ? s'inquiète-t-il, la voix brisée par l'émotion.

Les yeux du chef s'animent d'un mouvement venimeux.

— Tu n'auras qu'à te mettre à l'entrée et accueillir les usagers.

Une bouffée d'anxiété étreint la gorge de Rémi, tous ces inconnus, toutes ces possibilités d'imprévus, ces désastres presque annoncés.

— Ça va pas être facile, note-t-il seulement en se mordant l'intérieur de la bouche.

94 310, 19 500, 75 013.

Une petite tape sur l'épaule.

— Mais non, tu vas très bien t'en sortir, tu verras. Et puis c'est juste pour un mois, c'est pas la mer à boire pour un gaillard comme toi.

Rémi hoche la tête, ce n'est pas comme s'il avait le choix. Une boule s'est installée dans sa gorge, lourde, gigantesque.

— Euh, tu peux me signer un truc du coup ? C'est seulement pour attester qu'on s'est parlé…

Du menton, le chef indique un feuillet qui trône sur un coin de son bureau, à demi planqué par un dossier nonchalamment déposé dessus. Il pose son index droit au bas de la feuille et envoie, péremptoire :

— Là !

Sans rechigner, Rémi signe le feuillet. Tout à son naufrage, il ne mesure pas l'engagement qu'il vient de prendre.

19

12 février 2004

Deux mois passés à attraper les courants d'air dans ce bureau ouvert et à guetter la petite fille pendant son temps libre. Deux mois à explorer son quartier tôt le matin, à épier ses habitudes. Deux mois de planque, à guetter son arrivée au bureau de poste, le matin, avant d'aller à l'école. Deux mois à attendre que celui qui l'a remplacé au tri aille pisser, pour repérer si la lettre destinée au Pays blanc est dans le tas du courrier à jeter. Deux mois à tanguer sur un fil, à sursauter dès qu'on lui parle. Et un beau jour, la lettre de Mati.

Chère Maman,
C'est gentil d'avoir demandé à Rémi de m'écrire. Tu peux pas savoir comme ça m'a fait plaisir de recevoir cette lettre. Mamie a cru que c'était une copine qui m'écrivait. Papa, lui, n'a rien cru du tout puisqu'il n'a rien vu. Ça m'a quand même beaucoup

étonnée de recevoir cette lettre. Mais je sais que ça vient de toi parce qu'elle parle du manteau et que Rémi a pas pu inventer ça. Je crois que ça a été un des plus beaux jours de ma vie, j'ai chanté toute la journée en pensant à toi. Tu pourras dire à Rémi de m'écrire encore ? Ou alors toi, toi aussi tu pourrais m'écrire, même que ça me ferait encore plus plaisir. À l'école, y en a qui disent que quand on est mort, on ne va nulle part. Ils expliquent que c'est juste qu'on bouge plus, qu'on respire plus et qu'on parle plus. J'étais certaine que c'était faux, et je suis bien contente de voir que c'est moi qui avais raison. J'ai failli raconter à mes copines que tu as demandé à un ami de m'écrire mais j'ai préféré ne rien dire. Je crois que c'est mieux si ça reste notre secret.

Papa est trop malheureux, c'est pour ça qu'il est pas toujours gentil avec moi. Il dit que je te ressemble trop et que ça lui fait de la peine de me voir tout le temps. Moi je veux bien changer de tête, si j'étais sûre que ça ferait du bien. Mais c'est impossible, et puis c'est pas ma faute… En fait, je suis contente de te ressembler, c'est comme si on était toujours collées. Mamie est bizarre. Je sais qu'elle est entrée dans votre chambre et qu'elle a brûlé des habits à toi dans le jardin.

Ça m'a fait de la peine, on dirait qu'elle est contente que tu sois plus là. Peut-être que j'ai pas raison, remarque. En tout cas, j'en ai marre d'être là. Je sais que je demande la lune mais j'aimerais bien que tu viennes me chercher.
Je t'aime très fort et j'ai hâte de recevoir une nouvelle lettre. Je te fais plein de gros bisous et moi je pense pas comme Mamie.

Ta Mati

Ce courrier, à Rémi, ça lui a fait un trou au niveau de la cage thoracique. La mort, c'était donc ça, la mère est morte, il n'avait pas compris.

Deux jours plus tard, il a reçu une lettre à son nom, recommandée, cette fois. Recommandée, tiens, par qui ? Par quoi ? C'est une drôle de dénomination quand on y réfléchit.

Une mise à pied, voilà ce qu'il a récolté, c'était couru avec tous ces usagers, c'était trop difficile, gérer tant de situations délicates, être sans cesse confronté au fait de ne pas avoir de solution à proposer, se faire traiter d'abruti, de débile profond par ces gens qui ne supportent pas l'attente et que son air absent angoisse, ne pas comprendre les remontrances, se réfugier parfois dans des chapelets de chiffres. L'erreur, le blâme, la récidive, rien ne pouvait l'empêcher. Voilà. Ça ne pouvait pas durer.

Peut-il se défendre ? Sa mère a bien tenté de rencontrer le supérieur, de comprendre, de plaider la cause, mais elle s'est fait envoyer paître gentiment, avec douceur, le décisionnaire doit prendre garde de ne pas éveiller l'attention des syndicats. La règle d'or : ne jamais se fier aux apparences. Le chef a donc choisi ses mots, accompagnés de jolies manières, il a fait asseoir la mère qui tenait son sac sur ses genoux, qui reniflait bruyamment, et elle n'a pas protesté, elle n'aurait pas osé à vrai dire. Il a surveillé chaque syllabe, usé d'arguments inattaquables et, passé maître dans l'art de contourner ses propres pensées, pesé et soupesé chaque silence pour que rien ne se retourne contre lui. Pourtant, il crève d'insulter Rémi, ce barjot, ce débile, ce malade qui le fatigue mais ne l'empêchera pas de partir au soleil pour les vacances d'hiver.

Depuis, on en est là. Une semaine que Rémi se morfond en se rongeant les ongles, effondré à l'idée d'avoir abandonné Mati. Quand il sort, c'est pour le pain. Quand il ne sort pas, il s'abrutit de musique et secoue la tête dans tous les sens. Sa mère s'inquiète, son fils ne cause plus beaucoup, des onomatopées, peu de verbes, des sujets inaudibles, ne parlons pas des compléments. Elle se dit que Rémi a perdu son travail et son amour en même temps. Est-ce que la demoiselle travaille elle aussi à La Poste ? En attendant, elle se démène pour lui trouver une occupation, une mission quelconque au supermarché. Mais ce n'est pas simple, son fils trimballe une réputation compliquée.

20

Rémi, lui, n'a plus qu'une seule idée en tête : revoir la petite.

Aujourd'hui, il se lève bien avant le soleil. Il ne déjeune pas, se déplace dans la maison à pas de loup pour ne pas réveiller sa mère, s'habille, sort, traîne sa motocyclette sur plusieurs mètres et démarre.

Enfin, il y est : le croisement, la grille où attacher sa mobylette, les pavillons, les lampadaires éteints trop tôt, la tristesse du bitume et des toits, le ciel qui ne s'ouvre pas. Le terrain devant la maison, de plus en plus décrépite, est laissé à l'abandon, les meubles sont restés dehors tout l'hiver, les bâches ont pourri, l'humidité suinte de partout. La berline est là, le vélo aussi, juste à côté. Rémi a froid : dissimulé dans l'ombre, il sautille sur place en récitant des codes postaux. Les yeux rivés aux fenêtres dont les volets sont encore clos, il sent que les choses sont sur le point de changer. Car aujourd'hui, quoi qu'il en coûte, il ne décampera pas sans elle, il va parler à Mati. C'est plus fort que lui.

Au bout d'une demi-heure, quelqu'un remonte les volets du rez-de-chaussée. Un homme. Son père ? La lumière qu'on vient d'allumer laisse apercevoir les meubles d'un salon, un sofa, une télévision. Mais tout est flou, malade, derrière les voilages bistre. Au premier étage, une pièce émerge. Derrière sa fenêtre, une silhouette fluette s'affaire sur la poignée du volet roulant. C'est elle. Rémi retient son souffle. Elle ouvre la fenêtre, tend son joli petit minois au matin, promène son regard mélancolique sur la chaussée endormie. Elle porte un long t-shirt, *Elle va attraper la mort*, pense Rémi. Elle referme la fenêtre et les doubles rideaux, laisse son observateur mi-rêveur, mi-démuni.

Des phares trouent la pénombre, des voitures arpentent la chaussée, des portières claquent, le jour reprend ses quartiers. Rémi murmure :

— Qu'elle est belle.

Il attend sans bouger, des minutes, des heures, des siècles, il a froid, il souffle sur ses doigts gelés, il enfonce son bonnet sur ses oreilles. Puis la porte d'entrée s'ouvre, enfin. Sur le perron, la fillette en jeans embrasse son père. Vêtu d'un costume sombre sous un manteau en feutre, ce dernier se retourne pour fermer la porte, suspend le cartable sur le manteau rose et l'observe ramasser son vélo, le traîner sur les graviers, ouvrir le portail et s'éloigner en zigzaguant sur le trottoir.

Rémi a reculé : il ne veut surtout pas être vu. La berline bipe, ses phares crépitent. Le père monte dans sa voiture, avance jusqu'à la rue, s'extirpe du véhicule, referme le portail et quitte la rue à son tour. Cette fois, Rémi saute sur sa bécane. Il sait que la fillette passe devant le bureau de poste pour se rendre à l'école, il n'hésite donc pas une seconde. Forcément, il la rattrape assez vite. Il n'a encore aucune idée de ce qu'il va inventer. En attendant, incertain, il la suit à bonne distance, ce qui n'est pas si facile.

Mais la Providence veille au grain. L'enfant stoppe devant le bureau de poste, s'escrime à faire grimper son vélo sur le trottoir, s'acharne devant tant de résistance, souffle en émettant de petits cercles de fumée, réussit, pose le vélo à terre, s'apprête à ouvrir son cartable pour y plonger la main.

— Euh… bonjour…

Mati se redresse d'un coup, tourne la tête, incrédule. Instinctivement, elle recule. Le grand gaillard essaie de sourire, mais avec son bonnet vissé sur ses sourcils, il ne lui inspire rien de bon. En guise de défense, la fillette affecte de ne pas entendre et se remet à fouiller son cartable.

Rémi s'approche, inconscient de la peur qu'il suscite.

— Bonjour, répète-t-il en avalant sa salive. Tu viens apporter une lettre ?

Cette fois, Mati n'a pas le choix. Elle tord ses doigts dans ses gants. Elle hoche la tête.

— Tu devrais me la donner, propose-t-il, les boîtes ne marchent pas bien, souvent les lettres se perdent.

Il a prononcé ces mots sans réfléchir, ni même respirer, il fallait dire quelque chose, alors voilà. De crainte en étonnement, la fillette promène son indécision sur le jeune homme empêtré dans son anorak. Le silence est son unique défense.

— Tu t'appelles Mati ? tente Rémi.

Méfiante, elle opine prudemment du chef. Comment connaît-il son prénom ?

— C'est pour ta maman ?

Rémi est de plus en plus mal à l'aise devant le mutisme de l'enfant. Déjà, des nombres commencent à danser dans sa tête, *35 530, 23 480, 95 380.*

— Comment vous savez que c'est pour ma mère ?

Autour d'eux, la vie semble s'être arrêtée : les passants passent en sourdine, la rue s'est comme vidée de ses bruits. Ils sont deux, et c'est tout.

À présent, c'est Rémi qui ne sait pas quoi répondre. Mais Mati est lancée, elle veut comprendre :

— Et comment vous connaissez mon prénom, d'abord ?

Il se sent pris en faute, baisse le front.

— Parce que je le sais, c'est tout.

Sa réponse est nulle.

— Pourquoi vous dites que les lettres n'arrivent pas toujours quand on les met dans la boîte ? Vous travaillez ici ?

— Oui, euh, je travaillais... je travaille ici.

— Si je vous la donne, elle arrivera, c'est sûr ? Parce que c'est important.

— C'est sûr.

— Pourquoi vous vous garez pas si vous travaillez là ?

— Je... Là-bas, y a un parking, j'y allais justement.

La fillette hésite, oscille entre la fente jaune et la main tendue, décide finalement d'accorder sa confiance et donne l'enveloppe argentée au jeune homme à califourchon sur sa motocyclette, le casque pendu au guidon.

— Rémi ! tonne une voix féminine au loin. Qu'est-ce que tu fais là ? Faut pas rester ici hein, tu sais bien !

Blême, au bord de l'attaque, Rémi lance à l'enfant médusée :

— Désolé, faut que je me sauve.

Et détale la mobylette, laissant là la fillette interdite, avec son manteau rose pour seule armure, le cartable béant sur le trottoir, et qui murmure le prénom du messager, *Rémi, Rémi, Rémi*, la vision abîmée par les larmes qui perlent à ses paupières. Derrière elle, la réalité reprend lourdement sa place, les passants et les bus recommencent leur barouf insensé, ça klaxonne, ça s'agite, ça recouvre allègrement les souffrances.

— Oh, petite ! Tu te sens pas bien ? Tu as perdu tes parents ?

Mati hisse ses yeux pleins de sel vers la femme joliment habillée qui s'est adressée à elle. D'un revers de manche, elle essuie son visage et balbutie :

— Non, je… je dois… vais à l'école.

— Tu es sûre que tout va bien ?

— Oui, c'est juste que… je me suis fait mal en tombant de mon vélo, mais c'est rien. Faut que j'y aille, sinon je risque d'être en retard. Euh… au revoir !

Et elle se sauve à son tour.

Sur la place vide devant le bureau de poste à peine ouvert, le destin de deux êtres que rien ne devait rapprocher vient de se sceller.

21

Elle, elle est à l'école. Loin des énoncés de l'institutrice et des acclamations de ses camarades, des courses-poursuites de la récréation et des avions en papier qui gravitent devant le tableau. Dans la classe surchauffée ou dans la cour mangée de givre, la fillette est irrésistiblement attirée par le ciel. Sans arrêt, elle rabâche le prénom de cet homme, *Rémi*, *Rémi*, *Rémi*. Est-ce celui de sa maman ? L'espoir peint des étoiles au fond de ses pupilles. Sur son visage grave, un début de sourire.

Lui, il est adossé au mur du gymnase municipal. Les doigts gourds, la peau sèche, il balance entre surprise et confusion. Sur ses genoux ramenés sous son menton, un papier couvert d'une écriture enfantine s'agite au gré des bourrasques.

Chère Maman,

J'ai peur pour Papa, j'ai entendu Mamie dire qu'il se drogue. Je sais que c'est mal et que ça abîme le cerveau, on a eu une infirmière qui est venue nous en parler à l'école. Mais je suis pas sûre si Mamie a raison. Tout ce que je sais, c'est que Papa saigne beaucoup du nez et qu'il est tellement triste que, des fois, il m'appelle juste pour me gronder. Après, il pleure. Je savais pas que les papas ça pleurait. Mais c'est bête, j'aurais dû m'en douter, ils sont pareils que nous en fait, ils ont le droit d'avoir de la peine. Souvent il te parle à toi et ensuite il s'énerve. Hier, il était tellement en colère qu'il a renversé tout ce qu'il y avait sur mon bureau. J'ai ramassé, mais certains trucs étaient cassés. Tu crois qu'il va finir par se sentir mieux ?

Il y a une chose que je voudrais savoir, Maman : c'est vrai que j'aurais dû avoir un grand frère mais qu'il est mort quand il était dans ton ventre ?

Et Rémi, il va bientôt m'écrire ?

Ta Mati qui t'aime
et qui aurait aussi aimé son grand frère
s'il était venu au monde.

Ces mots sont autant de coups dans le ventre de Rémi. Le chagrin est partout, il sourd de chaque phrase de Mati. Qui est ce frère dont elle parle ? Cette nouvelle mort le déstabilise. Mais il y a autre chose entre ces lignes, un indescriptible sentiment d'oppression. De la peur. Du danger. Mati est-elle en danger ?

Le jeune homme s'enfonce dans son anorak qui s'accroche au crépi de la façade. Si sa mère voyait ça, sûr qu'elle gueulerait un bon coup. Il s'en fout. Devant lui, derrière la grille entrouverte, les voitures vont, viennent, aucune ne s'arrête, c'est normal, c'est la départementale. Il se laisse bercer par le ronron des moteurs. Ses idées s'embrument dans les pots d'échappement dont les gaz, à force, lui tournent vaguement la tête. Il doit protéger Mati, c'est une nécessité, un besoin impérieux, viscéral. Mais de qui ? de quoi ? Une vague étrange tout à coup l'envahit, le sentiment d'être enfin utile, d'avoir trouvé sa voie. Rémi goûte, fugacement, une bouffée de bonheur. Il en est convaincu, il vit pour protéger Mati. Le reste n'a aucune espèce d'importance. Il veillera sur elle, il en fait le serment. Peu importe ce qu'il lui en coûtera.

22

25 mars 2004

Les jours passent, le printemps renaît, la vie revient à la vie. Le soleil éclabousse les corps, les visages, les carrosseries et les plaques de goudron, les oiseaux pépient dans les branches. Pendant que la nature explose, l'enfant guette l'homme devant le bureau de poste et l'homme guette l'enfant. Leur rencontre, ils l'appellent et la redoutent simultanément.

Tous les matins, donc, Rémi se poste à l'angle de la rue de la fillette et attend qu'elle passe à vélo pour la suivre à distance sur sa mobylette. Immanquablement, Mati s'arrête à la poste et patiente, une enveloppe à la main, en cherchant, telle une girouette, s'il n'apparaît pas au carrefour. Rémi n'ose pas s'approcher. Il est timide. Mais, aujourd'hui, Mati l'a aperçu en premier. Il fallait peut-être que quelque chose se passe, enfin.

— Rémi ?

Lorsqu'il entend son prénom, le sang du jeune homme ne fait qu'un tour et lui rosit les joues.

— Vous vous appelez bien Rémi ? C'est vous qui connaissez ma maman ?

Il déglutit, sa bouche est sèche tout à coup :

— Euh, oui, non, un peu, peut-être…

— Vous pouvez lui donner ça ? Parce que j'ai peur que ça lui arrive pas autrement, vu ce que vous m'avez dit la dernière fois…

Au bout de son bras, l'enveloppe à l'encre métallisée brille d'un éclat mordoré. Sans répondre, Rémi saisit la lettre et la fourre dans sa poche. Il recule de trois pas, prêt à ficher le camp.

— Vous la connaissez comment, ma maman ?

Rémi secoue la tête en fixant ses souliers. Il bredouille :

— C'est pas facile à expliquer…

— Vous la connaissiez quand elle était là ?

Il hausse les épaules, secoue la tête, ce n'est pas un oui, ce n'est pas un non, mais la mioche prend ce qu'elle veut.

— Vous pouvez lui donner les lettres ?

Il pince les lèvres, enfonce les mains dans ses poches, coule un regard de biais. On dirait un gamin. Il recule à nouveau.

— Est-ce que vous êtes une sorte d'ange ?

— …

— Pourquoi vous me parlez pas ? Vous avez pas le droit, c'est ça ?

Il approuve d'un mouvement de tête, c'est tout à fait ça, il n'a pas le droit d'être là, avoir cet échange est interdit et c'est dommage, tellement frustrant, depuis le temps qu'il en rêvait de ce moment ! Pourtant, il sent que c'est mal. La môme aussi, puisqu'elle baisse les yeux à son tour.

— Moi non plus, maugrée-t-elle, j'ai pas trop le droit de parler aux inconnus. Mamie, elle me le répète tout le temps. Elle se méfie surtout de ceux qui pourraient me donner des bonbons, parce qu'il paraît que c'est du poison pour enlever les petites filles. Mais vous c'est pas pareil, hein, puisque vous êtes là pour ma maman… Vous pouvez lui dire qu'elle me manque beaucoup ?

Rémi hoche la tête. Il ne voit pas ce qu'il pourrait faire d'autre, il est si mal à l'aise.

— C'est marrant, j'imaginais pas les anges comme ça.

Rémi écarte les bras. Ce geste, Mati l'interprète mal : elle prend ce signe d'incompréhension pour du désarroi.

— Euh, pardon, s'excuse-t-elle, confuse, en grattant le sol avec sa chaussure, je voulais pas vous faire de la peine, c'est juste que je croyais que les gens comme vous, ça avait des ailes…

Elle chuchote soudain en lançant un clin d'œil désarmant :

— Peut-être qu'elles sont cachées sous votre manteau. Pour pas qu'on les voie.

Il n'intègre absolument rien de ce qui est en train de se dérouler, *45 770, 89 113, 62 978 cedex*, l'angoisse monte, il s'empêtre à l'intérieur, la sueur perle sur son front. Percevant le malaise, l'enfant s'approche, se hisse sur la pointe des pieds et l'oblige à se pencher.

— Faut pas que tu t'inquiètes, lui glisse-t-elle à l'oreille, je te promets que je dirai à personne que t'existes.

Et, en moins de temps qu'il n'en faut pour le dire, elle disparaît, abandonnant sur cette place le pauvre Rémi, planté comme un piquet.

* * *

Chère Maman,

Ça fait trois fois que je déchire la lettre que je suis en train de t'écrire. Celle-là, c'est la quatrième. J'ai tellement de choses à te raconter que je sais pas par où commencer. J'ai rencontré Rémi, ton ami. Il a pas voulu me dire son nom, mais je sais que c'est lui. Je suis tellement contente. Il a l'air timide, c'est drôle, il ressemble pas à un adulte ordinaire. Mais je suis bien contente et je trouve que tu l'as bien choisi. J'espère que je le reverrai. Il m'a prévenue que les lettres n'arrivent pas toujours, et moi, j'ai vraiment envie que tu les lises, mes lettres. Je vais l'attendre tous les matins, si je peux, juste pour être sûre.

Jeudi, Papa m'a fait mal. Oh juste un peu, pas trop, et puis il a pas fait exprès, il s'est même excusé. Ce n'est pas la première fois que ça lui arrive, mais je sais que c'est la drogue et la tristesse qui le rendent comme ça. Papa n'arrive plus à sourire, Maman. Il pleure beaucoup. Quand il s'enferme dans votre chambre, je l'entends à travers les murs, ça peut durer des heures. Mamie n'y peut pas grand-chose et ça l'énerve, et quand elle est énervée, elle parle de toi. Oh, pas à moi, non, au téléphone avec quelqu'un. Elle dit que tu nous as rendus tous malheureux. Mais c'est pas vrai, c'est pas toi, c'est ton départ qui nous fait de la peine. Quand j'entends ça, j'ai une boule dans mon ventre et dans mon cœur, je crois que je pourrais exploser.

Quand tu es morte, est-ce que tu as retrouvé mon grand frère qui était mort dans ton ventre ? Est-ce que tu lui parles des fois ? Lui aussi, il connaît Rémi ?

À l'école, je n'ai plus de copines. On s'est disputées et elles me causent plus. Je reste toute seule dans la cour. Mais je m'en fiche, je vois bien que je suis pas comme elles, elles comprennent rien, elles disent que c'est parce que je fais toujours la gueule (elles parlent comme ça, mes copines) et qu'elles s'ennuient

avec moi. De toute façon, ça tombe bien, vu que moi aussi je m'ennuie avec elles.
Mamie m'appelle, on doit aller chez tonton Vincent, il faut que je te laisse.
Je t'embrasse fort comme pas possible.

Mati

PS : Réponds-moi s'il te plaît. Je voudrais tellement que tu me prennes dans tes bras comme quand j'étais petite. Tu me manques trop… Tu te souviens de la chanson que tu me chantais souvent ? Je te mets une photo, comme ça tu pourras la regarder quand tu en auras envie. Il m'en reste encore trois. Elles sont cachées.

23

Bien sûr qu'elle va lui répondre, y a-t-il seulement une autre possibilité ?

Rémi attrape la photo qui a glissé de l'enveloppe. C'est une série de Photomaton sur laquelle une femme belle à se damner et une fillette de cinq ans sourient à l'objectif d'une manière un peu forcée. Sur un fond gris perle, la pétulance de leur regard exprime la difficulté qu'elles éprouvent à garder un semblant de sérieux. On devine leurs éclats de rire après l'explosion du flash, leurs pupilles éblouies, les joues cramoisies de bonheur. Cette photo d'une existence qu'il sait révolue est la goutte d'eau qui fait déborder le vase de Rémi. Ni une ni deux, mû par un élan électrique, il se lève, augmente le volume de la chaîne hi-fi, s'empare d'un paquet de feuilles, le jette sur sa table de travail.

Rémi se cramponne à son bureau, multiplie les ratures sur des brouillons cornés, brise d'exaspération plusieurs mines de crayon, choisit finalement un feutre noir, qui bave mais ne se casse pas, peu importe la force qu'on y met, la colère qui nous submerge, et, au bout du compte, ça donne ça :

Chère Mati,
C'est Rémi. Ta maman s'excuse de ne pas t'avoir répondu plus tôt. Elle a beaucoup de travail mais elle pense à toi tout le temps. D'ailleurs, elle parle de toi sans arrêt, tu lui manques énormément à elle aussi. Ta maman voudrait te serrer dans ses bras. Elle dit que tu n'as qu'à fermer les yeux chaque fois que tu auras besoin d'elle. Alors, elle apparaîtra, juste par la force de ton amour et de ton imagination. Si tu te concentres suffisamment, tu la sentiras près de toi.
Elle est heureuse de savoir que tu es courageuse mais elle voudrait quand même que tu sois prudente. Ne te force pas à jouer avec tes copines. Les autres ne comprennent jamais ce qu'on est vraiment.
Ne te laisse pas faire, défends-toi. Tu promets que tu le feras ?
Ta maman s'inquiète aussi un peu pour ton papa et ta mamie. Si tu as le moindre problème, n'oublie pas que je suis là.

Rémi

Le feutre demeure en suspens un long moment au-dessus du point final. Rémi n'est pas très content, c'est compliqué d'écrire, pourquoi est-ce que les mots sonnent mieux dans sa tête que sur le papier ? Pourquoi est-ce qu'on n'arrive jamais à dire qui on est au fond, les démons qui dansent dans les affres de nos âmes, les poussées sublimes qui nous transpercent parfois ? Les mots sont si fades, décourageants, qu'ils rendent tout banal. Incapable de trouver des phrases qui transforment les civilisations, Rémi ferme les paupières et s'évade au son de la mélodie moelleuse qui roucoule dans les baffles. En secret, il accueille la fillette venue chercher refuge de ce monde qui ne lui fait pas de cadeaux. Il est un séquoia géant, un arbre dix fois centenaire, incroyablement solide, un navire insubmersible, un super-héros, il est invincible et elle, elle est en sécurité, bien au chaud dans son innocence.

Tout à coup, ça frappe à la porte, timidement, *toc toc toc*.

Le jeune homme sursaute, le feutre s'écrase en marquant la feuille d'un point minuscule.

Toc toc toc.

— Rémi, c'est moi. Je peux entrer ? demande sa mère en poussant la porte, un fumet de viande grillée voletant autour d'elle et de son tablier taché.

— Le repas est pr...

Un pas. Un seul. Elle se fige devant la mine bouleversée de son beau grand fils.

— Qu'est-ce que tu as, mon bonhomme ?

Des fils de salive s'échappent des lèvres frémissantes de Rémi, son visage transfiguré par l'angoisse est lourd de chagrin, de ceux que ressentent les enfants. Sa mère se décompose, le repas attendra.

— Rémi, voyons, qu'est-ce qui t'arrive ?

Son enfant dans cet état, ça la déchire. Lui bafouille, bégaie, s'empêtre dans ses pleurs, il a six ans et il est dans la cour de l'école, il articule trop, ou trop peu, sa langue se cogne contre la furie de son tourment, *Y a rien qui sort, y a rien qui sort, et moins ça sort et plus c'est dur.*

La mère en chialerait de ce rapport au monde bancal, de cette hypersensibilité dont son petit fait les frais depuis sa naissance.

Dans la cuisine, le chou crame sur la gazinière, le lard empeste le graillon. Pendant que le repas se compromet, Rémi s'étouffe devant l'injustice des hommes et la fragilité des mioches qui subissent sans droit de réponse. Cette colère l'a toujours habité.

Timidement, elle s'approche du fauteuil à roulettes, elle voudrait le consoler :

— Rémi, écoute-moi, je suis sûre que ce n'est pas si grave…

Parce qu'il ne parvient pas à s'extirper de la tempête, parce que l'immobilisme de sa mère ajoute à son désarroi, il s'empare de la lettre qu'il vient de rédiger et, dans un geste brusque, la chiffonne, la fourre dans la poche de son jeans, puis prend la poudre d'escampette, dévale l'escalier.

Clac, la porte.

* * *

Il a plu, le bitume détrempé luit dans l'air chargé d'humidité. Lancée à toute berzingue sur la départementale, la motocyclette mugit et pleurniche tour à tour. Le visage ravagé de Rémi tique à chaque secousse sur l'asphalte ; l'eau salée qu'il essuie du revers de sa manche l'aveugle, il a la rage. La vitesse, ce soir, ne grise rien, et défilent les habitations fonctionnelles, la zone commerciale abandonnée à ses clients trop rares, défilent les enseignes crépitantes et la détresse des travailleurs harassés, encore une journée de boulot sous-payée, les vitrines aveuglantes, les grappes de vieux, les grappes de jeunes. C'est étriqué par ici, les esprits comme les espoirs, il faudrait pouvoir défaire les ourlets. Rémi dépasse le bureau de poste, la carotte rougissante du débit de tabac, il pense à ces pauvres hères qui grattent des tickets de jeux, là-bas, les ongles souillés d'avoir trop désiré.

À quelques encablures de chez Mati, il descend de sa monture et finit à pied. Dans sa poche, au bout de ses doigts, le papier chuinte. Rémi s'apprête à glisser la lettre dans la boîte, quand il prend conscience qu'elle est nue. En proie au doute, il laisse errer son regard sur la maison. Déposer son message sans enveloppe équivaudrait à le jeter en pâture à ceux dont il cherche à protéger l'enfant, bref, ça aggraverait le problème.

Les rideaux de la chambre de Mati sont tirés, la petite regarde dehors. Sans se douter de sa présence sur le trottoir, elle pose un regard mélancolique au-dessus des toits, promène ses rêves sur l'horizon. Hypnotisé par sa grâce et sa fragilité, Rémi se fige dans son admiration.

Lorsque enfin Mati recule, il note qu'elle porte une robe bien trop grande pour elle, une robe de femme dans laquelle son petit corps gracile se perd. Il pense *Quel drôle d'accoutrement*, avant de remarquer la silhouette ombrée d'un adulte, un homme.

Soudain, l'enfant s'immobilise, statufiée. Rémi sent qu'elle a peur, son corps se raidit, l'homme a empoigné Mati, elle crie ! Tétanisé sur le goudron, il assiste au ballet du prédateur et de sa victime, au geste qui ramène les rideaux devant la fenêtre et laisse toute la place à l'imagination. C'est presque pire, quand on y songe, parce que l'imagination ne connaît pas de limites. Et que, pour la première fois de son existence, Rémi a perçu une émotion, il a compris la terreur dans les yeux de Mati.

Rémi devient dingue, intérieurement il hurle, *Il va lui faire du mal, il va lui faire du mal*, ça tourne en boucle, *Il va lui faire du mal, il va lui faire du mal*, cette litanie lui broie l'estomac, *Il va lui faire du mal*, Rémi est un lion en cage, un insecte fou coincé dans un verre retourné, *34 680*, *47 500*, *51 800*, *Il va lui faire du mal, il va lui faire du mal*. Livré à une panique dévastatrice, Rémi vire, Rémi vole, Rémi tourne sur lui-même, en appelle en silence, à grands gestes, aux habitants du quartier, dissimulés dans leur costume étroit et leur existence exiguë, *Pitié, aidez-la, aidez-nous, faites quelque chose.*

À une dizaine de mètres, une femme pousse une poussette avec difficulté. Au moment de traverser, elle jette un coup d'œil inquiet à Rémi, hésite une seconde, décide de faire un crochet pour éviter cet étrange individu qui gesticule avant de s'éloigner dans la pénombre. Focalisé sur la pièce occultée par les doubles rideaux opaques, Rémi ne la voit pas. Ce soir, le monde entier tient dans cette fenêtre. Même les gouttes froides qui commencent à s'écraser sur sa tête échouent à le tirer de son obsession.

Cela ne peut pas se terminer de cette façon, c'est impensable, lui dehors, elle dedans, ces murs entre eux, ce danger visqueux, cette présence malsaine qui fait subir on ne sait quoi à l'enfant. Le jeune homme ne respire plus, il attend un signe, une tempête, un ouragan, un bout de miracle, au moins. Mais Rémi se débat seul, l'univers se fout de ce qui peut arriver à Mati, du moment que c'est calfeutré et que ça ne se voit pas, qu'elle ne pleure pas trop fort et ne dérange pas les braves gens.

Pas vu pas pris, peu importent les atrocités qu'abrite cette odieuse baraque.

La colère habite Rémi depuis l'enfance et il ne peut se résoudre à l'indifférence. Il titube vers la grille, tend l'index vers la sonnette, espérant qu'on viendra et qu'on ne viendra pas en même temps. Il n'a aucune idée de l'excuse qu'il donnera. Tant pis.

Il appuie. Un coup bref, presque timide. Rien. Est-ce que ça a seulement sonné dans la maison ?

Il recommence, un peu plus fort. Toujours rien. Est-ce que ça fonctionne ? Il appuie. Vigoureusement, cette fois, et beaucoup plus longtemps. La pulpe de son index s'écrase sur le bouton en plastique blanc, se détend, s'écrase à nouveau, appuie frénétiquement, *Ça fonctionne pas, nom de Dieu, ça marche pas !*

Là-haut, on a éteint la lumière, quelque chose se passe. Rémi sonne comme un dingue. Quand la porte s'ouvre brusquement sur un homme excédé, qui vocifère avec la diction de celui qui se noie dans la drogue, *C'est quoi ce boxon ?*, Rémi tombe des nues : rien, il n'a strictement rien préparé.

— Oh, vous entendez quand on vous parle ? canarde l'homme en s'approchant de la grille. C'est quoi votre problème ?

Les lampadaires offrent un éclat plutôt faible ; à la faveur de la nuit, aucun des deux hommes ne distingue clairement l'autre. Face à face, séparés par le portail qui projette des ombres sur leurs traits, ils se jaugent, se défient. Sauf que Rémi tremble comme une feuille, et que l'autre est à côté de la plaque.

— Tu veux quoi ?

En l'homme qui postillonne de manière agressive, Rémi reconnaît celui qui a embrassé Mati un matin avant de partir au volant de sa berline : pas de doute, c'est le père.

— J'ai cru que…

— T'as cru que quoi, espèce de connard ?

Rémi déglutit :

— J'ai cru que… mais en fait, non…

Rémi aperçoit Mati qui le regarde, appuyée contre le chambranle de la porte restée ouverte. Avec toute cette lumière dans le dos, cette peau diaphane, ce teint de porcelaine, on dirait une apparition. Une robe verte lui tombe sur ses chevilles et recouvre ses mains, le décolleté trop large se déforme sur ses maigres épaules. Mati sourit quand elle le reconnaît. Rémi s'efforce de rester concentré sur le père – peine perdue, l'appel est trop fort, son regard est irrésistiblement attiré vers l'enfant, cet alter ego. Elle articule un « merci » silencieux.

Quand le père finit par tourner la tête, Mati s'est volatilisée.

— J'ai cru qu'il y avait un incendie…, souffle Rémi.

C'est stupide, il en est conscient.

— Un incendie ? Et les flammes, et la fumée, tu les as vues où, Ducon ? Allez, dégage, avant que je te mette un coup de pied au cul.

— Désolé, vraiment, je pensais que…

— Ouais, c'est ça, allez, barre-toi, j'te dis !

Mortifié par la violence de l'échange, Rémi s'éloigne. Non sans jeter un dernier coup d'œil vers l'entrée de la maison puis vers la chambre de Mati. Au fond de sa poche se terrent le bout de papier et ses mots qu'il ne donnera pas. Il a envie de crier, de hurler, de frapper, il se tire les cheveux.

Sa motocyclette est à deux pas.

— Rémi ?

Il se fige au son de la voix, fait volte-face. Éclairée par un réverbère blafard, Mati se tient juste devant lui.

— C'est à Maman, tu la trouves jolie ? demande-t-elle en faisant tourner sa robe.

Rémi hoche la tête, la robe n'est pas vilaine, elle est juste inappropriée, ça le met mal à l'aise. Une gamine déguisée en adulte, c'est presque avilissant.

Mati minaude :

— Tu as vu ? Je suis maquillée aussi… Avec les produits de Maman. J'ai son odeur sur moi, dit-elle en se rembrunissant.

Rémi ne répond pas. Cette gosse ne sait plus très bien où elle en est. Sans un mot, il lui tend la lettre qu'il a préparée pour elle. Le papier chiffonné chantonne au bout de ses doigts, répond à l'écho de la brise légère qui chatouille leurs cheveux. Mati tend la main. Mais, plutôt que de saisir le papier, elle s'engouffre dans les bras de Rémi. Elle s'agrippe à son ange, de toutes ses forces.

Rémi panique, il ne comprend pas, ce geste et cette môme qui sanglote contre lui, c'est plus qu'il peut en supporter, sa perception des émotions est trop fragile pour qu'il sache quoi faire de cette douleur-là. Tout ce qu'il voit, c'est que Mati compte sur lui, et ça le transporte de joie autant que ça le panique.

Au bout d'un moment, légèrement déséquilibré par la pression du corps de la fillette sur le sien, il se laisse aller à l'enlacement. Tout doucement, avec d'infinies précautions, il entoure les épaules de la petite fille et se penche pour embrasser ses cheveux. Il voudrait lui insuffler autant de calme et de courage qu'il peut, *Chut, ne pleure pas, ça va bien aller, calme-toi, ta maman te regarde, elle est près de toi, ne t'en fais pas.* Mais les sanglots de Mati redoublent, son chagrin se déverse à grands flots. Alors, Rémi l'y autorise, *Pleure, pleure, ça fait du bien de pleurer.* Sa grande main caresse la tête de l'enfant coincée dans son giron.

Cet instant de communion paraît durer une éternité, il ne dure pourtant qu'une minute, avant que l'enfant se dégage délicatement de l'étreinte, essuie ses larmes, renifle et jette tout de go :

— Tu sais, ça m'est égal si t'as pas d'ailes. C'est pas les ailes qui comptent, pas vrai ?

Échevelée, les traits gâtés par son maquillage qui a coulé, la robe de travers et les lacets baignant dans la flotte crasseuse, elle plante un regard intense dans les yeux de Rémi.

— Je veux que tu m'emmènes voir Maman. Si tu le fais pas, je me tuerai.

Rémi en a la chair de poule.

— D'accord.

Il n'a pas réfléchi, pas pensé aux conséquences, c'est sorti comme ça, à son insu. Pouvait-il lui offrir une autre réponse ? Il fallait les voir, ces yeux pleins de prières, il fallait l'entendre, ce filet de voix broyé par l'émotion, comment tourner le dos à une enfant qui mendie un peu d'amour, un peu de chaleur, un peu de compassion ? Osez, vous, lui refuser ce qu'elle réclame et lui avouer que l'impossible est impossible ! Il n'a pas pu, c'est aussi simple que ça. Dans ce grand corps d'homme meurtri, la bienveillance et la miséricorde ont encore toute leur place.

Il a juste dit d'accord. Comme on répondrait *D'accord pour la balade cet après-midi, D'accord pour le cinéma ce week-end, D'accord, c'est moi qui vais chercher les croissants*, d'accord, d'accord, d'accord. Une promesse qui n'engage pas à grand-chose d'ordinaire. Mais tout est différent, Mati est heureuse tout à coup. C'est la vie qu'il lui a promise.

Un golden retriever interrompt soudain leur face-à-face. Sa queue brasse l'air, son museau flaire les bords de leurs souliers.

— Circonflexe, pssst, demi-tour! râle un homme.

Mati et Rémi pouffent de rire tandis que le chien, pas bégueule, s'éloigne en trottinant vers son maître.

— Mati! Mati! Où tu es, bon Dieu?

Le corps de Mati se tend, c'est son père qui crie dans la nuit.

— Va-t'en vite, chuchote-t-elle, faut pas qu'il voie que t'es encore là! T'inquiète pas, il va rien me faire du tout. C'est à cause de la robe... Il est juste très triste, tu comprends? Tu peux y aller. On se croisera devant la poste. Et puis, tu me diras quand tu pourras m'emmener voir Maman. C'est quoi le mieux, à ton avis, qu'on lui fasse une surprise ou qu'on lui dise que j'arrive?

— MATI!

— Je suis là, Papa! crie Mati en réponse à l'interpellation. J'arrive, j'avais perdu quelque chose mais je viens de le retrouver!

Elle détale, comme elle est arrivée. Avant de s'arrêter net, de se retourner et de quémander à Rémi une dernière confirmation:

— Tu me diras, hein?

Rémi hoche le menton et la mioche s'évanouit sous la lune d'argent.

24

20 et 21 mai 2004

Comment Rémi va-t-il se dépêtrer de cet espoir encombrant ?

Mati fait le pied de grue tous les matins devant la poste, qu'il vente, qu'il pleuve ou que le soleil darde ses rayons sur le goudron. Elle est là, patiente et docile, le cœur battant du désir de parler à sa mère.

Elle attend l'ange. Pas longtemps, dix minutes à peine. Mais cette attente est comme un ballon de remords qui gonfle un peu plus chaque jour dans le ventre de Rémi. Il est là lui aussi, pas loin. Il se cache, dissimulé par l'angle mort du comptoir du bistrot. De temps en temps, histoire d'arracher un sourire à l'enfant, il se montre, mais de loin. Il agite calmement la main pour qu'elle comprenne que non, la virée n'est pas pour aujourd'hui.

Il n'a pas oublié sa promesse, au contraire, ça l'obsède. Mais comment y répondre ? Même sans ailes, il n'a rien d'un ange. Rongé par la culpabilité, son existence s'est changée en enfer. Il pique des colères d'une violence inouïe avant de s'écrouler sur son lit, la peau enduite de larmes amères. Sa mère se fait un sang d'encre et craint de le laisser seul lorsqu'elle part prendre sa caisse au supermarché. Il suffirait pourtant qu'il se détache de Mati, évite la poste, laisse le temps faire son œuvre d'oubli. Mais le lien est puissant, indéfectible ; qu'il le veuille ou non, cette gosse agit sur lui comme un aimant. Rester au lit ? Reprendre sa vie là où il l'a laissée, reléguer cette histoire au rang des souvenirs pâlots qui constituent le papier peint de son chemin ? Il ne s'y résout pas. Attiré par cette incommensurable force, il y retourne et se creuse les méninges.

Chaque jour, Mati semble un peu plus triste. L'espoir dessine des hématomes sur sa peau diaphane, du bleu, du jaune, du violet. À moins que l'espoir n'y soit pour rien. Quelle est cette plaie qu'elle n'avait pas hier ? Il faut l'aider, il doit trouver. Pour se punir, Rémi se fait du mal, s'arrache les poils, les cheveux, les ongles. Il veut saigner comme elle. Se sculpte des bosses identiques, fore sur sa peau les mêmes cicatrices.

Ce jeudi soir, tandis qu'il feuillette un magazine sans conviction, il tombe sur un article traitant des plus beaux lieux d'Île-de-France. Des photographies, en plein été, montrent un paysage comme il en a tant rêvé, un chaos rocheux et des milliers d'arbres, des allées, des couleurs, des hauteurs vertigineuses, une vue époustouflante. D'après la légende, il s'agit de la forêt domaniale de

Fontainebleau. Un cliché, en particulier, confisque son attention : par le biais d'un charmant sortilège, l'artiste est parvenu à capturer pour l'éternité un enchevêtrement d'arbres touffus dans l'ébauche d'un crépuscule rose. Ému par la beauté apaisée de cette image sur papier glacé, Rémi caresse le pourtour d'une grosse pierre qui surplombe le massif végétal. Devant ce rocher qui semble avoir été posé là pour émerveiller les hommes, un arbre, un seul, se détache. Un pin.

Si les morts sont parmi nous, se dit Rémi, *c'est là qu'ils se trouvent.*

La solution s'impose, insolente de simplicité. Il a trouvé. Il va l'emmener. Là. Il va partir avec Mati.

* * *

Rémi a le cœur un peu serré : ça le chagrine d'avoir volé de l'argent dans la boîte de sa mère. Il n'a pas tout pris, 500 euros, c'est peu, mais c'est le prix de la confiance qu'il va falloir regagner. Il a l'intention de les lui rendre un jour, évidemment. C'est un emprunt, juste un emprunt pour rendre une petite fille heureuse. Quand sa mère saura, sûr qu'elle sera fière.

L'énorme sac d'où dépasse une vieille carte routière est bien calé dans son dos. Rémi a passé la soirée à rassembler ses affaires, à fouiller les placards en quête des restes d'une existence ancienne, du temps où il était un enfant et sa mère une jeune femme, où son beau-père était là, où on allait camper avec du matériel qui sentait bon le neuf et où l'espoir ne s'arrêtait pas au supermarché. La poussière a tout recouvert, l'odeur de rance tout enveloppé, il en a eu mal au cœur de tout ce passé dépassé. N'empêche, il a tout prévu : nourriture, eau, sacs de couchage, radiocassette. Il a aussi emporté deux photos : une de sa mère quand elle avait vingt ans, et celle de Mati et Karine, récupérée *in extremis* avant de partir. Ce matin, en enfourchant sa mobylette dans le brouillard, il est euphorique : ce nouveau jour est une promesse, un cadeau.

Il est 7 heures à peine. Sur la place de la poste ne traînent que des véhicules de livraison. Le bistrot est ouvert. À l'intérieur, le fracas des percolateurs le dispute aux toux grasses des clients adossés au zinc. Rémi déboule tout ébouriffé de bonheur et se poste à sa place habituelle, commande un café, mord dans un croissant chipé dans une corbeille en osier, observe à la dérobée ses anciens collègues qui font mine de ne pas le voir.

— Tu pars en voyage ? l'accoste le tenancier en avisant le barda difforme avachi à ses pieds.

— Ouais, si on veut, répond Rémi la bouche pleine.

Le patron n'insiste pas, il doit préparer la salle avant le rush de tout à l'heure. Et puis, soyons honnêtes, il s'en tape comme de sa première chemise des vacances de Rémi, son intérêt se limite à la stricte politesse.

Autour de Rémi, les bouches trempent dans les mixtures chaudes, les langues claquent de contentement, les mains essuient des lèvres humides de sucre. L'odeur du café se mêle à celle de l'après-rasage bon marché et de l'encre fraîche des journaux à peine sortis des presses.

D'où il est, il voit parfaitement la place. Vide.

Le temps passe, les tasses se succèdent, les journaux passent de main en main. À présent, les voix couvrent le tintamarre des pistons et des petites cuillères. Rémi jette un œil inquiet à sa montre. Il est 8 heures et Mati n'est pas là. Se pourrait-il qu'elle ne vienne pas ?

Rémi s'éteint : sa tristesse est à la mesure de la joie qui l'a mené jusqu'ici. Il s'agite sur son tabouret. Pourquoi Mati n'est-elle pas là ? Pourquoi aujourd'hui, alors qu'il s'apprête à lui rendre le sourire ? Une pensée fugace traverse son esprit ankylosé par la frustration : et si quelque chose lui était arrivé ?

Il grimace : ce café, soudain, est imbuvable, le feuilletage de ce croissant bourratif, le monde est une vacherie et la foule une menace. Chaque minute qui s'écoule est une marche descendue sur l'échelle de son humeur. L'image de la fillette en habit de femme et en baskets le hante, tout comme celle de son père, son regard fiévreux, son œil torve, sa démarche hésitante. *34 920, 97 084 cedex, 13 210*, les doigts de Rémi se plantent dans la peau tendre de ses joues pathétiques. Il n'a rien fait pour empêcher cette tragédie, il est d'une impuissance crasse, d'une inutilité ahurissante.

— Rémi ?

Il sursaute, pivote sur lui-même.

— Eh ! Content de te voir, comment vas-tu ?

Son ancien chef se tient devant lui, l'air radieux de celui qui vient de croiser un vieux pote. Surpris, Rémi hausse les épaules, *Ça va tranquillement.*

— Qu'est-ce que tu deviens ?

Obsédé par l'absence de la gamine, Rémi peste intérieurement et fourre l'ongle de son annulaire gauche dans sa bouche, en se décalant discrètement. Tout à coup, son cœur manque un battement. Mati est là, sur la place, à une dizaine de mètres. Elle se mord les lèvres, jauge les alentours avec un air de furet et gratte le goudron du bout de ses chaussures. Son cartable est mal fermé, un cahier menace de tomber. Rémi se lève précipitamment, attrape son sac au passage, heurte l'épaule du chef muet de surprise, traverse la rue en courant sans se préoccuper des feux tricolores et des klaxons furibards. Il s'en balance, il ne voit qu'elle.

Et puis passe une voiture, oh, pas longtemps, l'espace d'une seconde. Mais ça suffit pour que Mati disparaisse. Soudain, voilà Rémi seul au milieu du trafic, haletant, paniqué, complètement fou, *Mati, où es-tu ? Merde, merde, merde*, il virevolte, accuse sa droite, fustige sa gauche, son ciel, son sol, pas là, ni là, *Comment c'est possible un truc pareil, on ne peut pas disparaître en un éclair !* Subitement, il l'aperçoit. Elle est à pied, et s'apprête à tourner au coin de la rue.

Rémi s'élance, il appelle :

— Mati !

Les passants se retournent. Elle aussi.

— Mati, répète-t-il tout bas en arrivant à sa hauteur.

Elle lui sourit. Il reprend vie. Le tumulte de la rue, c'est pour les autres. Eux, ils ont tout le reste. Enfin, ils se rejoignent.

— Je savais que tu viendrais me chercher, tu sais.

Rémi hoche la tête, muet, la félicité lui confisque la parole. Les mots abîment parfois les instants, il faut, de temps en temps, savoir les tenir à distance.

— C'est aujourd'hui qu'on y va ?

— C'est aujourd'hui. Oui.

Ils remontent en silence jusqu'à la mobylette. Avisant le frêle véhicule, la fillette arbore un air à fendre l'âme :

— J'ai pas mon vélo, j'ai crevé…

Sa gorge se truffe d'aiguilles, ses paupières se gonflent de larmes, c'est trop con de rater sa mère juste à cause d'un pneu de bicyclette crevé !

Rémi marque une pause avant de répliquer :

— On va monter tous les deux. Tiens, mets ça.

Il lui tend son casque. Lui fera sans, il est un ange, après tout. Ils passeront par les petits axes.

Au moment de monter, cependant, elle hésite :

— Et à l'école ? Qu'est-ce qu'ils vont dire ?

C'est vrai, elle a raison, il n'avait pas pensé à ça. Trop pressé de sortir la gamine de son cloaque de détresse, il n'a d'ailleurs pensé à rien, ni à l'inquiétude du père, ni aux recherches qui seront lancées dès qu'on s'apercevra de leur disparition. Cette escapade pourrait bien sceller son sort. Mais très vite, il chasse le brouillard et aide la gamine à attacher son casque.

— Ils croiront que t'es malade, ne t'inquiète pas, ça arrive d'être patraque.

Elle opine du chef, le casque trop grand glisse d'avant en arrière. Ils pouffent de rire.

— C'est parti !

Déséquilibrée par le poids, la motocyclette avale les kilomètres : elle crachote, peste, agonise, mais elle fait le job. Les paysages défilent, urbains puis bucoliques, le long de départementales longilignes et de routes étroites. De temps en temps, ils s'arrêtent : de courtes pauses pour se dégourdir les jambes et faire le plein.

— Vous ne devriez pas rouler sans casque, prévient une femme dans l'aquarium de sa station-service coincée dans l'angle mort d'un virage. Il y a pas mal de flics par ici, et vous savez comment ils sont, ils feraient n'importe quoi pour leur quota d'amendes. Sans compter que c'est pas très prudent. Allez voir dans la boutique, on en vend, nous, des casques, si c'est ça le problème.

Rémi règle l'essence, se met en quête et s'en va, tandis que la bonne femme s'attarde, pensive, sur la gamine.

— C'est quand même bizarre ces gosses qui vont pas à l'école, non ? Trouvez pas ? Il a pas l'âge d'être son père, celui-là.

— Sûrement un frère ou un oncle, rétorque le type à la caisse, en sortant sa carte bleue.

— Ouais, bah ça le dispense pas de l'emmener à l'école, si vous voulez mon avis. C'est encore un drôle de monde que celui-là.

L'autre compose son code, imperturbable. Devant le manque de considération du client, la femme souffle de lassitude, détache le premier volet du ticket de paiement, valide en appuyant sur le bouton vert et enlève la carte du terminal en plastique pour la tendre à son propriétaire. Ce n'est pas encore aujourd'hui qu'elle aura son drame, ce petit truc qui épicerait son existence passée à encaisser des pleins dans ce virage morne. Elle accroche le ticket à la pile retenue par un trombone avant de refermer la caisse d'un coup sec. Elle va quand même passer un coup de fil à son gendre qui est flic pour lui demander si c'est bien légal de ne pas mettre un gosse à l'école.

* * *

Tandis qu'ils roulent, ils n'échangent aucun mot. Rémi sent la pression du petit corps sur le sien et ça suffit à son bonheur. Idem du côté de la fillette, qui profite de chaque minute lancée à toute allure sur cette route. Le vent s'engouffre dans leurs manches, provoquant sur les peaux d'imperceptibles et agréables frissons. Au-dessus d'eux, le ciel est bleu, pas un nuage ne titille l'azur. Tantôt plaine tantôt vallon, le sol batifole sous les roues. Ça secoue, ils se marrent.

La gamine et son sauveteur s'évadent. Et peu importe au fond que la bien-pensance jase et y trouve à redire : eux, s'en fichent royalement. Oui, elle n'est pas à l'école, non, il n'est pas de sa famille, oui, il y a assurément quelque chose entre ces deux-là, peut-être parce que les innocences s'attirent, et oui, le monde entier y verra de l'horreur, il extirpera de cette histoire toute l'ignominie dont il a le secret, quitte à l'inventer, d'ailleurs, il ne voit souvent que ça et c'est bien là son drame, oui, lui sera le maniaque et elle, la victime, ou, pire encore, la petite écervelée débauchée, si on osait, on irait même jusqu'à affirmer qu'elle l'a cherché ; certains, à n'en pas douter, franchiront le pas pendant que d'autres, mal à l'aise, refréneront, *Non, n'allons pas jusque-là, c'est une gamine quand même*, mais dans tous les cas, tous passeront à côté du sacrifice de l'un, de la confiance aveugle de l'autre, tourneront le dos à cet amour dingue, le mot est lancé car c'est de ça qu'il s'agit, cet amour inconditionnel d'un jeune homme pour une fillette qui écrivait des lettres, cet amour d'une petite fille pour le jeune homme qui savait lui inventer des histoires. Les gens passeront donc, c'est certain, à des années-lumière de la beauté pure du lien qui unit une âme à une autre, sans que l'on sache très bien ni comment ni pourquoi, pourquoi lui, pourquoi elle, pourquoi eux et maintenant.

Le paysage change : les champs et les habitations ont disparu au profit de chênes gigantesques et de pins sylvestres. L'ombre a remplacé l'éblouissante lumière d'un soleil de mai, la chaussée s'est ourlée de terre et de feuilles, l'odeur d'humus a fini par chasser pour de bon la puanteur des pots d'échappement.

Rémi stoppe les gaz, gare la mobylette sur le bas-côté et offre ses bras à la fillette, qui saute au bas de l'engin. L'incroyable sérénité qui émane du lieu les frappe d'emblée. L'un après l'autre, ils déclipsent leur casque. Une fine sueur colle leurs cheveux et leur donne un air de coureurs de fond.

— C'est ici ? On est arrivés ? s'enquiert Mati en trépignant d'impatience.

Rémi opine, la mine soudain préoccupée.

— Bah qu'est-ce que t'as ? Allez, viens, lui dit-elle en lui prenant la main.

Rémi croit rêver : ce film, que son esprit créait de toutes pièces lorsqu'il lisait les lettres de Mati, avant même de la connaître, ce film donc, de cette enfant le guidant de sa main chaude et vive dans une terre inconnue, s'est mué en réalité. Son Pays blanc, il y est. Et la voilà qui l'embarque dans les méandres de ces bois où les arbres fléchissent sous le poids des moineaux facétieux. Ce doit être irréel, sûrement.

Alors qu'ils cheminent sur les sentiers pentus parsemés de roches et de branchages qui se brisent sous leurs pas, que leur respiration s'accélère à mesure que les passages deviennent plus escarpés, que leurs deux cœurs battent à l'unisson de leurs efforts, une horde de mauvais pressentiments assaille Rémi. Il s'efforce de les tenir à distance de son bonheur tout neuf, mais les pensées pernicieuses collent et s'accrochent à ses basques, lancinantes, vicieuses. Ne pas abîmer, ne surtout pas laisser s'effilocher la félicité divine à cause de cette boule d'angoisse nichée au creux de son plexus solaire. Face au large sourire de Mati, il tente de faire bonne figure. C'est difficile, *95 470, 18 205, 94 270.* Mais la fatigue assortie à l'obligation de lutter sans cesse contre un vent léger qui draine des particules de compost finissent par avoir raison des craintes sourdes du jeune homme.

Sous les piaillements des oisillons dissimulés dans les feuilles gorgées de chlorophylle, ils serpentent le long d'un chemin de randonnée marqué par des traits rouges et jaunes sur les rochers et les troncs. Quelle est leur destination ? En ont-ils seulement une ? Faut-il nécessairement suivre une direction pour avancer ? Monter des plans sur la comète, parier sur l'avenir… Ne peut-on juste être heureux d'être ici et maintenant ? Profiter du moment présent, respirer l'air qu'il nous est donné d'absorber sans penser qu'un jour il nous sera compté ; se foutre éperdument du futur, n'avoir aucun espoir, n'en avoir pas besoin, prendre la vie pour ce qu'elle est, et l'aimer, l'aimer éperdument. C'est la chance de ces deux êtres paumés qu'un destin taquin a décidé de rapprocher. Ce sera leur perte, aussi.

Ils arpentent les sentiers depuis plusieurs heures. Dans les blagues qu'ils s'échangent à mi-voix, les épisodes d'existence qu'ils partagent, les gestes qu'ils osent et ceux qu'ils n'osent pas, ils s'apprennent et se déploient l'un à l'autre. Dans les discours comme dans les veines de la forêt, ils tournent un peu en rond, mais ils s'en tapent puisqu'ils ont toute la vie et n'ont jamais été aussi heureux. Peu à peu, les confidences se mêlent aux courses-poursuites et aux parties de cache-cache. Sans prévenir, Mati parle de sa mère, le temps béni où elle était là pour la border le soir, où elle la couvait d'une tendresse gigantesque, où rien ni personne ne pouvait altérer l'amour, la protection et la fierté d'une maman pour son enfant. Puis, le changement soudain de paradigme, la complicité qui s'effrite, les silences interminables, le temps qui ne file plus, la façon qu'avait sa mère de refuser la nourriture qu'elle préparait sans entrain, la distance qui se mue en fossé, en abîme, avec les choses, avec les gens. L'incommensurable tristesse, le gris du ciel, le gris de ses yeux, les larmes qui coulent et se tarissent, la première tentative de suicide, l'atmosphère lourde à la maison, la douleur de son père comme unique bouclier contre son impuissance à aider cette épouse qui bat de l'aile, ses accès de rage fulgurants, maigre revanche pour éviter de sombrer à son tour, la sensation de tomber dans un puits sans fond. Jusqu'au jour où elle découvre sa mère baignant dans une flotte sanguinolente, où elle hurle à sa grand-mère qui soignait les hortensias dans le jardin, « Mamie, Mamie, viens vite, c'est Maman, elle s'est fait mal ! » Mati décrit la sexagénaire qui monte quatre à quatre, la sensation bizarre que cette hâte est feinte, que la grand-mère savait. Les sirènes, les secours, la fin, la certitude, effroyable parce qu'enracinée dans le cœur d'une petite fille, que ça ne pouvait pas finir autrement et que l'épilogue tant attendu d'une histoire qui n'avait que trop duré était enfin arrivé. Mati sanglote, sa voix se perd dans une larme d'où elle revient plus forte et assurée. C'est la première fois qu'elle en parle vraiment. Et que quelqu'un l'écoute. Car entre la souffrance de sa mère et celle de son père, il n'y a pas eu beaucoup de place pour la sienne.

Rémi ne répond pas, il comprend.

Les heures passent. Assis en tailleur sur un rocher, ils regardent la nature majestueuse qu'ils surplombent de plusieurs mètres. Le point de vue est idéal. Déjà, s'amorce un crépuscule enchanteur dans l'explosion d'une teinte rosée, loin, très loin des vicissitudes de la banlieue couleur de cendre qui semble appartenir à une autre planète. Les muscles sont gourds d'avoir trop marché, l'épuisement de la journée, la température qui chute, les yeux qui envisagent l'horizon comme une jolie promesse les rapprochent : il fait froid, si froid, et quoi de mieux que les bras de l'un pour réchauffer l'autre ? Les genoux ramenés sur sa poitrine, Mati demande, « Et toi et toi, parle-moi de toi, c'est quoi ta vie d'ange ? » Rémi sourit. À son tour, il s'épanche sur l'épaule étroite et relate son enfance, cette différence qu'on lui a toujours reprochée et qu'il n'a jamais réellement comprise, sa passion pour les codes postaux et pour les voyages qu'ils annoncent, son père qui s'est débiné trop tôt, le courage de sa mère, réduite à son supermarché et à sa gazinière, l'amour tendre qu'ils se portent, sa confiance aussi, les misères minuscules qui ont parsemé sa route et qui, aujourd'hui encore, tachent son passé et ses souvenirs. Oh, bien sûr, il n'utilise pas ces mots-là, il ne peut pas.

— C'est parce que les gens n'aiment pas ce qui n'est pas comme eux. Ça leur fait peur. C'est pas toi, c'est eux le problème, faut pas que tu t'inquiètes Rémi. Moi aussi, je me sens pas comme eux. C'est peut-être parce qu'on est meilleurs, tu crois pas ? Et puis t'es un ange, toi maintenant, tu crains rien.

Mis en confiance par les paroles de la gosse, Rémi n'a plus de limites : toutes ces anecdotes qui sont venues pourrir sa vie, il les balance, toutes, ses rancœurs, ses douleurs, les injustices. Jusqu'à sa vie au bureau de poste et sa trouille, lors de sa mise à pied, de ne plus pouvoir lire les lettres de l'enfant.

Il parle, il parle, et il ne réalise pas. Qu'ici, le regard de Mathilde s'assombrit, qu'un voile est venu recouvrir sa belle humeur.

— Tu veux dire que tu lisais mes lettres alors que t'avais pas le droit et qu'en fait t'as jamais vu ma mère ? C'est ça ?

Elle se lève, ses deux poings serrés sur ses hanches. Elle aboie :

— En fait, t'es pas un ange du tout ! T'es juste un voleur de lettres !

Furieuse et déçue, elle vocifère en retroussant ses lèvres tremblotantes. Rémi voudrait reprendre ses mots, il y a des confidences qui ne se disent pas ! Comment se rattraper, il voit bien que la fillette lui échappe. À son tour il se lève, pour s'agenouiller à la hauteur de Mati. Il lui prend les mains, déglutit avec difficulté :

— Non, c'est pas ça, c'est que… je voulais…

— Laisse tomber, hurle-t-elle, t'es qu'un menteur ! Je te ferai plus jamais confiance, tu m'entends, plus jamais !

Dans un geste rapide, elle se dégage du jeune homme, dévale le rocher et s'échappe dans la forêt.

— Mati, attends, où tu vas ?

Sous le bleu profond, l'obscurité commence à prendre ses quartiers dans ce coin du globe.

La gamine court. Elle abandonne Rémi, tétanisé par ce retournement de situation contre lequel il n'est pas armé. Il gémit, supplie, en appelle à tous les saints.

— Attends, Mati, reviens !

Il a beau implorer, la silhouette de la gamine est à présent hors de portée, évaporée parmi les arbres et leurs branchages échevelés, les ombres menaçantes des végétaux changés en spectres fous, les hululements des bêtes nocturnes. La peur l'empoigne. Pour la conjurer, il se met à marcher dans les pas de Mathilde. Il progresse à tâtons, manque de glisser à plusieurs reprises sur la mousse imbibée d'eau, invective la nature à coups de jurons pittoresques.

— Mati ? Attends, je vais t'expliquer, c'est pour toi que j'ai fait ça !

Seul le vent lui répond. Rémi virevolte, il est seul, jeté en pâture à cette faune et cette flore hostiles qui se moquent de lui. Il voit leurs yeux dans les écorces, leurs bras menaçants dans les branches squelettiques, les pièges grossièrement dissimulés dans l'herbe molle et chuintante, il entend leurs sarcasmes dans les hurlements de bêtes dévorées par la pénombre. Les battements de son cœur pulsent dans ses tempes et ses pouces, il est aux abois, cette nature mirifique dans la brume s'est changée en nid de vipères.

— Mati, je t'en prie, reviens…

Sa voix se perd quelque part dans sa gorge. Ses doigts cherchent sa peau et griffent quand ils la trouvent, les chiffres, qui tournent en boucle dans son esprit, ne lui sont d'aucun secours. Il fouille au petit bonheur la chance dans son sac à dos, d'où il extirpe une torche d'un autre âge. Cherchant l'interrupteur, il allume par erreur la pile électrique vers lui. Ébloui, il lâche l'objet qui atterrit par terre avec un bruit sourd et s'éteint, en proie à un faux contact.

— Et merde !

Sa main craintive explore le matelas de feuilles et de terre. Par chance, la lampe est tombée près de lui. Pour la faire fonctionner, il la cogne trois coups contre sa paume. La lumière jaillit de l'objet malingre, rongé par la rouille et la crasse. Le halo moutarde se balade devant Rémi en suivant une trajectoire tremblotante.

— Mati !

L'émotion l'étrangle, sa voix chevrote, suppliante dans l'obscurité.

— Mati, je t'en prie…

Cahin-caha, miaulant à tue-tête le prénom de la fillette, il avance. Le temps s'étire, l'épisode lui semble durer des heures ; des heures infinies de marche, d'effroi, de lutte contre d'insaisissables bestioles virevoltant autour de lui, l'agressant de leurs fugaces effleurements, ondoyant telles des toiles d'araignées. Mangé de remords, le voilà qui se frappe la tête de ses doigts écartés.

— Mati… c'est pour toi que…

Au bout de plusieurs minutes confisquées par la terreur et l'agitation vaine, il se détend : ses perceptions s'aiguisent, son œil s'habitue peu à peu et retrouve dans les ombres dressées devant lui les arbres qu'il admirait plus tôt dans la journée, son ouïe restitue les cris, les chants d'animaux inoffensifs, sa respiration se calme, les battements de son cœur s'apaisent. D'une réaction physiologique à l'autre, la réflexion prend le pas sur le stress provoqué par la surprise.

— Mati…

La douleur est plus forte que la trouille. Et c'est presque pire.

— Reviens, je ne veux pas te perdre, je suis désolé, pardon…

Il s'époumone, il invoque, s'indigne, éclate, gémit. Il a tout cassé, tout brisé, et son joli rêve, et la confiance exiguë de l'enfant. *Ma-ti-ma-ti-ma-ti-ma-ti-ma-ti-ma-ti.* Le vent s'amuse à jeter des pépites de poussière dans la phosphorescence dorée de la torche qui peine à se focaliser, pauvre phare en proie au plus terrible des séismes.

Elle est là, tout près. Les fesses imbriquées dans le sol, les bras ramassés sur ses genoux, les épaules secouées par de frénétiques spasmes, Mathilde apparaît enfin dans le faisceau nébuleux de la couronne ambrée. Adossée à un rocher haut comme un genou d'homme, la petite fille est une fée. Comme gêné d'avoir abîmé de sa présence la scène délicate, Rémi se surprend à corriger la trajectoire de sa torche pour qu'elle n'effleure plus ni l'enfant ni le rocher, ni les jolis pleurs ; instinctivement, il se détourne, envisage le tapis feuillu, les cimes folles, l'horizon d'ébène, bref, il regarde où elle n'est pas quand tout lui commande de ne pas la quitter des yeux et de la couver encore et toujours. Alors il y revient, le jet pâle de la pile électrique se repose sur l'enfant dont la tragédie et la solitude semblent augmenter dans le cercle de ce projecteur de fortune. Étendue sur la terre mouillée de larmes, elle grelotte. Ou bien elle danse. Allez savoir.

Sous la caresse de la lumière, Mati lève un peu la tête. Des perles étincelantes et translucides roulent le long de ses joues et se détachent en silence. Aveuglée, la gosse lève spontanément le coude pour se protéger. Ses yeux se plissent.

— Va-t'en ! Va-t'en ! Va-t'en ! martèle-t-elle d'une voix rauque, rendue méconnaissable par la force et la conviction de l'invective. Laisse-moi tranquille…

Rémi inspire. Il s'approche de la fillette en boule et de son âme en flocons. C'est compliqué. Il ne sait pas. Il n'a jamais su. Rassurer, consoler, arrondir les angles, quitte à s'arranger avec la vérité. Il n'a jamais su trouver les mots, ne s'est jamais donné la peine de les chercher, n'en a jamais eu l'occasion à vrai dire. La seule chose dont il soit absolument sûr, c'est de son désir, ce désir terrible de voir rire Mati. Qu'elle rie à tout rompre, que ça éclate à la face du monde, comme une vengeance, un rire plein de gourmandise, un rire invincible, un rire plus fort que toute cette merde autour.

Ses méninges s'agitent, une idée lui vient soudain. Il fouille dans sa poche pour en sortir le cliché d'une jeune Mati grimaçant aux côtés de sa maman. Il hésite une seconde, le plante dans la lumière.

— Regarde…

Elle regarde. Le cliché. Puis Rémi aux yeux doux. La photo déformée par les plis. Rémi.

Sa maman. Elle, des années plus tôt. La complicité. Rémi. Les arbres autour. Les yeux rigolards sur les photos. Le rocher. Sa maman. La main qui tient la photo, le bras d'où émane la lumière. Rémi, à présent, ramène le faisceau vers lui et grimace dans le halo moutarde. Avec l'obscurité, ses mimiques prennent des allures fantasmagoriques et arrachent un sourire timide à la mioche. Suivi d'un autre, et d'un autre.

Encouragé par ce premier succès, Rémi enchaîne les singeries et les pleurs succèdent aux rires, les rires aux pleurs, Jean qui rit Jean qui pleure. Les pinceaux se mélangent avec délice. De moues cocasses en contorsions désopilantes, le rire éclate, franc, massif. Il bousille les idées noires. Rire puissant, qui emmerde le monde et ses convenances austères. Qui éclabousse le ciel où tintinnabulent les étoiles, chevauche les astéroïdes, tourbillonne jusqu'au croissant de lune et retombe en gerbes, rebondissant pour mieux repartir à l'assaut de l'immensité et du système solaire où se trouvent une planète, un continent, un pays, la forêt et ce rocher près duquel une fillette et un jeune homme hilares entreprennent, avec les moyens du bord, de sauver l'humanité.

Le vieux transistor entre en piste à son tour. Du bout de son index, Rémi enclenche la lecture d'une cassette d'un autre âge. Les premières notes de *Night Fever* des Bee Gees résonnent, accueillies par les cris de joie de l'enfant qui flotte une demi-seconde entre deux réminiscences avant de se laisser happer par la cadence endiablée de la chanson. L'obscurité s'atténue, la torche blafarde s'est changée en stroboscope. Ça chante, ça danse, ça gueule, ça beugle, ça saute, ça se déhanche. Comme si c'était la dernière fois et que le reste ne comptait pas. La séance s'achève avec l'épuisement des piles du radiocassette et l'enfouissement des corps dans les sacs de couchage. Sous la voûte céleste enluminée d'astres pétillants, les cœurs cicatrisent. Mati se rappelle vaguement avoir laissé son cartable sur le rocher duquel elle s'est enfuie, mais les portes du sommeil l'entraînent : il sera bien temps, demain, de s'en occuper.

25

22 mai 2004

Les heures passent. Le jour se lève sur la forêt. Sous un ciel qui s'éclaircit à vue d'œil, les arbres crépitent de gazouillis amoureux. Les membres ankylosés, le dos, la nuque perclus de douleurs diffuses, la nuit à la belle étoile a été rude, mais pas autant que les dernières années. On dit « aïe », on dit « ouille », on dit même « ouh là là », mais l'endolorissement des chairs est un pansement sur les âmes accidentées. Rémi s'est réveillé en premier. En attendant, il avale des biscuits.

— Un gâteau ? propose-t-il à Mati.

— C'est au chocolat ?

Il opine du chef.

— J'adore le chocolat !

Elle attrape aussitôt le ballotin tendu, dévore ce qu'il contient dans une pluie de miettes.

— Mmh, ch'est bon, commente-t-elle la bouche pleine.

Ce nouveau jour se calque sur l'après-midi de la veille, on bavasse, on pavoise, on cause de tout, de rien, on saute du coq à l'âne, on arpente, on parcourt des kilomètres, on se tait, aussi, quelquefois, pour contempler la luxuriance de la végétation printanière et cette renaissance, on se sent minuscule, on grimpe sur les rochers et on devient le roi du monde, on s'extasie sur les aspérités du relief, les caillasses accidentées, on cherche des formes dans les nuages qui s'amoncellent, y devinant des combats épiques de dragons et de chiens blancs, on voit, dans des roches qu'on dirait sculptées par des hommes morts mille ans plus tôt, des éléphants, des tortues, des animaux dont on ne se rappelle plus le nom, on rêvasse, et on oublie le temps.

Un peu plus tard, assaillis par l'envie d'un repas consistant et poussés par la menace d'un ciel voilé et morose, Rémi et Mati décident de reprendre la mobylette pour aller jusqu'à Barbizon. Ils trouveront bien un truc à manger. Et rebelote, la motocyclette pétarade sur l'asphalte en avalant des kilomètres de bitume.

C'est samedi. Les passants sont nombreux. En couple, en famille, ils se promènent avant qu'éclate la pluie. Voilà, il pleut maintenant comme vache qui pisse, Mati et Rémi se sont abrités sous la marquise d'une agence immobilière guindée.

— Hé, regarde, y a une crêperie là-bas ! s'exclame la fillette qui grelotte. On y va ? C'est trop bon, les crêpes !

Entre deux bouchées d'œuf, de tomates, de jambon et de fromage entourés de galette de blé noir, elle marmonne :

— T'es un ange, même si tu sais pas comment faire pour que Maman vienne me voir, même si t'as pas d'ailes, même si toi aussi t'as l'air perdu, t'es un ange et moi je veux rester avec toi.

Il arque un sourcil. Devant la fillette qui dévore, Rémi envisage, mais c'est fugace, qu'ils pourraient partir ensemble pour toujours.

— Oh, pas toute la vie, précise-t-elle, Papa va s'inquiéter autrement. Juste un peu. Tu sais quoi ? Je crois qu'elle est là, avec nous. Je peux pas la voir mais il y a sa présence. Et son parfum. Tu le sens pas, son parfum ?

Elle hume l'air, reniflant au-dessus du chantier de son assiette.

— On rentre pas tout de suite, dis, on reste encore ?

Rémi ne rentrera pas. Une conviction. Une certitude. Une décision. Il ne rentrera pas. Pas après ces instants de grâce ; l'existence serait trop fade ; sa maison, sa chambre, sa chaîne hi-fi, ses collègues, non, impossible, impossible qu'il s'obstrue l'horizon. Maintenant qu'il l'a entraperçu, il est incapable de courber l'échine pour se contenter des débris absurdes que le destin lui concède. Il pense à tout ça, ça lui coupe l'appétit. Décider de changer de chemin n'est pas anodin.

— Je crois que j'ai un moyen…

— Hein ?

— Il y a une façon, pour voir ta maman…

La fourchette de la fillette reste suspendue. Le morceau qu'elle y avait piqué a dégringolé sans qu'elle réagisse.

— C'est quoi ? demande-t-elle à voix basse, timide soudain.

— Il faut juste que tu… que tu me fasses confiance.

* * *

La mort. Il n'a rien trouvé de mieux. La mort, c'est la seule voie qui vaille. Rémi ne peut en effet se résoudre à renvoyer Mati chez elle, dans cette maison qui sera sa perte. Son esprit qui ne souffre aucune ambiguïté maintient que le danger est grand autour d'elle. Il va devoir lui annoncer qu'ils vont sauter le pas ensemble, sa mère l'attendra sûrement de l'autre côté. Mati acceptera, pourvu qu'on la sorte du cloaque où elle s'embourbe depuis qu'elle a la sensation étrange que quelque chose cloche, que quelqu'un ment, que rien ni personne n'est tout blanc. Sa fourchette cliquette nerveusement sur le bois de la table. Elle piaffe d'impatience :

— Allez, explique…

Il a peur, préfère se donner un sursis avant le grand saut. Juste un peu de temps, histoire d'être certain qu'il n'y a aucune autre issue, que ça vaut mieux pour eux deux. Parce qu'ils sont seuls contre tous désormais.

À l'extérieur, l'averse se calme. La baie vitrée s'ouvre sur un paysage moins gris : la rue retrouve peu à peu ses couleurs et ses promeneurs, une ambiance indolente de fin de tempête enrobe le décor et les êtres.

— C'est un secret, chuchote-t-il en posant son index sur ses lèvres.

23 500, 87 100, 48 210. Il aimerait tellement avoir une autre idée, une autre solution. Mais rien ne vient, rien de rien. Abandonné par sa propre imagination. Affligeant.

Lorsqu'ils repartent du restaurant, ils s'attardent devant les boutiques, se moquent de tel ou tel article, déforment un nom, imitent un passant. Ils marchent dans les flaques, donnent des grands coups de pied dans les caniveaux. Rémi s'efforce de garder une contenance : il rit quand elle rit, se gausse avec elle, parade quand elle frime, mais sa crêpe lui reste sur l'estomac. Il a froid. Sans doute à cause de ses chaussures trempées et de l'angoisse qui le presse. Comment lui dire ? Quels mots choisir ?

Au bout de la rue, un employé sort des présentoirs de cartes postales et de guides touristiques.

— Tu viens ? On va voir !

Rémi n'a pas le temps de réagir, Mati est déjà à plusieurs mètres. Il presse le pas.

— Regarde celle-là ! Et celle-ci ! Et là, t'as vu le chat ? Il est trop mignon dans son panier ! Je peux en acheter une pour Maman ?

— Oui, vas-y, choisis celle que tu préfères, répond le jeune homme d'une voix blanche.

Pendant que Mati prend, jauge et compare, hésite, repose, il feuillette un guide de randonnée trouvé sur la gondole. Empêtré dans ses idées noires, il ne lit pas les titres, ignore les photos, passe à toute vitesse sur les légendes.

— Je peux en prendre une pour Papa aussi ? Pour quand on rentrera ? Ça lui ferait super plaisir, je suis sûre !

— …

— Oh, allô la Terre, ici la Lune ! Tu m'écoutes ?

— Mmh mmh…

— Bah non, tu m'écoutes pas, là, remarque-t-elle en fronçant les sourcils. Alors, j'ai le droit ou pas ?

Il lève une tête ahurie sur la fillette impatiente.

— Et si on lui écrivait, à mon papa ? Pour lui dire que tout va bien… Qu'est-ce que t'en dit ? Comme ça, il s'inquiétera pas. Et puis, ajoute-t-elle avec un clin d'œil de connivence, tout le monde aime bien recevoir du courrier, pas vrai ?

Impossible de lui demander de mourir, impossible, c'est trop dur, elle veut vivre, c'est évident, elle est pleine de vie. Il la ramènera demain, il trouvera une solution pour la protéger à distance, tant pis.

* * *

Cher Papa,

J'espère que tout va bien pour toi et que tu t'inquiètes pas trop. Ici, on s'amuse beaucoup : Rémi est trop gentil et on a été à la crêperie. Il m'a promis qu'on verrait Maman. On revient dans pas très longtemps mais je peux pas encore te dire quand.

Gros bisous,

Mati

— Et voilà ! lance-t-elle en arborant fièrement la carte postale sur laquelle elle vient de coller un timbre. T'as peut-être envie de lui écrire un petit mot, à mon papa ?

Rémi secoue la tête. Il pense, *Non, non, surtout pas*, et répond :

— Non merci, ça ira.

Mati regarde autour d'elle, l'air de chercher quelque chose. Quand, soudain, elle aperçoit une boîte aux lettres. Elle détale, suivie de Rémi qui se lève mollement, lesté de son sac à dos d'une tonne au moins.

— Hop ! Dans la boîte ! Il la recevra quand, tu crois ?

Le jeune homme hausse les épaules :

— Sûrement après-demain.

Il a un goût de métal dans la bouche, la catastrophe est imminente, il le sent, il le sait. Cette carte postale va sceller son destin. Il n'a pourtant commis aucun forfait. Alors, d'où lui vient cette culpabilité sourde et cette oppressante sensation qu'il sera puni ?

26

Nuit du 22 au 23 mai 2004

Ils ont choisi de s'installer sur un rocher élevé, le plus élevé qu'ils ont pu trouver, qui surplombe la végétation de près de dix mètres : s'approcher au plus près du ciel, au point de le toucher. Les engoulevents accompagnent leurs murmures dans le crépuscule qui s'éteint. Quelques météores facétieux pénètrent la nuit d'ébène, spectacle orchestré pour eux, allongés côte à côte dans leurs sacs de couchage délavés, imprégnés de poussière.

— Là ! Y en a une ! s'enthousiasme l'enfant en pointant son index vers l'infini. Elle descend, chhhhhh… Tu l'as vue toi aussi, Rémi ? Vite, faut faire un vœu.

Les paupières de Mati se verrouillent, son visage se crispe, elle réfléchit.

— Ça y est ! s'écrie-t-elle. J'ai trouvé ! Et toi ? C'est bon ? Tu l'as fait, ton vœu ?

— Eh oh, laisse-moi le temps, t'es trop rapide pour moi !

À son tour, Rémi s'enferme intérieurement, se concentre. Il ne veut pas se tromper, c'est important un vœu, ça ne se fait pas à la légère. Sa bouche se tortille, sa lèvre inférieure chevauche sa lèvre supérieure, son pouce et son index frottent ses yeux barricadés par deux petites portes de chair. Ça y est, il est prêt. Il s'agit de ne pas se tromper, chaque mot a son importance.

Mathilde s'impatiente. Elle souffle :

— C'est terminé ?

— Non, pas encore, juste une seconde.

Elle trépigne, s'agace, tout en se demandant si elle n'a pas été trop rapide finalement. À voir la façon dont Rémi s'y prend, elle n'aurait peut-être pas dû être si pressée, elle est passée à côté du vœu véritable.

— OK, bon, je change alors, dit-elle.

— T'as pas le droit de changer, c'est trop tard…

— Si j'ai le droit, tant que t'as pas fait le tien…

— C'est un vœu par étoile normalement.

— Sauf que l'étoile, ça fait longtemps qu'elle est passée. Peut-être que t'as raté ton tour, en fait.

Rémi boude. Elle a raison, il a été trop long, c'est loupé, ça ne sert à rien. Il se renfrogne, se perd dans le ciel parsemé de taches luminescentes. Quand soudain, il clame :

— Y en a une autre, regarde, là, à droite !

Il est heureux comme un gosse. Il pense *C'est un signe, une seconde chance.*

— Où ça ? Je vois rien…

— Mais si, juste ici…

Sous la toile de son sac de couchage, il joint les mains en position de prière :

— Faites que…

— Dans ta tête, Rémi, faut pas le dire, sinon ça se réalisera pas !

Le temps suspend son vol au cri des chouettes hulottes. Lui, il y met tout son cœur.

— Ça y est ! J'ai terminé mon vœu !

— Et c'est quoi ? demande-t-elle timidement avec un sourire en coin.

— Bah non, ça se réalisera pas. C'est toi qui viens de le dire.

— Oui, mais…

Ah, la curiosité.

— Si je te dis le mien, tu me dis le tien ?

— Bon, d'accord. On les dit en même temps ?

— OK. 1, 2, 3…

— Faites que ça s'arrête jamais.

— Faites que ça dure toujours.

Et que ça redevienne comme avant avec Maman et Papa, ajoute l'enfant dans sa tête pour ne pas blesser Rémi.

27

23 mai 2004

L'aube les cueille, recroquevillés dans leur couchage de fortune. L'aube et des voix, des pas.

Rémi ouvre un œil inquiet. Ces bruits n'ont rien de naturel à cette heure. Il se rassure, Mathilde est endormie, elle va bien. Mais les pas et les voix se rapprochent. Est-ce qu'il est en train de rêver ? Il se frotte les yeux.

— Putain, fais gaffe !

— Fermez-la, faut pas qu'ils nous entendent.

Ces mots portés par le vent agissent sur Rémi comme une décharge électrique. Il se lève d'un bond, repousse son sac du pied pour s'en dépêtrer, retient son souffle, scrute la forêt en contrebas en prenant soin de ne pas se faire repérer. Il a l'intuition que ces hommes viennent pour eux. Ce sont peut-être des gardes forestiers opposés au camping sauvage. Est-ce qu'ils risquent quelque chose ? *32 800, 19 800, 92 350*, l'esprit de Rémi s'emberlificote autour des théories les plus folles, il a peur, il perd les pédales.

Crac, les branches cèdent sous les semelles.

Mathilde ouvre un œil, s'étire et bâille bruyamment :

— Qu'est-ce que tu fais ?

Absorbé par ses pensées et ses angoisses, Rémi ne répond pas. Mati se lève.

— Y a quelqu'un en bas ?

— Bouge pas, fais pas de bruit, chuchote-t-il.

— Pourquoi ?

— Chut, j'te dis, faut pas qu'ils nous voient.

Les voix se sont encore rapprochées. On agite des branchages, on passe sous des arbres. Puis soudain, plus rien, même plus un bruissement de feuilles. *Le calme avant la tempête ?*

— Viens, assène Rémi, on remballe, on s'en va.

— Mais qu'est-ce qui se passe, à la fin ?

La voix de la fillette s'éraille. La panique de Rémi est contagieuse, et son angoisse, dont elle ignore la cause, l'envahit.

— J'en sais rien, mais faut pas qu'ils nous trouvent, tu comprends ?

Mathilde secoue la tête, insiste. Ses murmures flirtent avec les aigus.

— Mais ça fera quoi si on les croise ? C'est pas interdit d'être dans les bois, si ?

Ses traits se crispent de colère, d'incompréhension, de frustration face à la tournure des événements. Elle a l'impression que son ami lui cache quelque chose. Ressent-elle, elle aussi, l'imminence de la fin du monde ?

Occupé à entasser leurs affaires en pestant contre son sac à dos trop petit, Rémi ne mesure pas le drame qui se joue dans le cœur de Mati. Elle se sent dupée, trahie, comme ces enfants qu'on ne prend pas assez au sérieux pour les mettre dans la confidence des grandes personnes.

— Et mon cartable ? geint-elle en désespoir de cause.

Il lève la tête :

— Où il est ?

Elle hausse les épaules et tend un index timide vers les bois.

— Là-bas… je crois…

— On peut pas le récupérer maintenant, marmonne-t-il, le nez dans son barda. On viendra le reprendre plus tard.

De fines larmes perlent aux yeux de Mati, menacent de verser sur les joues de la fillette. Ses petits poings se serrent.

— Pourquoi tu veux pas me dire ce qui va pas ?

Il range, ça tombe, il range, ça résiste, ça ne veut pas rentrer, il jure, pousse encore. Effacer toute trace de leur passage, plus rien d'autre ne compte.

— Rémi, j'ai peur…

Crac les branches, *psst* les voix, plus près, bien trop près. Rémi se penche pour regarder en bas. Rien, ça ne vient pas de là.

— Bouge pas !

Rémi se retourne d'un coup. Ils sont là, en meute, bouchant la seule issue possible. Une dizaine d'hommes, le flingue à la main. Un pain de glace dégouline le long des vertèbres de Rémi, son cœur est au bord de l'apoplexie. Il recule.

— Relâche l'enfant !

La fillette se blottit contre Rémi.

— C'est qui ? Qu'est-ce qu'ils veulent ? sanglote-t-elle, morte de trouille.

La voix de stentor répète :

— Lâche-la ! Magne-toi !

Rémi recule, Mati resserre son étreinte, les hommes approchent, leurs armes braquées sur ce couple hors norme.

— Ne nous oblige pas à tirer. Laisse-la partir, tout doucement.

Submergé par la peur, Rémi recule encore, agrippé par Mati qui refuse de lâcher prise. Si bien qu'un instant son talon touche le vide. Il manque de perdre l'équilibre, se remet d'aplomb de justesse. Mati le serre contre elle de toutes ses maigres forces.

Un homme désarmé s'approche avec précaution. Petit, sec, le cheveu rare, la voix posée.

— Rémi, laisse partir Mathilde, ça ne la concerne pas.

— Comment vous savez qui on est ? bafouille Rémi.

— Nous venons pour t'aider, reprend le policier. Nous ne te voulons aucun mal. Laisse partir Mathilde, après nous pourrons discuter tranquillement.

— Non, supplie la fillette en enfouissant sa tête dans le t-shirt de son ami. Je veux rester avec toi.

— Rémi, reprend le flic, sois raisonnable. Elle n'a que neuf ans.

— Je ne laisserai jamais personne te faire du mal, chuchote doucement Rémi à l'oreille de Mati. Je te le jure.

— Fais pas l'idiot, poursuit le flic, pense à tous ceux qui la recherchent. Comment espères-tu t'en sortir ? Il n'y a aucun moyen…

Mati n'en peut plus de se cramponner si fort. Mais chaque mot du policier est une raison de plus pour renforcer son étreinte. Sa puissance, à cet instant, est inimaginable, sa fureur inconcevable. Alors, elle serre, encore plus fort.

— Ça ne pouvait pas durer, poursuit le petit homme en avançant prudemment. Rémi, voyons, elle est si jeune…

Après une hésitation, Rémi souffle à la petite, dans un murmure aux allures de prière :

— Va avec eux si tu en as envie, c'est toi qui décides.

Mati secoue la tête, enfouit son visage sous son bras, cherche l'abri de son corps.

— Mains en l'air. Allez, lève tes mains !

Le cri a jailli de la meute, derrière le flic. Excédé par l'attente, un policier plus entreprenant que les autres a décidé qu'il n'avait pas que ça à faire. Le négociateur se retourne et jette un regard courroucé à ses gars.

— Mathilde, reprend-il en feignant l'aplomb que cet abruti lui a fait perdre, tu peux venir, personne ne te veut de mal.

Les pensées de Mati s'entrechoquent. De quel mal parle donc ce monsieur ? Elle ne comprend rien et, avec le stress qui recouvre tout, c'est encore pire. Elle clôt ses paupières, supplie sa mère d'intervenir du plus profond de son être.

— Rémi, les mains en l'air, dépêche ! gueule de nouveau la voix.

L'autiste cède : il lève la main droite, la gauche, libérant la fillette dont l'intensité de l'étreinte redouble aussitôt. Elle pèse de tout son poids, telle une ancre qui refuse de laisser le bateau s'échouer dans la tempête.

— Mathilde, appelle l'homme en tendant un bras accueillant, viens, on va aller retrouver ton papa, il t'attend, il s'inquiète...

La petite fille dégage son visage noyé de larmes et lève les yeux vers Rémi. Elle plonge ses iris mouillés dans les pupilles profondes de son ami dont les traits, soudain, s'apaisent, transfigurés par la force de la tendresse qu'elle lui insuffle. Dans cet échange silencieux, un monde passe, un lien indestructible. Elle va se détacher, *Pardon, pardon*, et il lui pardonne, évidemment.

— Attends, chuchote-t-il au dernier moment en abaissant une de ses mains vers la poche arrière de son pantalon.

— Ta main ! Fais pas le con, le conjure le négociateur.

Un bruit. Un clic. Imperceptible mais qui suffit à surprendre Rémi qui recule dans un sursaut, trébuche et emporte la fillette dans sa chute.

Il y a une inspiration collective, commandée par la stupeur. Le silence, cri inaudible de l'effarement, le point de non-retour. Les secondes se changent en éternité.

Il y a le *ploc* sourd, quelques mètres plus bas, de deux corps qui s'écrasent, les os brisés, les membres tordus. La métamorphose de la vie sous les rires des chardonnerets moqueurs.

Plus haut, sur le rocher, l'onde de choc et l'incrédulité rebondissent d'un flic à l'autre, mines hagardes, frissons sur les peaux, traînées de sueur glacée entre les omoplates, le temps s'écoule au ralenti, le vent n'ose plus éternuer. La nausée brûle les gorges, les doigts tremblent. Les remords et les regrets.

Et, tandis que les hommes se paralysent, une petite photographie tombe en virevoltant. Dessus, une mère et sa fille, complices pour l'éternité.

* * *

Un policier s'ébroue, court au bord du rocher, jette un œil en bas pour jauger les dégâts, se tourne vers ses collègues et secoue doucement la tête d'un air navré. Son geste a sonné l'hallali : à présent, ça s'emballe dans le désordre comme on se réveille d'un trop long repos, la course pour rattraper ce qui est déjà perdu, le besoin de descendre et de constater, l'espoir de sauver les miraculés. Mais ici, point de miracle, la réalité est une chienne, on a perdu deux êtres, dont au moins un innocent. Alors, ça dévale les sentiers escarpés, les pierres glissantes, ça veut aider, épancher sa conscience, ça veut croire qu'on a fait ce qu'on a pu.

Le premier à parvenir en bas est le plus jeune de la bande. Il a l'âge de Rémi, à cinq mois près. Il s'appelle Antony. Au moment où les deux corps étendus l'un sur l'autre entrent dans son champ de vision, il s'arrête, pris d'une sorte de respect pour la scène devant lui. Il ne veut rien abîmer.

Dans cette trouée au milieu de ce paysage karstique, les rayons du soleil s'attardent sur les physionomies opalescentes. L'ombre et la lumière se balancent au gré des feuillages, donnant de la vie là où il n'y en a plus. Sur le front immobile de Rémi, une mèche de cheveux danse sous la brise légère. Mathilde est tombée à côté de lui. Elle ne l'a pas lâché. Il a gardé les yeux ouverts, l'air un peu surpris, et l'enfant, les yeux fermés, semble lui sourire. Antony est bouleversé par la tristesse mêlée d'espoir de ces deux êtres inanimés, à jamais soudés. Au-dessus, le ciel sourit, des nuages vaporeux s'étirent, nonchalants. La nature se met au pas pour rendre un dernier hommage à ses enfants. Ces deux-là s'aimaient, c'est évident.

Ému, perdu dans des sphères que les autres n'atteindront jamais, Antony ne sent pas les coups d'épaule de ses collègues qui le dépassent. La meute ne s'embarrasse pas de précautions, et profane allègrement le sanctuaire. Il a soudain envie de dégueuler.

— La petite est vivante ! J'ai un pouls, elle respire ! Elle est consciente !

Un policier a crié. L'essaim s'agite.

On interdit à l'enfant de bouger. On lui maintient la tête sur le torse immobile de Rémi, on entrave ses mouvements. Otage de ces inconnus, Mati ne voit pas le sang de son ami qui s'écoule sur l'humus. Elle a tellement mal qu'elle peine à respirer. Qui sont ces gens, que leur veulent-ils, de quoi parlent-ils ? Elle a mal, sa poitrine est comme écrasée. Elle amorce un mouvement :

— Non !

Une voix a crié sans ménagement. Une pointe de peur supplémentaire jaillit du fond de la conscience de l'enfant.

— Qu'est-ce qu'ils foutent, putain ? Quelqu'un a appelé les secours ?

La phrase rebondit trois fois, un imbroglio de réponse se promène en sens inverse.

— Ils seront là dans dix minutes !

— Dix minutes ? s'insurge le chef. On a le temps de crever trente fois !

Mathilde oscille entre rêve et réalité, refait surface par intermittence. Sa tête tourne, ses paupières sont lourdes, elle voudrait tellement dormir, plonger en elle, ne plus lutter...

— Chut... ça va aller...

Une paume fraîche et douce lui caresse le front. La petite fille revient, repart, revient, puis repart.

— T'es vraiment certain qu'il est mort ?

La question se fraie un chemin dans son esprit funambule. Et la trouille soudain, immense, viscérale, la panique, quand le verdict tombe dans ses tympans.

— Sûr, à mille pour cent.

Ça la réveille, lui fait l'effet d'une décharge électrique qui se propage dans tous ses membres, son petit corps se tend, sa nuque se raidit, elle cherche à se soulever pour voir l'ami qui, une fois encore, l'a protégée. *Rémi, parle-moi, Rémi ! Comment vas-tu ?*

— Ne t'inquiète pas, la rassure un homme, les docteurs ne vont pas tarder, ils vont s'occuper de toi.

Un autre type s'approche, s'agenouille près d'elle :

— Tu te souviens de ton nom ?

— Ma... Ma...

— Mathilde ? interroge le flic. C'est ça, c'est Mathilde ?

Elle cligne des yeux dans l'affirmative. C'est difficile, la douleur empêche presque tout. Elle a envie de hurler, des secousses frénétiques la traversent, elle repart, loin du chaos. Au bout, sa maman, son papa, *Est-ce que je suis en train de faire un cauchemar ?*

* * *

Les gyrophares projettent leurs éclairs bleus. Les sirènes ont fait taire les merles, les voix éclatent, les portières claquent, la forêt résonne d'un vacarme de tous les diables.

On parle à l'enfant, Mati répond peu. Une minute elle se bat, la suivante elle lâche prise, s'évanouit, revient à elle. Elle n'appartient plus à ce monde qui bouillonne. Elle se réfugie contre le t-shirt de Rémi.

On la soulève, on l'installe sur un brancard, on l'emmitoufle dans une couverture de survie dorée. Elle veut se débattre. On l'emporte loin de son ami. Impuissante, les yeux rivés sur le corps étendu et immobile d'où s'échappe une mare rubis, elle comprend sans comprendre. *Ziiiig*, le brancard glisse sur les rails dans l'ambulance. *Vlan*, les portières se referment. Le moteur feule, la sirène mugit, offrant à l'enfant le dernier de ses cris.

Les gens sont gentils, ils lui parlent sans cesse, tout bas, d'un ton monocorde ; ils veulent qu'elle demeure éveillée le temps qu'on arrive. *On est bientôt arrivé.*

Le ciel s'est obscurci. Une pluie torrentielle ricoche maintenant sur la carrosserie, coule, jaillit sous les pneus de l'ambulance. Dieu que tout cela est triste.

III

Tout cela devait nous mener ici et maintenant.

28

23 mai 2004

La pluie gifle les carreaux, c'est un véritable déluge. Sous la lumière blafarde des néons pisseux, les teints virent du jaune à l'olivâtre. Au-dessus de Mati, un tube fluorescent encastré dans sa cage agonise, s'éteint, s'allume, grésille, s'éteint, grésille. C'est insupportable et rassurant à la fois, cette régularité dans la souffrance, ces ultimes sursauts de vie.

Mathilde s'égare. Elle sent encore les gouttes sur son visage lorsqu'ils l'ont sortie de l'ambulance. Elle se souvient des claques froides sur sa joue, de sa peau qui grelottait. Elle se rappelle les voix qui disaient « Tout ira bien, ne t'inquiète pas, tout va bien se passer », puis qui parlaient tout bas pendant qu'on l'emmenait à travers les couloirs. Elle revoit les plafonds, celui du rez-de-chaussée, celui de l'ascenseur, celui de la pièce où un premier médecin a prescrit une IRM, celui de la grosse machine à laver, et toujours ces voix doucereuses en fond sonore, « Tout ira bien, ne bouge surtout pas ». Elle se souvient de sa trouille quand on l'a déposée sur le plateau qui a coulissé dans le tube blanc. Elle a cru que cette chose allait la dévorer.

— Ne bouge pas. On va regarder si tu as quelque chose de cassé.

Elle est tétanisée. Elle est épuisée.

Miraculée. Le mot tourne en boucle dans sa tête. Ça n'est finalement pas si merveilleux que ça, les miracles. Même s'il paraît qu'elle n'a qu'une côte cassée.

La psychologue enclenche l'enregistrement. Mathilde a la peau qui tiraille et elle est agacée. Mais elle ne dit rien à cette dame qui la scrute en souriant depuis cinq bonnes minutes. Seuls ses doigts trahissent une pointe d'exaspération.

— Tu préfères que je t'appelle Mati ou Mathilde ?

Mathilde se détourne vers la vitre cinglée par la pluie et hausse les épaules. Elle ose à peine respirer.

— Tu dois avoir faim, reprend la femme, regarde ce que les infirmières t'ont préparé, un bon chocolat, un jus d'orange et des tartines, rien que pour toi.

Bah non, elle n'a pas faim.

— Il faut que tu m'aides un peu, Mathilde. Tu m'expliques ce qui s'est passé ?

Obnubilée par la pluie et les formes qu'elle dessine sur la fenêtre, la fillette garde le silence. La voix de la dame lui parvient de loin, en sourdine.

— Tu m'entends, Mathilde ? Si tu ne me dis rien, je vais avoir du mal à comprendre… J'ai besoin de comprendre pour faire en sorte que tu te sentes mieux…

L'esprit de Mati n'est pas vraiment là, il vacille et trébuche dans un marasme de souvenirs désordonnés. La journée a été si longue, tout est déformé, les intentions, les lieux, les gens. Elle se rappelle qu'après la bouche géante de la machine, un médecin est arrivé et que des infirmières l'ont déshabillée. Elle s'est retrouvée nue, c'était gênant. Ils l'ont auscultée, partout, et ils lui ont posé des questions : « Est-ce qu'il t'a fait mal ? », « Est-ce qu'il t'a touchée, là ? », « Est-ce qu'il t'a forcée à faire des choses qui t'ont semblé bizarres ? », « Est-ce qu'il s'est déshabillé devant toi ? », « Est-ce qu'il t'a montré son zizi ? »

Ça lui a donné envie de vomir. Elle s'est sentie souillée par leurs mains gantées, violée par leurs regards sur son corps grelottant, profanée par leurs paroles. C'est eux qui avaient l'air bizarres et qui parlaient de choses dont elle n'a pas encore l'âge.

« Il a pris des photos ? » Rémi avait des photos sur lui, oui, mais ce n'est pas ça qu'ils cherchent.

Mati sanglotait, incapable de répondre. Finalement, on lui a apporté des affaires propres, et ses larmes se sont remises à couler, une avalanche d'émotions, les nerfs qui lâchent sous l'assaut des odeurs familières de lessive et d'adoucissant à la lavande. Puis deux infirmières l'ont aidée à s'habiller.

De tout ça, elle s'en souvient. Elle s'en souvient très bien.

— Est-ce que tu as envie qu'on joue ensemble, Mathilde ? Si tu veux, on peut jouer aux cartes. Uno, tu connais ?

Son esprit revient dans la pièce pastel, décorée comme une école maternelle. Mais Mati ne répond pas.

— Tu as peut-être une autre idée ? Un jeu préféré ?

La gamine ne réagit pas. À court d'arguments, la femme se lève, se dirige vers le buffet laqué, ouvre la porte du bas, en sort un bloc de feuilles blanches et un pot rempli de feutres qu'elle pose sur la table après avoir décalé le plateau que l'enfant n'a pas touché.

— Est-ce que tu as envie de faire un dessin ?

La dame l'encourage d'une pression sur l'épaule. Cette fois, elle se détourne de la fenêtre.

— Et Rémi ?

— Qu'est-ce que tu veux dire ? demande la psychologue en se rasseyant.

— Rémi… il est où ?

— Où penses-tu qu'il soit ?

L'enfant détourne de nouveau la tête vers les carreaux.

— Dis-moi, s'obstine la thérapeute, où crois-tu que se trouve Rémi à présent ?

— … avec Maman… ?

Au bout du couloir, une sonnerie de téléphone, des voix, des portes qui grincent, des sabots en plastique qui couinent. Mati se laisse emporter par les mouvements extérieurs, incapable de se concentrer sur la conversation. L'envie d'être ailleurs, de n'avoir pas vécu ça, de reprendre à zéro la poussent à s'échapper par n'importe quel moyen. Elle est un ballon gonflé à l'hélium, coincé par un plafond jaloux. La psychologue la ramène doucement plus près du sol :

— C'est une question ?

Oui. Non. Un peu. Une prière plutôt, des mots lancés avec l'espoir qu'ils soient aussitôt contredits, une façon de prêcher le faux. Mais la femme se contente de hocher la tête. Mati gonfle les joues, donne des petits coups de pied dans le vide.

— Tu as envie de parler de Rémi ? Tu sais, je peux tout entendre. Je peux même tout comprendre. S'il t'a fait ou dit des choses qu'il n'aurait pas dû… Tu as le droit de lui en vouloir et d'être en colère. Même si tu ne veux pas lui faire de la peine… ce n'est pas incompatible… On pourrait être amies toutes les deux, hein, qu'en dis-tu ?

Non, son seul ami, c'est Rémi. Et franchement, Mati ne comprend pas ce qu'on lui veut, pourquoi il faudrait qu'elle soit en colère contre lui. C'est absurde.

— Peut-être que tu as besoin d'un peu de temps… Tu sais ce qu'on va faire ? Je vais m'en aller quelques minutes pour que tu puisses réfléchir et essayer de te souvenir… Ne t'inquiète pas, je ne serai pas loin.

La femme se lève, ouvre la porte et laisse pénétrer l'agitation extérieure dans la pièce.

— N'oublie pas, Mathilde, si tu as besoin de moi, je suis juste derrière, tu n'auras qu'à m'appeler.

Un avion passe en bourdonnant au-dessus de l'hôpital où se trouve l'unité médico-judiciaire. Mati se retrouve seule. Au-dedans, au-dehors, plus seule encore que le jour où sa maman est morte.

Rémi, sa maman, où sont-ils à présent ? Pourquoi Rémi l'a-t-il abandonnée, lui aussi ? Toutes ces mains sur son corps frigorifié, elle en a la nausée quand elle y pense, Rémi et sa mère n'auraient jamais permis ça, c'est certain. Maintenant qu'ils ne sont plus là, voilà ce qui arrive. Elle leur en veut, un peu, c'est plus fort qu'elle.

Elle vise la feuille de papier sur la table. Elle pourrait leur écrire. La première fois, sa mère lui a envoyé Rémi. Qui sait, le prodige pourrait se répéter, ça vaut la peine d'essayer. Elle se penche, attrape un feutre bleu et se tord de douleur. Elle ne peut plus respirer. Son impuissance brise ses dernières résistances : puisqu'elle ne peut rien, puisqu'il lui est impossible de maintenir le lien, Mati se pulvérise en mille morceaux minuscules que rien ni personne ne pourra recoller.

Tout à coup, ils sont là tous les deux, debout, juste devant elle. Ils l'appellent doucement. L'enfant voudrait se lever pour les rejoindre, mais la douleur dans sa poitrine est intenable, fulgurante, elle irradie et pulse jusque dans ses orteils, ça la cloue sur sa chaise, cette putain de douleur si forte qu'on dirait une lame de couteau. *Viens Mati, allez, un tout petit effort, viens avec nous.* Elle essaie. Elle tente. Elle y met tout ce qui lui reste d'espoir, d'amour et d'envie. *Viens, Mati.* Elle ne peut pas, elle ne peut pas, et elle en crève. Tout est sa faute, c'est à cause d'elle que Rémi est tombé, à cause d'elle que sa mère s'est tailladé les veines.

* * *

L'attente est interminable. Les soignants et les flics passent et repassent, parfois accompagnés d'un justiciable qu'ils tirent à grands coups de voix tonitruante. Des combats de coq inutiles, vu que ça se termine toujours de la même façon : le prisonnier, ou le présumé innocent, ou le présumé coupable, se débat, « Non, non, lâchez-moi, j'irai pas voir ce docteur, j'ai rien fait, j'ai rien à foutre là ». De temps en temps, on demande à parler à un avocat, on menace, on gueule, « Vous savez pas qui je suis, vous entendrez parler de moi », les flics se marrent, les infirmiers aussi, ils en ont vu d'autres, et puis on se fait embarquer pareil, qu'on rechigne ou pas, qu'on tape dans les murs et qu'on jette les sièges par terre, ça ne change rien. Hormis ces scènes qui se répètent à intervalles réguliers, rien. Apathie.

Éliane a vieilli. Dix ans sont passés en quelques jours. Dans la tête de cette boule de remords recroquevillée sur elle-même, ça tourne en boucle, les soupçons malvenus, la confiance massacrée, le handicap de ce fils qu'elle a failli étouffer. Même le soulagement de retrouver sa petite-fille ne l'a pas libérée.

Depuis l'appel du flic alors qu'elle crachait son venin à son fils bousillé, sa vie est un magma d'images et de sons. Elle a tout accompli dans un état de torpeur proche de l'hypnose. Appeler son mari, rentrer, passer chercher des affaires propres, venir ici. L'hébétude comme unique réponse, sur ses fondations écroulées. Toute sa vie s'est atomisée.

Elle tient dans ses doigts crochetés de chagrin un mouchoir en papier qu'elle dépiaute machinalement. La dentelle du Kleenex se désagrège sur son pantalon. C'est le seul mouvement perceptible de cet être qui défaille.

À côté se trouve Claude. Son silence est le seul moyen de communication possible. Il ne fait plus semblant, il a passé l'âge. Pas de gestes tendres, pas de soutien, aucune complicité. C'est chacun pour soi et Dieu pour tous. Ou pas.

Tandis que le mouchoir d'Éliane se disloque, Claude imagine, pour passer le temps, l'histoire des agents, des agresseurs, des victimes qui passent et repassent devant lui. Surtout, il est heureux de retrouver Mathilde, heureux de la savoir vivante, heureux que leur fils ne soit coupable de rien. Bien sûr, il espère que l'enfant ne sera pas trop perturbée, mais l'heure est aux retrouvailles. À vrai dire, c'est plutôt son épouse qui l'inquiète. Son attitude depuis qu'elle est sortie de la chambre de Nicolas le turlupine : elle n'est plus la même, elle n'ouvre plus la bouche, elle semble ailleurs, comme sous l'emprise d'une drogue. Sa femme, il la pratique depuis plus de trente-cinq ans et il sait que ce n'est pas son genre de se taire. Et il n'aime pas ça, car mieux que quiconque il sait ce que cache cette apparente mesure, la lave et le tranchant sous le ruisseau placide. Elle a commis une erreur, encore une, il en mettrait sa main au feu.

* * *

— Vous pouvez y aller, elle vous attend.

Éliane a levé la tête vers la voix, laissé choir les restes du Kleenex par terre pour se déplier sans grâce. Bossue, les yeux cerclés d'un charbon vaporeux, elle avance, désarticulée, derrière le médecin et son époux jusqu'à une porte close.

— L'examen de votre petite-fille n'a pas révélé d'agression physique, signale l'homme d'un ton neutre. Pas d'attouchement, pas de pénétration, aucune trace de violence ni de coups, hormis ceux bien sûr qui sont dus à sa chute. Pas de viol, donc, *a priori*, même si rien ne dit qu'elle n'a pas subi des pratiques invisibles que seuls des examens psychologiques poussés pourront mettre en lumière, comme une fellation forcée ou des actes exhibitionnistes sans contact...

Viol, *attouchements*, *pénétration*, *violence*, *chute*, *coups*, les mots claquent dans le couloir jaune canari. Éliane et Claude se liquéfient.

— Mathilde a eu beaucoup de chance, conclut le médecin. En amortissant sa chute, son kidnappeur lui a sauvé la vie. Si elle n'était pas tombée sur lui, elle serait morte. Évitez de lui poser des questions ou de la toucher de façon trop insistante : votre petite-fille a subi un traumatisme, elle a besoin de temps pour s'en remettre. La psychologue viendra vous voir un peu plus tard.

Puis, indifférent comme une huître, il retourne vaquer à ses occupations.

Viol, *violence*, *pénétration*, *fellation*, *exhibition*, *kidnappeur*, *attouchements*, *chute*, *mort*. Une fois lâchés, les mots font ce qu'ils veulent dans la brume des esprits esquintés, ils se tricotent, se détricotent, se noient, se gargarisent, comblent les vides laissés par l'incompréhension, se reproduisent à l'envi, pullulent. *Viol*, *violence*, *pénétration*, *exhibition*...

Chut.

Claude abaisse la poignée, ouvre la porte.

À l'intérieur tout est calme, l'après-midi éclabousse la chambre d'une lumière veloutée. Au milieu d'un mobilier sommaire, chaise imitation cuir, table de nuit en mauvais bois, téléviseur éteint, un léger relief dans des draps foutraques : Mathilde s'est endormie d'un sommeil agité. Respiration irrégulière, soubresauts de l'arcade sourcilière, visage égratigné par endroits, ça fait peine à voir.

L'homme se penche sur la fillette, dépose un baiser furtif sur son front pris de fièvre et Mati, soudain, laisse échapper un souffle appuyé.

— Tu ne rentres pas ? s'étonne-t-il en se redressant.

Éliane est restée sur le seuil, en équilibre entre deux existences, l'une ancienne, fondée sur du sable, une autre qui s'annonce aussi dure et froide que le marbre. Le mensonge était un matelas bien confortable.

— Hein ? insiste Claude.

Acculée, elle déglutit, s'approche du lit, effleure d'un index timide la peau translucide de Mati. Cette fois, sa petite-fille ouvre un œil incertain.

— Mamie ?

Éliane s'efforce de sourire.

— Ma puce…, répond-elle comme pour cacher son malaise.

— Et Papa ?

Déjà ? Si vite ? La grand-mère cherche son mari des yeux, quémande du secours. *Aide-moi, ne me laisse pas toute seule avec ce fardeau-là*. Faut-il lui dire ? Faut-il se taire ?

— Pourquoi il est pas là, Papa ? insiste la petite.

Éliane cherche un démon de bas étage auquel s'accrocher, la souillure de l'homme inconnu, un violeur qui n'a pas violé, un kidnappeur qu'il faudrait remercier de l'avoir sauvée. C'est un micmac pas possible dans son esprit, tout s'emmêle, les victimes et les bourreaux, les excuses et les alibis, les méchants, les gentils, les draps des lits d'hôpital et les suaires des cercueils. Claude, Nicolas, Vincent, Karine. Et maintenant Mathilde. Elle est seule contre tous, voilà la vérité.

— Ton papa a eu un accident de voiture, annonce-t-elle d'une voix métallique.

Le temps se suspend. Des grains de poussière virevoltent, insensibles.

— Il… il est à l'hôpital.

Le silence de la fillette résonne comme une condamnation. Alors elle n'y tient plus, le barrage cède sous le torrent de ses larmes, elle sort de la pièce, fuit la mine accablée de Claude et celle, impénétrable, de sa petite-fille.

Reste donc Claude, le protecteur ou ce qu'il en reste, qui compose, refrène, prend sur lui, lui qui jamais ne vacille ni ne tangue, la bouée à laquelle se cramponner. Claude se démerde comme il peut, quitte à doser savamment le noir, le blanc, le désespoir et l'optimisme. *Violence*, *attouchements*, *kidnapping*, ça tourne, garder le cap, être solide, *viol*, *enlèvement*, *chute*. Dans cette chambre, il a des envies de meurtre, de passage à tabac. La réalité part en vrille, c'est compliqué.

La décision s'impose, *Pas le choix, on ne peut pas laisser cette enfant dans l'incertitude et le doute.* Au diable, la psychologie et ces conneries gigantesques, les mauvaises nouvelles ne s'atténuent pas avec des pincettes.

— Mati, il va falloir que tu m'écoutes et que tu sois forte… Ton père a eu un accident grave. À l'heure qu'il est, personne ne peut dire s'il redeviendra comme avant.

Voilà, c'est fait, Claude respire, attend l'avalanche, ouvre les bras pour consoler. Mais rien.

En face, Mati accuse le coup. Anesthésiée par la douleur, elle ne prend plus la mesure de rien. Un coup de plus ou de moins… Pas une larme, pas un cri, ses pupilles se vident un peu plus mais c'est fugace. Seuls ses petits poings se crispent sur le drap sans odeur.

— C'est à cause de moi ?

— Non, bien sûr que non…

Il lui sourit, même si c'est la dernière chose qu'il a envie de faire.

— C'est à cause de moi.

Le point d'interrogation s'est fait la malle. Mati constate, c'est tout.

29

Juin 2004

Mathilde est sortie de l'hôpital. Retrouvera-t-elle jamais son innocence ? Ses grands-parents tablent sur le temps, sur l'oubli, la jeunesse, le soleil, l'horoscope, la configuration des planètes. Mais personne ne se leurre, on les a prévenus : il y aura des hauts et des bas, des jours avec et des jours sans, des colères incompressibles suivies de fiévreux enlacements, il faudra de la patience, une patience folle. Les séances de thérapie se succèdent, on ne les lâche pas, on ne les abandonne pas, s'il y a des morceaux de Mati à recoller, on les recollera.

Éliane et Claude ont pris en charge la fillette et la justice n'a rien trouvé à redire. La famille a été mise hors de cause, ils ne connaissaient pas Rémi et Rémi ne les connaissait pas, l'affaire est donc close, rangée dans un carton, une cote indiquée sur la tranche, archivée, *C'est du passé, n'en parlons plus.* Quant aux sentiments, au pourquoi du comment, on fait son deuil, pendant que les questions restées sans réponse obstruent le fond des âmes.

On a installé la gamine dans l'ancienne chambre de son père, où subsistent les stigmates d'une adolescence ordinaire. Mathilde n'aime pas cette chambre qui ne l'aime pas non plus. Depuis deux semaines, elle joue aux cartes avec Claude, bataille, pouilleux, paquet de merde, deux semaines passées à regarder Éliane bêcher son jardin minuscule avec une hargne qu'on ne lui a jamais connue, deux semaines ponctuées de visites à son père, *Emmenez-la, c'est mieux qu'elle comprenne, et puis ça fera du bien à son père, vous savez, le cerveau humain…* Mais le légume est resté un légume.

— Tu viens pas avec nous, Mamie ?

Sempiternelle question, sempiternelle réponse :

— Non, je préfère vous attendre à la maison.

Éliane attend en se mordant les doigts, elle attend en préparant le goûter, elle époussette les meubles impeccables, lave, essuie et range la vaisselle, elle récure, plie, repasse en ne pensant qu'à son fils, qui n'est plus que paupières mobiles et regards apeurés.

Quand ils rentrent dévastés, ça sent l'encaustique, le quatre-quarts et l'adoucissant. Mati ne dit jamais rien, elle avale le gâteau comme on avale des couleuvres, elle mastique pendant des heures. Les miettes s'éparpillent et sa bouche mâchouille du vide. Éliane s'agace et prend pitié, *Cette gosse ressemble à une centenaire.*

C'est ma faute, Rémi, Papa, c'est ma faute, tout est ma faute.

Elle ne verse jamais une larme devant son père. Elle l'enlace, lui murmure des secrets. Il ferme les yeux dès qu'elle entre dans la chambre pour savourer ses mots d'amour. Ils demeurent ainsi des éternités.

C'est ma faute, Papa, cet accident, la mort de Rémi.

De temps en temps, Mati s'emporte, *Ils m'ont abandonnée, tous, Rémi, Papa, Maman. Ils ne m'aiment pas, ils ne m'ont jamais aimée.* Tantôt coupable, tantôt accusatrice, l'enfant expie ses fautes. Plus rien n'a de sens pour ce petit être déboussolé qui se convainc, jour après jour, qu'elle ne mérite l'amour de personne.

Ma faute, leur faute, ma faute, leur faute. Elle bouillonne de rage, rugit d'impatience. Avec l'ennui, pour unique horizon.

30

1er juillet 2004

Ce matin, Mati est seule dans la cuisine : de la fenêtre, elle aperçoit son grand-père qui sort de la remise, un marteau à la main. Il bricole, ça le détend. Sa grand-mère s'active dans le cellier, machine à faire tourner, linge à étendre, à plier, à repasser. Sur la table trônent deux tartines grillées, un jus d'oranges fraîchement pressées, un bol de chocolat fumant, un pot de pâte à tartiner, de la confiture et deux cuillères. Elle a mal dormi et n'a pas faim, comme souvent ces temps-ci. Après avoir joué avec la nourriture du bout des doigts, elle se lève, coule un œil vers la buanderie, se dirige à pas de loup vers le meuble de la cuisine, tire le grand tiroir du bas et s'apprête à faire disparaître son petit déjeuner dans la poubelle, quand son regard est happé par le coin d'un journal gondolé qui dépasse des ordures. Elle tend le bras et tire sur le papier.

Pour passer le temps, machinalement, elle retourne s'asseoir. L'ennui pompe son énergie.

Elle soulève machinalement les pages, insensible à l'odeur qui s'en dégage. Ça sent le poulet de la veille, les haricots verts et le jus de viande. Mati réprime un haut-le-cœur, refoule son dégoût, se laisse accaparer par le cahier du milieu, celui des informations locales. Sur les illustrations, elle reconnaît certains lieux, certains visages, elle a toujours aimé ça. L'inauguration d'une école maternelle qui accueillera ses premiers élèves à la rentrée, une rencontre littéraire au *Super U*, le lancement d'un potager participatif au cœur de la cité, les souvenirs d'une nonagénaire…

Et puis, soudain, deux photographies côte à côte, un Photomaton de Rémi qui ne sourit pas, un portrait d'elle qui rit à gorge déployée près de quelqu'un dont on devine le coude dans ce cliché mal ratiboisé. Un trou s'ouvre subitement sous ses pieds, son cœur marque un arrêt, une sueur glaciale perle à son front. Le titre, « L'enfant retrouvée », lui saute au visage.

Mati a toujours aimé lire. Les livres, qu'on lui offrait au hasard des déambulations dans les supermarchés, sont un refuge. Ces petits livres de poche à la tranche rose et aux couvertures colorées. Elle les déguste comme des bonbons. Elle avait même pris l'habitude de faire la lecture à sa mère, murée dans un silence triste et profond, comme pour l'emmener en voyage. Karine ne répondait pas, mais Mati ne se décourageait jamais. Elle lisait avec une ferveur dingue, dans l'espoir d'arracher un sourire à sa maman. C'est d'ailleurs dans un livre qu'elle a trouvé le Pays blanc. Sa mère, alors, avait réagi : « Le Pays blanc, j'aimerais y aller, d'ailleurs j'ai presque l'impression d'y être, tu vois Mati, un pays tout blanc, vide, il n'y a que nous là-bas. » Mati a conservé précieusement ce livre qui a réveillé sa maman, l'histoire d'un petit garçon à la recherche de ses parents et de sa petite sœur qui devait, pour les retrouver, subir un tas d'épreuves fantastiques.

« C'est arrivé près de chez vous ». Pleine page. Rémi, l'air solennel, coincé, sur cette photo d'identité grossie trois fois pour l'occasion. Elle, à cinq ans, vêtue d'une robe rose avec des volants, le genre de tenue qu'elle exècre désormais. Assise sur un canapé, elle se marre tellement qu'elle a l'air folle. Ou ridicule. Cette photo est moche. Retour sur Rémi. Elle ne l'a pas revu depuis Fontainebleau. Il est beau malgré son air d'enfant sérieux. Il semble si présent… Une larme roule sur la joue de Mati, s'écrase sur le journal à l'agonie.

L'article maintenant, il faut s'y coller, même si son instinct lui dit qu'elle ferait mieux de laisser tomber.

L'ENFANT RETROUVÉE

C'est avec un immense soulagement que les habitants de S. ont appris que Mathilde

Martin, neuf ans, a été retrouvée le dimanche 23 mai dernier. Si les uns parlent de miracle, d'autres s'étonnent de la facilité avec laquelle un enfant peut être enlevé et s'inquiètent du chacun pour soi ambiant, devenu monnaie courante dans nos paysages urbains : « Ici, c'est bien simple, personne ne voit rien, personne n'entend rien, tout le monde se fiche de tout le monde, et après on se plaint », *s'insurge un voisin. Au-delà des considérations sociétales, tous se réjouissent de l'épilogue heureux de cette terrible histoire.*

Ce qui s'est passé

Les faits, qui font froid dans le dos, se sont déroulés vendredi 21 mai. Éliane Martin attendait sa petite-fille qui devait rentrer de l'école vers 16 h 50. À 17 h 15, constatant que la fillette n'est toujours pas arrivée, elle contacte son fils, le père de Mathilde, pour lui faire part de son inquiétude. Celui-ci part aussitôt à sa recherche. Malheureusement, victime d'un accident de voiture – l'enquête devra déterminer si le véhicule roulait à une vitesse excessive –, il est hospitalisé à l'hôpital de G. dans un état préoccupant. Sans nouvelle ni de sa petite-fille ni de son fils, Éliane signale les disparitions à la police, qui dépêche

immédiatement une équipe afin de recueillir les premiers renseignements.
Dans le même temps, à quelques kilomètres de là, une mère signale elle aussi une disparition : âgé de vingt-quatre ans, Rémi Aubère est un jeune homme diagnostiqué autiste modéré. Ancien employé du bureau de poste d'où il a été mis à pied quelques semaines auparavant, il n'est pas dans ses habitudes de ne pas rentrer. Dès le lendemain, samedi 22 mai, la police décide de qualifier cette disparition d'« inquiétante », ce qui permet d'inscrire Rémi Aubère au fichier national des personnes recherchées dans les deux heures qui suivent. Les enquêteurs font rapidement le lien entre les deux disparitions. Certains voisins ont en effet expliqué avoir aperçu à plusieurs reprises un jeune homme répondant au signalement de Rémi Aubère rôder autour de la maison des Martin. Quelques heures plus tard, sa mobylette est repérée dans une station-service, à proximité de la forêt de Fontainebleau, puis par des promeneurs. Le dimanche 23 mai au matin, au cours de son interpellation, le jeune homme choisit de se jeter dans le vide en entraînant sciemment sa petite victime avec lui. Heureusement, si celui-ci décède sur le coup, la fillette s'en sort indemne.

Un délinquant sexuel en puissance

Reste la question du mobile, mystère encore non élucidé à l'heure où nous rédigeons cet article. Rémi Aubère n'a jamais été poursuivi pour des faits de pédophilie et n'était pas connu des autorités. Si le mobile amoral de l'enlèvement ne fait aucun doute, il reste difficile d'obtenir des réponses claires quant aux sévices subis par l'enfant. Agnès Evirolle, psychologue à l'Unité médico-judiciaire de l'hôpital de S., nous en explique les raisons : « Lorsqu'un enfant a été victime d'abus sexuels, il y a en règle générale des séquelles physiques. C'est la raison pour laquelle l'enfant doit, en tout premier lieu, être examiné. Cet examen permet de relever les traces de coups ou de pénétration, des traces éventuelles de l'ADN de l'agresseur. Au cas où l'examen ne permet pas d'attester physiquement que l'enfant a subi une agression, cela ne signifie pas pour autant que l'enfant n'a pas été forcé à des actes invisibles, type fellation ou masturbation, ou contraint d'assister à des pratiques sexuelles. De nombreux prédateurs sexuels se contentent d'être des voyeurs et/ou des exhibitionnistes, beaucoup ne dépasseront pas ce stade. C'est là toute la difficulté pour les confondre, à moins de faits avérés sur la voie publique ou de dénonciation directe de l'enfant, avec tout ce que cela comporte d'ambiguïtés. »

Cette affaire n'est donc pas sans poser question sur la façon dont notre société peut se prémunir contre les prédateurs pédophiles. Protéger nos enfants est une priorité, à chacun d'être vigilant. Souhaitons à Mathilde Martin de se remettre vite et de garder le moins de souvenirs possible de ces quelques jours qui auront mis en émoi toute une petite ville.

Jonathan Bargis

Mati ne comprend rien. Vraiment, est-ce d'elle et de Rémi que parle cet article ? Que veulent dire tous ces mots étranges ? Elle glisse un œil vers le cellier et par la fenêtre. Demander à Éliane ou à Claude ? Non, les réponses ne seront pas claires, ils noieront le poisson, elle ne sera pas plus avancée. Vérifier dans le dictionnaire, voilà la priorité. Se débrouiller seule, parce qu'elle est seule de toute façon, les adultes la laissent tomber et ils ont raison.

D'un geste vif, elle déchire la page et remet le reste du journal dans la poubelle avant de se faufiler dans le salon. Dans la bibliothèque en merisier, elle déniche le dictionnaire et l'emporte à l'étage. Et elle s'attelle à la tâche, en élève studieuse qu'elle a toujours été. Les sourcils froncés, elle compulse une à une les définitions.

Pédophile, délinquant, sexuel.

Les mots sur les pages sont un tourbillon.

Séquelles, pénétration. Prédateurs. Voyeurs.

L'horreur sous ses yeux se dessine. Le s avant le v, le p après le o. *Tourne, allez, vas-y, encore un peu.*

Exhibitionnistes.

Mati lit et comprend ce que les gens pensent.

Dénonciation.

Pauvre petite Mati.

Ambiguïté.

L'enfant voulait des réponses, elle a pêché des bombes. Elle a compris, en long, en large et en travers. Elle a relu quinze fois peut-être, fait abstraction des coups de marteau irréguliers de son grand-père, oublié sa grand-mère perdue dans sa tonne de linge propre, relu jusqu'à ce que les mots forment un manteau poisseux. Ils ont laissé un goût immonde dans sa bouche innocente et terrorisée. Alors lui reviennent les souvenirs de l'examen auquel elle a dû se soumettre à l'hôpital, *se soumettre*, voilà un terme dont elle comprend chaque syllabe, son entrejambe scruté à la loupe, ses cuisses malaxées, son ventre exposé sous la lumière blafarde. Tout se mélange, des réminiscences et des scènes inventées galopent côte à côte, se chevauchent, se piétinent. Sale. *Je suis sale.* Tout est sale.

Vient ensuite le sentiment d'injustice, l'indignation face à l'accusation fallacieuse et la mémoire de Rémi abîmée. Les allégations du journal sont autant de coups qu'elle reçoit. Qui sont ces adultes qui mentent et accusent sans preuves, qui vous touchent et vous exposent sans vous demander l'autorisation ? Qui sont ces grands qui vous abandonnent, seule ? Alors, comme ça, on peut relater n'importe quoi ?

Les joues en feu, Mati regarde Rémi, hiératique sur la photo, serre les poings et tente de ravaler ses larmes.

— Pardon, pardon, Rémi, chuchote-t-elle au visage chiffonné par les plis, l'usure et les ordures ménagères. Je ne serai jamais comme eux, je te le jure.

Elle a trouvé un moyen. Radical.

* * *

L'été a passé. L'oncle et la tante de Mati l'ont couvée de mille attentions, emmenée au parc d'attractions, à la piscine, en week-end. Mais rien n'y a fait : la petite s'enferme un peu plus chaque jour. D'abord, on n'y a pas prêté attention, puis on s'est inquiété, on a consulté. Le corps médical a parlé de contrecoup et, pour que tout soit clair, a usé de métaphores – une pierre, en ricochant sur un plan d'eau, laisse derrière elle, à chaque point de contact, des cercles concentriques qui mettent longtemps à disparaître. Les adultes ont hoché la tête d'un air inspiré.

Mati, de son côté, ignore tout cela superbement. Elle est occupée, elle a un plan. Elle ne veut pas grandir et, dans le secret de sa chambre, elle s'entraîne à mourir, s'allonge pendant des heures en s'efforçant de ne plus penser à rien, constate à quel point c'est difficile de se vider la tête, surtout quand il faut penser à ne pas penser. Elle se trouve nulle, impuissante. Surtout, elle a peur. Elle ne veut pas souffrir. À chacun son instinct de conservation.

Ce jour-là, Claude l'emmène voir son père. Aucune amélioration. Dès que sa fille entre dans la chambre d'hôpital, Nicolas s'obstine à fermer les yeux, si bien que la fillette pense qu'il dort en permanence. Prisonnier de son corps paralysé, il n'a pas d'autres défenses. Il aimerait tant l'embrasser… mais sa mère a tout brisé. Alors il préfère fermer les yeux. Ne pas voir sa fille qui n'est peut-être pas la sienne, c'est le seul pouvoir qui lui reste.

— Tu veux que je te prenne un Coca ?

La fillette secoue vigoureusement la tête.

Elle reste seule avec Nicolas. C'est une technique conseillée par une infirmière quelques semaines plus tôt : laisser seuls le père et l'enfant pour qu'ils se réapprivoisent, s'appréhendent de nouveau. Systématiquement, au bout de dix minutes, Claude simule donc une envie de boire, de grignoter, d'uriner, un oubli dans la voiture, un coup de fil à passer. D'ordinaire, Mati, pas dupe, s'assied près de Nicolas dans un silence de plomb. Mais aujourd'hui, c'est différent. Lorsque son grand-père ferme la porte de la chambre, elle s'approche du lit comme si elle n'attendait que ça, s'assied sur les couvertures et se penche à l'oreille du malade :

— Tu sais, Papa, je vais bientôt mourir...

Les paupières de Nicolas frémissent. Mati s'approche plus près, son souffle chaud caresse le visage de son père :

— Et puis quand je serai morte, je viendrai te chercher. Soit moi, soit un ange si je ne peux pas, comme Maman elle a fait avec Rémi...

Pour la première fois, les yeux de Nicolas sont ouverts, la panique dévore ses pupilles dilatées. C'en est trop.

31

2 septembre 2004

Des feuilles couleur de feu dégringolent des arbres, le raisin envahit les étals des maraîchers, la banlieue se rhabille et l'humeur vire au maussade. Septembre est arrivé, avec sa cohorte de mines déphasées. Il faut, déjà, retourner au chagrin.

La chambre où loge la fillette baigne dans les odeurs de plastique neuf et de crayon à papier. Dans le coin, près de la porte, un cartable d'où dépassent cahiers et stylos emballés attend patiemment la rentrée. Trois jours plus tôt, Éliane a traîné Mathilde au supermarché bondé, avec l'espoir que l'enfant prendrait plaisir à choisir ses fournitures. Les plus belles, les plus chères, Éliane était prête à tous les sacrifices, elle a tant à se faire pardonner. Mais, tandis que sa grand-mère jouait des coudes au milieu des parents dépassés, des gosses survitaminés et des bambins exaspérés, la fillette s'est laissée glisser d'un rayon à l'autre avec la motivation d'un oursin, hochant les épaules sans enthousiasme, acceptant tout et son contraire, si bien qu'elle a hérité d'un nombre incalculable de cahiers, calepins et tubes de colle, crayons, gommes et feutres à paillettes. Elles sont rentrées déçues de leur escapade. Éliane s'est réfugiée dans le nettoyage de l'argenterie du buffet ; Mathilde a monté ses affaires et s'est enfermée jusqu'au dîner.

Mais aujourd'hui, Mati retourne à l'école. Assise à l'arrière de la voiture, elle observe la route, une boule d'angoisse nichée dans son ventre. Éliane a allumé la radio, qui déblatère bonnes et mauvaises nouvelles d'une voix égale, bruit de fond dans le marasme de leurs émotions. Mati appréhende de retrouver la routine scolaire qu'elle a quittée depuis son aventure avec Rémi, Éliane oscille entre la certitude de faire son devoir et l'inquiétude d'abandonner sa petite-fille. Mais les médecins sont formels, elle doit retourner à l'école, au risque de se désocialiser, il faut lui faire violence, c'est même un service à lui rendre.

Éliane se gare et garde les mains crispées sur le volant. Vautrée dans un silence têtu, Mati scrute sans conviction les gosses qui sautillent, joyeux, leurs sacs criards sur le dos, pleins d'enfance à ras bord. La grand-mère attend que la fillette amorce un mouvement. Mais Mati voudrait qu'on l'oublie.

— Allez Mati, il faut y aller, je sais que c'est compliqué…

— Tu sais rien du tout ! rugit l'enfant. Tu sais rien du tout, parce que si tu savais, tu m'obligerais pas !

— Bien sûr que si, se défend Éliane, je sais ce que tu ressens, je sais que c'est difficile, mais l'école, c'est obligatoire, et puis… tu vas retrouver tes amies…

— Quelles amies ? J'en avais déjà pas avant !

Rouge de colère, la petite renifle, tu parles d'une tête pour une rentrée… Éliane prend une grande inspiration, descend du véhicule, ouvre la portière arrière.

— Écoute, Mathilde, c'est compliqué pour tout le monde, pour Papi, pour moi, pour toi.

— Et pour Papa !

La sexagénaire déglutit.

— Pour ton papa aussi, oui.

— Pourquoi tu m'obliges à retourner à l'école alors que, moi, je ne t'oblige pas à aller voir Papa ? Hein ? Je sais que t'as pas envie de le voir, je t'oblige pas, moi !

Elle a crié, des têtes se sont retournées. Éliane accuse le coup. Cette confrontation devait arriver, mais le moment est sacrément mal choisi. Elle bredouille :

— Sauf que ça ne te regarde pas !

— Mais si, ça me…

— Non ! Ça ne te regarde pas. Tu dois aller à l'école, point à la ligne. Alors maintenant tu te lèves, tu prends ton cartable, et tu te forces !

Mati s'exécute : les yeux imbibés de larmes, un bâton de rancœur et un autre d'incompréhension pour béquilles, elle attrape son cartable et s'en va, sans un regard pour sa grand-mère. Lorsqu'enfin elle pénètre dans l'enceinte du bâtiment, Éliane s'enfonce derrière le volant, pitoyable, bourrelée de remords.

* * *

La cour de récréation est pleine à craquer. Ici, des grappes de fillettes se récitent leurs souvenirs de vacances avant de les oublier tout à fait, là, des bancs de petits garçons courent après un ballon en mousse devant les visages des enseignants recroquevillés au-dessus de leur café.

Mati marche lentement, petite équilibriste sur la corde raide de son existence. Elle garde le front baissé, refuse qu'on voie qu'elle a pleuré. Sur son passage, ça chuchote, ça murmure, ça susurre :

— C'est elle !

— La voilà !

— Mes parents disaient qu'elle serait pas là à la rentrée.

— Ouais, moi, i'disaient qu'elle allait changer d'école.

— Bon bah, elle est revenue tout compte fait…

— C'est elle qu'a été violée ?

— Ça veut dire quoi « violée » ?

— Sérieux ? Tu sais pas ?

— Euh, si, en fait, je sais…

— Qu'est-ce qui s'est passé ?

— Mais si, dans le journal, t'as pas lu ?

— Non, mon papa, i' lit pas l' journal, i' dit que c'est que des conneries.

— J'aimerais trop pas être enlevé, comment ça craint !

— Surtout si le méchant il lui a fait des trucs dégueu…

— Ouais, beurk…

Blablabla.

Imperceptiblement, une allée se dessine sur le passage de Mathilde : on fait place à la victime qu'on zieute et qu'on plaint, angoisse et excitation mêlées. La rumeur a recouvert la cour, ça ne joue plus, ça ne bouge plus, ça commente, ça débine, ça dézingue, ça toise, ça glapit, ça pouffe, ça frémit, ça juge, ça invente, ça comble les vides. Bras, index, voix, tout est rivé vers la petite fille qui, la gorge nouée, accélère le pas pour tenter d'échapper à cette foule de lutins bavards, méchants et ignorants.

— Mathilde !

Magali, son enseignante de l'an passé, fend le peuple des tortionnaires idiots. Afin d'éviter à l'enfant traumatisée une perte de repère supplémentaire, l'institutrice a accepté de prendre en charge au pied levé la classe de CM1-CM2 où sera accueillie Mati cette année.

Elle place une main rassurante sur l'épaule de la fillette qui sent monter en elle une immense bouffée de reconnaissance.

— Viens avec moi, tu vas m'aider pour les photocopies…

Et, criant à la cantonade :

— Profitez-en, il vous reste quatre minutes avant que ça sonne !

Le bruissement de l'école élémentaire reprend comme si de rien n'était, oubliant déjà le faible moustique pris au piège de la solide toile d'araignée.

* * *

— Allô ? Madame Martin ? C'est le docteur Vessar. Vous avez cherché à me joindre ? Ma secrétaire m'a laissé un message. Il est arrivé quelque chose ?

— Euh, non… Merci, Docteur, de m'avoir rappelée. Voilà, je… Mathilde est allée à l'école aujourd'hui.

— C'est très bien, c'est ce dont nous étions convenus. Comment se sentait-elle à l'idée de retrouver ses camarades de classe ?

— Justement… Ça a été un moment compliqué…

— Compliqué ? Vous voulez dire qu'elle a refusé, qu'elle s'est rebellée ?

— C'est ça, on s'est disputées, et je… comment dire, c'est de plus en plus difficile à la maison. Je crois que Mathilde n'est pas heureuse…

— Il faut comprendre quelque chose : votre petite-fille a subi un traumatisme important. Jusqu'à présent, elle ne s'est pas déchargée de ce fardeau, elle n'a confié à personne ce qui s'est passé pendant ces trois jours. Sa colère est tout à fait légitime : elle souffre et elle ne sait pas comment l'exprimer. Rassurez-vous, il est bien plus sain qu'elle extériorise, cela fait partie du processus de guérison. Je pense qu'elle est prête à raconter, condition *sine qua non* de sa reconstruction.

— Je dois lui poser des questions ?

— Disons que vous pouvez la mettre en confiance pour qu'elle ne craigne pas de vous en parler. Mais en prenant soin de ne pas la brusquer, il ne faut évidemment pas la braquer, surtout si vous la sentez, disons, plus susceptible qu'à l'accoutumée. Notre prochain rendez-vous a lieu dans… attendez, je regarde… mercredi 15 septembre à 15 h 30 ?

— Oui, oui, c'est ça, c'est ce que j'avais noté.

— D'ici là, essayez d'être présente, à l'écoute. Vous pouvez lui lancer quelques perches, comme on dit. Et son père, elle vous en parle de temps en temps ?

Éliane se mord les lèvres, *Qu'est-ce qu'ils ont tous aujourd'hui à parler de Nicolas ? Ils se sont passé le mot, ou quoi ?* Elle ment, préférant ne pas s'attarder sur le sujet :

— Non.

— Bon… bien, je vous dis au 15 septembre, alors ?

— Au 15, merci Docteur, bonne journée.

Éliane raccroche, un goût âcre dans la bouche. Crever l'abcès, dès que possible. Trouver une accroche, une ouverture. En attendant, elle va passer l'aspirateur. Ça lui évitera de trop y penser, à ça et à ses remords qui l'empêchent de fermer l'œil. Karine, elle l'a tuée. Nicolas, elle l'a achevé. Mathilde, elle l'a brisée. Mais ce qui est fait est fait, ressasser n'est d'aucune utilité, on ne revient pas sur le passé.

Pour juguler la plaie de sa culpabilité qui suinte et s'infecte, la sexagénaire monte à l'étage. Dans la chambre de la petite, elle déplace les meubles, préférant le bruit à ses idées noires, passe l'aspirateur sous le lit. *Vroum*, *bing*, l'appareil bute sur un obstacle inattendu. Éliane s'entête, ses poignets se crispent autour du manche de l'aspirateur, *bing*, ça recommence, ça ne cède pas. Après plusieurs tentatives, Éliane se baisse pour vérifier ce qui coince. Rien, tout à l'air normal. Elle souffle, marmonne, décide de tirer le lit vers elle et découvre l'énorme dictionnaire dissimulé sous le sommier. Des pages dépasse un papier, qu'Éliane saisit… avant d'accuser le coup. Mathilde n'aurait jamais dû tomber sur cette feuille de chou. Claude aurait dû brûler ce maudit canard comme elle le lui avait demandé. C'était il y a plus de deux mois. Bon Dieu, pourquoi ne l'a-t-il pas fait ? Il l'a peut-être fait exprès... Furieuse, elle déchire la coupure, en deux, en quatre, en huit, en mille, à la fin il ne reste que de minuscules confettis, ici l'œil de Rémi, là une pommette de Mati. Des miettes.

Elle redescend, bien décidée à en découdre avec son époux, jette une œillade à la pendule de la cuisine, se ravise, il est temps d'aller chercher Mathilde. L'explication avec Claude attendra. Quant à Mati, eh bien il va falloir se résoudre à mettre les pieds dans le plat, le psychologue le lui a conseillé et la découverte de ce torche-cul dans le dictionnaire le lui commande. Fulminante, elle balance les rognures sur les cendres, dans la cheminée.

Des rubans de bambins sortent de l'école en déployant des sourires, *Ouf c'est fini*, ils jaillissent par deux, par trois, par quatre ou plus, heureux de rentrer chez eux pour peindre cette première journée, ce nouvel enseignant, cette classe toute neuve et les nouveaux copains. Certains relateront par le menu leurs déboires scolaires à leurs parents attentifs, d'autres palabreront dans le vide, victimes depuis toujours du désintérêt. Mais pour le moment tous sont ravis, et c'est le plus important.

Éliane attend à la portière de son véhicule. Une inquiétude sourde l'a envahie. À chaque gamin qui la dépasse et qui n'est pas Mathilde, son cœur se serre. Elle est un voyageur fébrile qui se ronge les sangs devant le tapis roulant qui ne lui rend pas sa valise. Traumatisme, peur de revivre cette journée fatidique, peur que la petite ne reparaisse jamais, de la perdre encore, de ne pas avoir deux fois la même chance – enfin, « chance », on s'entend. Peur de la revoir aussi, de l'affronter, car Éliane ne pourra plus reculer, elle s'est promis de lui parler. Pour son bien, pour que la reconstruction s'amorce, pour que Mati comprenne qu'elle peut partager son fardeau. Pourvu qu'elle s'en sorte, elle qui constitue le dernier rempart de cette famille chancelante.

La voilà qui sort. Seule. Et cette solitude, au milieu de la foule des gamins excités, est un véritable coup de projecteur sur elle. Papas, mamans, nounous, tantines et autres cousines, tous les regards se braquent pendant une microseconde sur l'enfant jetée en pâture aux cancans. Bien sûr, ce sont des adultes, la bienséance ils connaissent, ils s'efforcent d'être discrets quand ils susurrent des horreurs, certains parviennent même à simuler l'indifférence, soudain absorbés par les aspérités du goudron ou l'envol d'un pigeon.

Éliane n'est pas assez naïve pour y croire. La pitié condescendante, le dégoût timide, les enfants qu'on éloigne subrepticement du plat de la main de peur d'une contagion, la compassion forcée jusque dans les sourires navrés, « Si c'est pas malheureux, mais qu'est-ce que vous voulez, avec tous ses problèmes, sa mère morte, y a pas à dire, ça fout un coup à cet âge, alors c'est sûr qu'elle était plus vulnérable, peut-être même que, sans le vouloir – attention, ne me faites pas dire ce que je n'ai pas dit –, mais si ça se trouve, elle l'a cherché, le type était un peu fragile, ça s'est déjà vu, je n'invente rien. Il y a toujours, toujours, anguille sous roche. » Tant et si bien qu'à la fin, c'est un tsunami.

Et à voir les épaules voûtées de sa petite-fille, sa façon de porter son cartable mal fermé, sa mine triste et apeurée de petit animal vaincu, Éliane devine combien la journée a été éprouvante.

Mathilde avance droit vers la voiture. Elle n'a pas besoin de serpenter, les gens s'écartent sur son passage pour former une haie – une haie de déshonneur. Comme neutralisée par cette scène surréaliste dans une banlieue où tout le monde se connaît, sa grand-mère se tient immobile.

— Bonjour, ma puce, lui dit-elle en l'embrassant sur le front quand elle arrive à sa portée. Allez viens, monte vite.

Mati s'assied en silence, le front bas, les yeux rougis et cernés. Pas de « comment s'est passée ta journée ? » ni de « tu as bien travaillé ? », ni même de « alors, cette rentrée ? », rien, tout semble si dérisoire à présent. *Pourtant*, pense Éliane, *il faudrait que le dérisoire prenne le pas sur le tragique, c'est le début de la guérison,* la voie vers le retour à un ordinaire futile et sans grosse vague, une sérénité de port de pêche baigné par une mer d'huile, l'écoulement des jours simples.

La voiture démarre, amorce une manœuvre vers la gauche, s'immobilise dans la file. Pendant ce temps, Éliane observe dans le rétroviseur sa petite-fille qui se mord l'intérieur des joues.

— Je ne veux plus aller à l'école, annonce soudain Mati. T'as entendu, Mamie ? Je veux plus aller à l'école. Jamais !

— C'est impossible, répond froidement Éliane en extirpant la voiture de l'embouteillage.

— Mais je…

— L'école est obligatoire, tu n'as pas le choix.

La repartie est cinglante, le ton mal maîtrisé. La grand-mère marque une pause, reprend :

— Que s'est-il passé ?

La fillette hausse les épaules, pince ses joues, contrariée :

— Rien, mais les autres, ils sont…

Sa voix cassée se noie dans un sanglot. À l'avant, Éliane réprime un frisson. C'est le moment.

— Tu sais, on n'a jamais vraiment parlé de… de…

Dur, dur de trouver les mots. La fillette renifle.

— De quoi ? T'as un mouchoir ?

La grand-mère attrape son sac à main, qu'elle tend vers l'arrière.

— Prends, il y a un paquet dans la pochette du milieu.

Elle conduit, le trafic est dense. Elle attend que l'enfant se mouche, que les hoquets s'estompent. Avant de s'armer de courage et d'y retourner :

— Ça va mieux ?

Dans le rétroviseur, elle distingue le hochement de tête de Mati et son regard accroché à l'horizon, loin de la départementale. Bien, on y va :

— C'est de Rémi que tu ne m'as jamais parlé… Tu ne m'as jamais vraiment raconté ce qui s'est passé quand tu… quand tu étais… avec lui…

De nouveau, Mathilde hoche la tête.

— Rien de spécial…

— Mais, insiste la grand-mère, vous vous êtes parlé, non ? Vous avez bien fait des choses ?

— On est allés à la crêperie.

— Pendant deux jours ? Enfin, Mathilde…

— Non, pas deux jours, juste le midi…

Que cherche-t-elle avec ses reparties laconiques ? Est-ce une provocation ? Une protection ? Éliane fulmine, essaie de se calmer, c'est difficile. Mettre la fillette au pied du mur, voilà ce qu'il convient de faire. Et tout ça, sans nourrir de colère. *Ce n'est pas la faute de la gamine, ce n'est pas la faute de la gamine.* Pas sa faute. Tâcher de s'en convaincre.

— Et le reste du temps ?

— Bah, on s'est promenés…

— « Promenés », comment ça, « promenés » ?

— Promenés-promenés.

Horripilée, Éliane serre la mâchoire et le volant.

— Vous avez forcément fait autre chose que vous promener, Mathilde ! Essaie d'y mettre de la bonne volonté…

— On a… on a parlé de Maman…

Cette fois, Éliane en est certaine, Mati se fout d'elle. Ouvertement. Se répéter *Elle est cassée, c'est une enfant, ce n'est pas sa faute, elle n'a rien demandé, elle est cassée, c'est une enfant, c'est pas sa faute, elle n'a rien demandé, elle est cassée*… Pourtant, son intonation est glaciale :

— Maman ? Pourquoi vous auriez parlé de ta maman ? Mati, tu te rends compte que ce que tu me racontes n'a aucun sens ?

L'enfant tord ses doigts dans tous les sens, ramène ses genoux contre sa poitrine.

— Enlève tes pieds du siège s'il te plaît, intime la sexagénaire, les sourcils froncés dans le rétroviseur.

Mati s'exécute immédiatement.

— Bien, poursuit la grand-mère, de quoi avez-vous parlé ?

— De Maman.

— Ça suffit, Mati !

La voiture a pilé. Éliane tremble de dépit. *« De Maman », « de Maman », gnagnagna*, ça sonne comme une condamnation, *Elle le fait exprès, c'est pas possible autrement. Qu'est-ce qu'elle cherche à la fin ? À me culpabiliser ? C'est ça ?*

Mati ne moufte pas. Le temps est suspendu aux lèvres des deux protagonistes, l'une, au crépuscule de son existence, bouillante d'une rage mal contenue, mal dirigée ; l'autre, au début de toute chose, frémissante d'incompréhension :

— Je te jure que c'est vrai, finit-elle par plaider. On a parlé de Papa aussi.

Cette dernière phrase, elle l'a ajoutée tout doucement, peur de commettre un délit qu'elle ne saisit pas, peur de dire ce qui ne se dit pas, que la grand-mère réagisse de travers, ne la croie pas, ne la croie plus.

La grand-mère souffle. Mati lui ment, c'est une certitude.

Un klaxon retentit, Éliane lève la main à l'adresse du conducteur en appuyant faiblement sur la pédale d'accélérateur. Le voyage reprend son cours dans un silence de plomb. Cinq minutes, au cours desquelles Éliane n'oublie pas l'intérêt de faire parler l'enfant ; elle mûrit sa stratégie. *Contrôle, tout est sous contrôle, garder le contrôle.*

— Est-ce qu'il a touché des endroits qu'il n'a pas le droit de toucher ?

La fillette secoue la tête.

— Hein ? Mati ? Je te parle, insiste la grand-mère qui ne s'est pas aperçue que l'enfant répondait, est-ce qu'il t'a touchée, est-ce qu'il t'a demandé de faire des choses que tu n'avais pas envie de faire et qu'un enfant ne fait pas ?

Mathilde est assaillie d'images, celles qui lui sont venues à la suite de l'examen à l'hôpital et qui l'ont poursuivie après la lecture de l'article, la nausée étreint sa gorge. Pour juguler ces idées et ce goût de saleté dans sa bouche, elle secoue plus vigoureusement la tête, et aboie :

— Non, il m'a rien fait !

Qu'espérait la grand-mère, au juste ? Une enfant qui ment mentira évidemment. Alors Éliane explose à son tour, tandis que la voiture s'apprête à couvrir les derniers mètres qui les séparent de la maison :

— Tu n'es qu'une menteuse, Mati ! Comment veux-tu que nous te fassions confiance si tu mens tout le temps ?

— Je mens pas, c'est pas vrai, je suis pas une menteuse !

— Si, tu es une menteuse ! Une menteuse et une effrontée ! Et je n'aime ni l'un ni l'autre !

La voiture freine sous l'auvent du jardin. Mati n'attend pas qu'elle s'arrête complètement pour ouvrir la portière, mettre pied à terre et vociférer, entre deux hoquets :

— C'est pas moi, la menteuse ! C'est toi qui mens ! Vous mentez tous ! Tous ! Des menteurs, vous êtes rien que des menteurs !

Et elle détale pour s'enfermer dans sa chambre, sous les yeux médusés de son grand-père qui, intrigué par les hurlements, a passé la tête hors de son établi. Apercevant son époux, palpitante de hargne, Éliane lui intime l'ordre de se taire d'un index levé :

— Dis rien. Tu as ta part de responsabilité là-dedans.

Bec cloué, Claude zieute sa femme implacable qui s'éloigne. Sans doute l'a-t-il aimée, oui, mais c'était il y a longtemps.

32

Mathilde est restée cloîtrée dans sa chambre toute la soirée, refusant de descendre, refusant de dîner. Elle ne boude pas, ce n'est pas un caprice. Non. Elle souffre, périclite, se dégrade, se heurte à l'acide corrosif de l'injustice, de l'accusation fautive, des charges mensongères, elle qui s'efforce de donner la vérité quand ce n'est manifestement pas la vérité qu'ils veulent entendre. Pourquoi ne la croient-ils pas ? Qu'attendent-ils d'elle ? Et pourquoi s'évertuent-ils à donner de Rémi une image qui n'est pas la sienne ? Persuadée qu'il est mort par sa faute, que sa mère est morte par sa faute, que son père est alité par sa faute, que tout est sa faute, que l'examen subi à l'hôpital est une punition, que les jugements et la mise à l'écart de ses camarades sont un châtiment, que l'article de journal est une autre sanction, bref, que sa vie entière est devenue sa pénitence, elle se déteste. Il faut en finir.

Un peu plus tôt dans la journée, pendant la pause déjeuner, elle a déjoué la surveillance et pénétré dans les couloirs de l'établissement, déambulé seule à la recherche d'elle-même, et s'est plantée devant les portemanteaux vides de sa classe avant d'apercevoir celui, un tantinet plus élevé, réservé à l'enseignante. Et si cette patère était le plus court chemin vers sa maman ? *Viens, embrasse-moi, pends-toi à mon cou, ta maman t'attend, Rémi t'attend, même ton papa t'y rejoindra d'ici peu, viens, de l'autre côté, c'est le Pays blanc…* Magali est passée dans le couloir à ce moment-là, une pile de feuilles à la main. Pétrifiée par le dialogue de Mathilde et du portemanteau, elle a ouvert la bouche pour crier sans qu'aucun son en sorte et les exercices photocopiés se sont éparpillés autour d'elle. Mati a sursauté, prise en faute, elle a reculé, puis elle s'est jetée sans réfléchir dans les bras de sa maîtresse suffoquée d'avoir évité un drame de justesse, soudain consciente du calvaire enduré par l'enfant.

Depuis l'altercation avec sa grand-mère, Mati est assise sur son lit. Sur ses genoux, un cahier et un critérium. Sur le papier, trois mots, en boucle, *Maman*, *Papa*, *Rémi*, six syllabes enchevêtrées qui forment une boule évanescente. Combien de fois la mine du critérium a-t-elle cédé sous la pression ? Pourtant, la mioche écrit, elle écrit comme on hurle, *Papa*, *Rémi*, *Maman*, elle voudrait qu'ils reviennent, qu'ils lui expliquent pourquoi les adultes refusent d'entendre la vérité.

Elle tourne une nouvelle page de son cahier quand elle perçoit des sons, au rez-de-chaussée, qui n'ont rien de familier. On ne peut pas dire que ça crie, non, ça ne crie jamais dans ce havre de contrôle, mais entre deux tirades du présentateur du journal télévisé, elle discerne des pointes d'invectives froides. Dans cette maison où tout est calme et calibré, de tels éclats sont inhabituels. Mathilde déglutit. Pour en avoir le cœur net, attirée par le goût du mystère et de l'aventure extraordinaire, elle sort discrètement de sa chambre, descend les marches, louvoie jusqu'à la porte de la cuisine que quelqu'un vient de claquer, et colle son oreille contre le bois de la porte close, le cœur battant et le souffle en éventail. Les jingles émanant de la télévision la rassurent et la bercent ; mais il se raconte aussi une autre histoire. La cuisine vibre d'exaspération. Les verres cognent contre les assiettes, des couverts martèlent la table. Sa grand-mère débarrasse, c'est évident. Jet d'eau à présent, accompagné de la succion mousseuse du flacon de savon. Vaisselle, donc.

— J'estime que j'ai le droit de savoir...

Voix du grand-père. Eau qui coule, inox qui proteste, verres qui tintent, cafetière qui s'ébroue, tasses qui manifestent, avis de tempête sur la mer d'huile. L'ambiance est donnée.

Claude tousse, le jet d'eau augmente son débit, Claude se tortille sur sa chaise qui se rebiffe, la logorrhée des assiettes s'intensifie d'autant. C'est la réponse de la bergère, la parade du coq avant le combat, la démonstration de force au cours de laquelle chacun bombe le torse pour impressionner l'adversaire, l'un utilisant sa voix grave, l'autre le cliquètement de ses couverts, relégués volontaires à des places désolantes de banalité, clichés dont le couple s'est toujours accommodé. Il faudrait être sourd pour ne pas comprendre que l'assaut est proche. Reste à savoir qui attaquera le premier.

— Tu entends, Éliane ? Je veux savoir ce que tu as raconté à Nicolas ! Les médecins m'ont dit qu'il n'y a aucune raison médicale pour que ses yeux soient fermés dès que sa fille entre dans la pièce. Je veux bien qu'il dorme, je veux bien tout ce que tu veux. Mais là, c'est exprès. Sans compter que toi, tu ne veux plus y mettre les pieds depuis presque trois mois. Il va falloir que tu m'expliques.

Une pluie de fourchettes, de couteaux et de cuillères s'écroule au fond de l'évier. Mati sursaute, surprise.

— Alors c'est pour ça que t'as laissé traîner le journal ? C'est quoi, une vengeance ?

— Je t'en prie, tu crois que j'aurais pu mettre Mati là-dedans ? Je te savais retorse, mais pas à ce point. En attendant, je t'ai posé une question. Et j'attends une réponse de ta part. Cette fois, tu ne t'en tireras pas avec des circonvolutions.

Le jet d'eau s'arrête net. Le silence attend au bord du vide, prêt à mordre.

— Je ne lui ai dit que la vérité.

— De quelle vérité parles-tu ?

La voix de Claude s'est mise à grésiller, l'émotion qu'il tente de tenir à distance menace de le fracasser. Mati écrase son oreille contre le bois.

— Je lui ai parlé de Karine…

Le volume est faible, les mots semblent prisonniers d'une couche de coton épaisse. Mathilde jure contre la télévision qui crache des publicités ineptes, elle se tue à faire le tri pour extirper du sens.

— Comment ça, de Karine ?

Claude est inquiet, ça transparaît. Pas de réponse d'Éliane, juste une sorte de glouglou. La vaisselle reprend, interminable.

— Bon sang, Éliane ! Comment ça, de Karine ? Quelles conneries as-tu été lui baragouiner ?

Un énorme bruit, son poing sur la table, les ventres d'Éliane et de Mati vibrent à l'unisson. Éliane tente de ne pas se laisser impressionner par les vociférations de son époux qu'elle reconnaît à peine, mais son assurance se fissure au moment où elle rétorque :

— Je lui ai simplement expliqué qui elle était vraiment…

Claude se radoucit, avant peut-être de donner l'estocade :

— Qui tu *croyais* qu'elle était vraiment. Cette pauvre fille, après tout le mal que tu lui as fait, tu crois pas que tu devrais la laisser là où elle est ?

— Tout le mal ! Tout le mal ! aboie maintenant la grand-mère. Et elle, elle n'en a pas fait du mal, à notre fils ?

— La faute à qui, Éliane ? tempête Claude. Qui c'est qui lui a pourri l'existence jusqu'à ce qu'elle décide d'en finir et qu'elle y parvienne ? Qui c'est qui a tout dézingué chez elle, hein ? C'est pas toi, peut-être ?

— C'était pour Nicolas, elle le rendait malheureux avec ses états d'âme. Tu te rappelles, comme c'était dur pour lui à la fin…

— Nicolas est adulte, c'était à lui de décider ce qui était le mieux pour lui ! Tu n'avais pas à t'immiscer dans leur vie…

— Je voulais le meilleur pour lui, tu peux comprendre ça tout de même ! Je suis sa mère ! Quelle mère ne voudrait pas ce qu'il y a de meilleur pour son enfant ?

— Jusqu'à se débarrasser de la femme qu'il aimait ?

Elle hurle, se pique dans les aigus :

— Mais ça me minait, tu peux comprendre ça ! De le voir comme ça, aux petits soins pour cette garce qui chialait tout le temps, pour un oui, pour un non, et gnagnagna, et ça va jamais, elle s'enfermait dans sa chambre pendant que mon Nicolas aurait fait n'importe quoi pour elle ! C'était jamais assez, ça lui suffisait pas qu'il se fade la petite tout seul parce que madame n'était plus capable de torcher le cul de sa gamine. Tu veux que je te dise la différence entre toi et moi ? C'est que moi, je suis prête à tout pour mes fils, à tout… Et toi, tu es là, à tergiverser. Ah non, alors, on reproche pas à une mère de trop aimer son enfant.

— Mais enfin, Éliane, tu débloques ? Karine était malade, tu crois que ça l'amusait d'être dépressive ? Tu crois vraiment qu'elle aurait pu faire exprès de délaisser Mati ? Elle qui a tout accepté par amour ?

— Oh, je t'en prie, elle pouvait bien faire ça pour Nico, c'était pas la mer à boire non plus, quand on aime son homme, on fait tout pour le rendre heureux. Et puis là, c'était son frère, c'est presque pareil, c'est le même sang…

— Et un enfant, c'est obligatoire, c'est ça ? Ça correspond au schéma parfait ?

— Elle était incapable de lui en donner un ! Même ça, c'était compliqué pour cette saloperie !

— Mais tu retournes tout, ma parole ! Tu sais très bien que c'était pas elle, c'est lui qui ne peut pas avoir d'enfant !

— Et puis après ? Ils en ont eu un, non ? Nico, c'était le plus heureux des hommes avec sa fille dans les bras. Si j'avais pas été là, il n'aurait jamais connu ça ! C'est tout ce qui compte !

— Tu lui as retourné la tête à cette pauvre fille, c'est toi qui l'as rendue comme ça, elle s'en est tellement voulu…

— Qu'est-ce que c'est que ce chiqué ? On s'en veut tous de quelque chose, et puis après ? C'est pas pour ça qu'on s'arrête de vivre, non mais ?! Et puis, je peux savoir pourquoi tu me fais ce procès-là après toutes ces années ? Je n'ai jamais fait de secret, tu as toujours été au courant de cette histoire, c'est quand même un peu fort de café de me la ressortir maintenant !

— Je n'ai rien dit, ça ne signifie pas que j'étais d'accord avec toi.

— Et tu ne pouvais pas parler à ce moment-là ?! Donner ton avis, au moins une fois dans ta vie, ça t'aurait arraché la langue ?! Je ne pensais pas que j'avais épousé une lavette.

— Pour ça, il aurait fallu que tu m'écoutes. Mais non, il faut que tu contrôles tout, que tu décides de tout pour tout le monde. C'est vrai, j'aurais dû m'interposer à l'époque. Je ne l'ai pas fait. Pour le bien de Nico, de Karine et du bébé qui venait de naître. Tu m'as mis devant le fait accompli, qu'est-ce que j'aurais pu faire ? L'ouvrir, et regarder tout se détériorer ? Prendre ta défense et t'écouter te plaindre quand ton fils t'aurait tourné le dos ?

— Ah ah, le beau chevalier que voilà ! persifle-t-elle.

Claude se tait quelques secondes. Brisée contre la porte, Mati retient son souffle. Cela fait beaucoup pour une seule enfant. Le grand-père reprend, étrangement calme :

— Je crois que j'ai compris…

— Quoi ? Qu'est-ce que tu as compris ?

— J'espère que je me trompe…

— Quoi ? répète Éliane. Qu'est-ce que tu as compris ?

La modulation affolée d'Éliane contraste avec l'inflexion sèche de Claude. Chaque mot est un pieu de glace qui s'enfonce plus profond.

— Ne me dis pas que tu as osé dire à Nico qu'il n'était pas le père de Mati ?

Il y a un mouvement de chaise, ça bouge à l'intérieur de la pièce.

Une speakerine débite une météo exaltée : ils ont collé des soleils partout sur la carte de l'Hexagone. Avec ses tifs platinés et ses racines noires parce que ça donne un genre, elle glousse en annonçant que l'été n'est pas vaincu. Fière de sa boutade, elle souhaite à tout son petit monde une bonne soirée sur *TF1*. Elle espère aussi que la rentrée des enfants s'est bien passée, tout en faisant le vœu que ceux qui ont encore la chance d'être en vacances profitent de « ces derniers jours ensoleillés bien mérités ».

Interdite. Idiote. Abrutie de révélations, Mati est tout endolorie. Ses jambes flageolent, ses aisselles et son dos se sont couverts d'une substance poisseuse, elle a les mains moites, collantes. *Papa, pas mon papa. Papa. Pas mon papa. Papa. Pas. Mon. Papa.* Si ça se trouve, elle a mal entendu. Si ça se trouve, elle a compris de travers, les adultes ont parfois du mal à dire les choses simplement, il faut toujours qu'ils dramatisent, qu'ils en fassent des tonnes, qu'ils inventent des mystères, qu'ils tordent les mots et la grammaire pour vous mettre la tête à l'envers, *Mais non, je n'ai pas dit ça, tu as mal entendu, qu'est-ce que tu vas chercher*. Ben voyons. Un sport international chez les grandes personnes, plus qu'un hobby, une véritable passion. Mati se décolle de la porte, sa raison lui intime l'ordre de se calfeutrer, de verrouiller les écoutilles, *Tu en as trop entendu, tu voulais écouter en cachette, te voilà servie, vilaine.*

La pièce où elle se trouve lui devient étrangère, elle ne reconnaît plus rien. Une sorte de léthargie intellectuelle la gagne, ça remonte de ses orteils à ses oreilles. C'est trop lourd. Beaucoup trop lourd pour elle. Elle ploie. Elle cherche à s'agripper pour ne pas crouler tout à fait. Et son regard tombe sur la photo de famille au-dessus de la cheminée. *Happy Family*. Sa mère y brille par son absence. Maintenant qu'elle y repense, elle se rappelle le jour où cette photo a été prise. Tout lui revient avec une déconcertante précision. On croit qu'on a oublié, qu'on n'a pas fait attention, et puis il suffit d'un objet, d'une parole, d'une musique, et tout remonte à la surface, y compris des détails qu'on ne pensait pas avoir relevés sur le moment. La mémoire a ses tours de passe-passe. Elle était plus petite, tout en elle, sur le cliché, lui paraît minuscule, une toute petite fille. Pourtant, ses réminiscences sont d'une surprenante vivacité.

Elle revoit sa mère, maquillée pour cette photo dont elle se faisait une joie, la cheville enroulée dans un bandage blanc. Elle disait en riant à sa fille qui hochait la tête qu'elle trouvait tout cela bien ridicule, que les poses travaillées, les clichés orchestrés, c'était dépassé. N'empêche, elle était pimpante. La robe devait être choisie avec soin, pas trop solennelle, pas trop endimanchée, pas trop désinvolte non plus. Pour trouver la juste mesure, il avait fallu vider le placard sur le lit et Karine avait enterré Mati hilare sous ses vêtements jetés pêle-mêle, « Oui, non, et ça, bof », elle demandait l'avis de sa fille qui faisait la grimace pour que jamais ne s'arrête cette bataille de tissus. « Pas ça non, ah non c'est trop laid ! » Elles étaient ravies de cet instant de complicité volée. « Il faudra veiller à être sérieuses quand on sera devant l'objectif, d'accord ? » Le téléphone avait sonné. Karine était allée répondre en boitillant. L'enfant l'avait suivie à travers la maison en sautillant, curieuse, avide de la présence de sa mère, gourmande de prolonger ce moment de grâce. Le combiné vissé à l'oreille, Karine écoutait son interlocuteur, le visage grave, brusquement blême. De temps à autre, elle prononçait des « mmh », un balbutiement, des « Je comprends » murmurés dans un serrement de gorge. Avant de raccrocher, elle s'était tournée vers sa fille :

— Tu veux dire bonjour à Mamie Éliane ?

Quelle question. L'enfant s'était emparée du combiné pour y crier « Bisouuuuuus Mamie, à tout à l'heure pour la photoooo ».

Karine avait souri tristement en reprenant le téléphone, et proposé à Mathilde :

— Allez viens, on va te trouver des vêtements.

— Mais on n'a pas fini de choisir pour toi ! s'était étonnée la petite.

Karine avait déposé un baiser sur le crâne de sa fille et posé la main sur sa joue. Des trémolos obscurcissaient sa jolie voix :

— Maman ne se sent pas très bien, Mati chérie. Je ne vais pas pouvoir venir, mon ange, je suis désolée, c'est Mamie qui va t'emmener. Mais ça ne change rien pour toi…

Sur le coup, Mati n'avait pas fait le rapprochement, elle avait pris ça pour une saute d'humeur dont Karine était de plus en plus coutumière. Comment une enfant de six ans pouvait-elle questionner le malheur qui venait par à-coups lester les épaules de sa maman ? Elle acceptait pour argent comptant ces tours de manivelle qui rendaient Karine tantôt joyeuse et irradiante, tantôt triste comme un caillou.

Mais Mati a grandi. Et, face à cette photo que soudain elle exècre, l'invraisemblance de ce qui lui semblait aller de soi lui saute à la figure. Une conviction se fait jour : Éliane n'est pas pour rien dans le malheur de sa mère. Voilà.

Elle délaisse le bois de la porte et, hypnotisée par le cliché, sidérée par la clarté nouvelle, vole jusqu'à la cheminée où un reste de braises refuse de se consumer. Elle se sent comme cette branche incandescente, courageuse, levée contre tous, bouillant d'une rage venimeuse sur un tas de cendres qui ont capitulé. Portée par une envie irrépressible, elle monte sur le rebord de l'âtre, ses orteils se cramponnent, la maintiennent dans un équilibre précaire. Le sous-verre offre des reflets étranges aux silhouettes figées à tout jamais. Dodelinant dangereusement sur le bord de la cheminée, elle cherche dans ces mines pétrifiées les stigmates de ce qu'elle a entendu, un écho, une explication. Elle s'appesantit longtemps sur le cou délicat et l'attitude radieuse de sa grand-mère : ça doit forcément laisser des traces, la méchanceté. Mais elle ne décèle rien, aucun indice qui viendrait confirmer. Quoique si, finalement, maintenant qu'elle scrute l'image de cette femme sous toutes les coutures, elle remarque une ride biscornue sur le coin de sa bouche, le reste d'un sourire sardonique, les stigmates d'un rictus machiavélique. Son père, quant à lui, a l'air abattu malgré la bonhomie de façade. Elle le connaît bien.

Quand la porte s'ouvre, Mathilde, surprise, perd l'équilibre et s'affale sur le tapis du salon, entraînant dans sa chute la photo du mensonge. C'est Claude qui sort de la cuisine. Stupéfait de la trouver là, il s'immobilise devant l'enfant apeurée. Claude est le seul désormais en qui elle a confiance. Son grand-père bouée, son grand-père montagne quand c'est l'inondation dans la vallée.

Il marque un temps avant de bafouiller :

— Tu t'es pas fait trop mal ?

Solide, le grand-père, un roc. Mati entame un mouvement de tête puis s'interrompt quand, derrière lui, surgit le corps voûté de l'épouse. Les paumes comme clouées sur la table, Éliane lance un coup d'œil oblique vers le salon, embrasse nerveusement le cadre brisé, la gamine abîmée et ses quatre fers en l'air. Prise sur le fait d'une faute impossible à verbaliser, ostensible pourtant, Mati est pétrifiée. Elle avale un reste de salive qui s'attarde dans son gosier. De ce qu'elle voit, Éliane paraît flotter dans ses vêtements : elle a maigri, elle a vieilli, elle s'est enlaidie, elle porte sur elle le malheur qu'elle a semé. Un peu plus et Mati éprouverait de la peine pour elle. Mais il faudrait crever l'abcès de la haine, cureter le furoncle de la rancune, aplanir la répulsion. Et on n'en est pas là.

Le face-à-face s'amorce, l'ancêtre d'un côté, la descendante de l'autre. Coincé entre les deux, posé dans la ligne de mire tel un cheveu sur une soupe immangeable, Claude détourne la tête et monte dans sa chambre. Il n'aura pas eu un geste, lâcheté ordinaire de celui qui préfère s'en remettre aux circonstances, au hasard et aux coïncidences. Partisan de la langue tournée sept fois dans la bouche, adepte du silence d'or et fervent militant de l'indifférence comme plus grand des mépris, il s'interdit de réagir au quart de tour – ni même au demi. Lui qui voulait des réponses, Éliane l'a mis face à sa propre démission, il aurait dû réagir avant, c'est certain. Il est bien avancé. Mais comment se rattraper ? Il monte les escaliers en maudissant sa haine des conflits, lui qui vient encore de se dérober.

En silence, la petite fille étendue par terre dévisage son issue de secours se débiner lentement. Ah, elle est belle, la bouée ! Elle a de la gueule, la montagne ! Pendant que le roc se carapate, l'enfant se noie dans le tapis. *Papa, Maman, Rémi, sans vous il n'y a rien du tout. Papa, Maman, Rémi, je vais m'arranger.*

— Va rassembler tes affaires, Mathilde, on rentre chez toi ce soir.

L'intonation sèche interdit toute contestation. De toute façon, Mati a trop mal pour penser à protester. La douleur de sa côte, bien sûr, que la chute a réveillée. Mais celle-là est un balayage de plume comparé au blindage de sa famille qui vient de lui exploser à la figure. Il faudrait que le destin s'en mêle, parce qu'à l'âge de Mati, on croit encore que les méchants ne vont pas au paradis.

* * *

Mati n'est pas retournée chez elle depuis le jour de son départ avec Rémi. Aussi, quand elle retrouve l'intérieur de la maison de ses parents, mordoré dans la luminosité cuivrée des réverbères, elle éprouve un sentiment de sérénité ambigu. Ici, c'est son territoire. Peu importe que sa grand-mère soit avec elle : Éliane est un fantôme, elle n'existe pas, ou à peine, ou plus pour longtemps.

La mioche arpente les pièces et redécouvre sa maison, se remémore les petites taches de sang qui maculaient le sol le matin de son départ, témoins de la nuit agitée de son père, saignements de nez, poings contre les murs et les portes, animosité dirigée contre tout et n'importe quoi. Elle se rappelle comment, en proie à des démons invisibles, il a vociféré tout seul avant de la chasser de la cuisine, combien il s'en est voulu. Il est monté dans sa chambre pour s'endormir un moment auprès d'elle en la suppliant de lui accorder son pardon. Cette nuit-là, il a pleuré sur l'épaule de sa toute petite fille. Mati n'en pouvait plus de ne plus voir sa mère, elle devait alerter Karine, lui dire qu'elle était fatiguée de cette existence, si Rémi ne l'emmenait pas elle allait se suicider, c'était trop dur, et puis les événements se sont enchaînés. Cette maison, c'est son abri, ses repères. Y vivre, pour Mati, c'est reprendre du poil de la bête.

Pour Éliane, c'est plus compliqué. Elle n'aime pas cette maison : elle n'aime ni son agencement, ni son odeur, encore moins toutes les affaires de Karine que Nicolas n'a pas eu la force d'enlever. Les photos qui décorent les murs et lui renvoient l'image de sa propre culpabilité, la salle de bains criminelle, le quartier, le jardin qui foutrait le bourdon à une coccinelle. Mais, elle n'a pas le choix, il faut bien qu'elle s'abrite, et sa petite-fille avec elle. Impossible de continuer à vivre avec Claude, leurs épousailles de plus de quarante ans ont trouvé ce soir leur épilogue.

Mati n'a posé aucune question, elle s'est laissée emmener avec résignation. Les voici donc de retour là où tout a commencé. Là où tout va sûrement se terminer.

33

11 octobre 2004

Chaque jour est une épreuve. L'institutrice de Mathilde fait son possible pour rendre les choses plus faciles – elle agrémente ses copies de sourires et de mots d'encouragement, adresse des clins d'œil complices à l'enfant et des remontrances à ses camarades inconvenants. À force, Magali parvient à faire oublier la tragédie de la fillette à la classe et l'intègre dans ses rangs. Mais Mathilde ne sourit plus. Elle semble ailleurs, constamment. Ses dessins se bornent aux portraits de Rémi, de sa mère et de son père. Sans aucune variation. La vérité n'étant pas bonne à dire, elle n'offre aucune explication et son mutisme décourage quiconque d'aborder le sujet.

Cet après-midi, Éliane est en retard pour la récupérer à l'école. Coincée dans les embouteillages, elle peste contre la voiture devant et le bus derrière, contre cette fichue baraque et les crises d'angoisse qui l'étreignent de plus en plus souvent. Elle se sent épiée, c'est plus fort qu'elle. Karine est partout, dans chaque mur, chaque meuble, chaque particule d'air qu'elle respire. Se laver les dents devant le miroir qui l'a vue se couper les veines est un supplice. Éliane devrait trouver un autre toit. Mais ses remords la rongent et la déprime lui coupe les ailes. Cette maison est son pénitencier. Assommée de cachets et de pensées mortifères, la bouche pâteuse, la mine fripée, elle constate que l'histoire a une fâcheuse tendance à se répéter. Alors, elle s'énerve.

De son côté, le cartable tordu, la démarche mal assurée, Mati balaie la rue du regard. Mais Éliane n'est pas là.

— Mathilde ? Tu t'appelles Mathilde Martin, c'est ça ?

La petite hoche la tête. La cinquantaine décharnée, une femme qu'elle ne connaît pas tient à la main un papier chiffonné. Mati ne cille pas, mais son cœur bat à tout rompre : elle a reconnu l'article de journal.

— C'est bien toi, là ? ajoute l'étrangère en pointant sa photo d'un index rachitique, presque vert. Réponds ! Je vois bien que c'est toi. Pourquoi que tu leur expliques pas ? Hein ?

Mati secoue la tête en se mordant les lèvres.

— Tu dois leur dire la vérité ! postillonne l'autre en incluant l'école, la ville, l'humanité tout entière dans un grand geste du bras. Dis-leur que mon fils n'était pas malade, qu'il n'était pas un pédophile.

C'était un gars bien, mon Rémi. Il faut que tu leur dises, parce que moi ils m'écoutent pas…

Son fils. Rémi. Sa mère. Dans la tête de Mati, ça tourne. Cette femme est le seul lien qui lui reste avec Rémi. Une bouffée d'amour l'envahit, ses yeux se brouillent. Elle est bouleversée. Trop, sans doute, pour pouvoir répondre quoi que ce soit.

— Mon fils, c'était un bon fils et ils me l'ont pris… Ils mentent, c'est un bon fils, mon Rémi. Elle, elle sait que mon fils c'est pas un pédophile ! crache-t-elle en invectivant les passants.

Certains s'approchent, mais personne ne songe à intervenir. Tous les ingrédients du spectacle sont réunis, la pression, un zeste de suspense, une once de tragique, on en raffole, pour un peu on applaudirait. Voilà où on en est quand une main se crispe sur le bras de la fillette, la forçant à faire volte-face.

— Qui êtes-vous ? lance Éliane, rubiconde, les tempes pulsant d'un dégoût féroce.

Qui. Êtes. Vous. Trois mots jetés dans une inflexion cinglante.

La femme vacille : elle se raccroche à son journal comme à une bouée. De nouveau, son doigt grêle tapote le visage en noir et blanc plié de partout.

— Là, c'est bien elle ! Elle doit leur dire, vous comprenez ? Parce que si elle leur dit pas, ils croiront toujours que mon fils est un pervers. Et c'en était pas un ! Il ne pourra jamais se reposer…

Le reste se désagrège dans sa gorge.

Éliane ne prend même pas la peine de répondre. Elle se détourne et apostrophe sa descendance :

— Viens, Mathilde, monte dans la voiture. Et dépêche-toi, on est en retard.

Ça sonne comme une conclusion, mais Mathilde ne bouge pas. Paralysée par ses propres émotions, elle dévisage la dame et compatit. La mère de Rémi perçoit le trouble de la gamine, décèle une ouverture :

— Tu vas leur dire, Mathilde, d'accord ? Que mon Rémi c'était un bon fils…

— En voiture ! braille Éliane, infernale tout à coup. Monte immédiatement !

Elle entraîne la gosse qui n'offre qu'une résistance molle – seul son regard, têtu, s'accroche à ce qu'il reste de Rémi. Une fois à bord, elle se retourne pour contempler la mère éplorée à travers le pare-brise et lui fait une promesse en secret : *Ils ne nous auront pas.*

— Ah bah ça, elle est bien bonne ! ricane Éliane d'un air mauvais. Il faudrait qu'on excuse ce dingue ! On va où, là ? Elle ne vaut pas mieux que son fils, cette folle, aussi tarés l'un que l'autre. Heureusement qu'il y en a un de moins ! Faudrait les enfermer, ces gens-là. Si jamais elle revient, j'appelle la police…

Et tandis qu'Éliane se prélasse dans la fange de son aigreur, la haine de Mati se développe comme un cancer. Sa grand-mère n'a plus personne, elle a tout raté, voilà pourquoi elle sacrifie tout le monde sur l'autel de ses erreurs. Mauvaise depuis toujours, elle se montre enfin sous son vrai jour. Et cette vérité est moche à souhait. Un peu à la façon de Dorian Gray.

Mati ne l'entend plus, mais elle enregistre. Chaque mot, chaque méchanceté lancée à la mitraillette viennent grossir son ressentiment.

Éliane n'aurait pas dû.

Éliane n'aurait pas dû annoncer à son papa qu'elle n'était peut-être pas sa fille. Elle n'aurait pas dû s'en prendre à sa maman, lui pourrir l'existence. Elle n'aurait pas dû chercher la petite bête dans son histoire avec Rémi, ni envoyer sa mère sur les roses. Ses mots ont tout sali, tout cassé. Non, vraiment, elle n'aurait pas dû. Parce qu'elle a éveillé en Mati le désir de se venger.

34

21 octobre 2004

Mathilde ne trouve pas le sommeil. Et quand il vient, il l'emmène mal, en sueur, des images de meurtre plein la tête : elle rêve qu'elle bat sa grand-mère, elle voit du sang partout, ça explose sur l'écran de télévision, sur les vitres, dans le four à micro-ondes, Éliane mugit, feule, s'égosille, et la gamine frappe de toutes ses forces, elle écrase la sexagénaire sous un camion jaune, la traîne sur des kilomètres, l'ébouillante, l'étouffe. Sa mère est là, Rémi aussi, ils l'applaudissent, son père est là, sans corps, juste une tête qui flotte. Claude apparaît toujours de dos, même quand il se retourne. De la foule montent des ricanements piteux tandis que sa grand-mère se relève comme un pantin monté sur ressorts. Ces cauchemars épuisent et épouvantent Mati – comment son esprit peut-il recéler tant d'horreurs ?

Elle voudrait tellement que sa mère la berce, *Chut, ce n'est rien, ça va passer*, sentir sa présence rassurante, la douceur de sa poitrine sur ses joues gercées de sel, son souffle sur ses cheveux, l'odeur apaisante de son parfum, mélange de vanille et d'ylang-ylang, *Chut, mon bébé, ne t'inquiète pas, ça va aller*. Avoir cinq ans de nouveau, quand tout allait bien.

Soudain, Mati se souvient de la boîte. Elle l'avait vue à la télévision, une espèce de capsule qui permet d'envoyer des objets précieux dans le futur. Une fille « kawaï », t-shirt rose fluo et tresses relevées en macarons, expliquait comment fabriquer une « cassette à mémoire » à l'aide d'une boîte à biscuits en aluminium customisée. Une fois fermée, il ne faudrait pas la rouvrir, parce qu'elle était destinée à des voyageurs inconnus dans plusieurs millénaires. Aussitôt, Mati avait voulu en fabriquer une, Karine avait cédé et, en une après-midi, elles avaient réalisé un coffre-fort pour protéger leurs trésors jusqu'à la fin des temps. Elles y avaient même collé une petite serrure et conservé chacune une clé, dans un endroit secret.

Comme elle ne dort pas, Mati fait la liste des objets entreposés dans ce coffret : une Marge Simpson montée en porte-clés, une carte postale achetée sur l'île de Ré, l'étui noir d'une pellicule contenant une mèche nouée de leurs cheveux, un dessin, un bracelet en perles de corail, un morceau de papier sur lequel elles ont chacune écrasé leurs lèvres peinturlurées de rouge, un catalogue de jouets, une barrette, une boucle d'oreille. En or, elle s'en souvient.

Mati veut retrouver la boîte, la déterrer, tout de suite, maintenant, retrouver les réminiscences de sa mère. C'est idiot, mais elle aimerait tant que son odeur lui revienne dès qu'elle ouvrira la cassette. Elle veut se vautrer dans ses souvenirs pour lutter contre la haine et la fureur qui la rongent, parce que l'amour existe et qu'il gagne toujours.

Mue par une pulsion féroce, elle se lève, arpente à tâtons le couloir de la maison, passe devant la chambre où dort sa grand-mère, descend les marches, ouvre la porte. Elle sort, souffletée par l'air cinglant de la nuit. Les graviers piquent la plante de ses pieds nus, les brins d'herbe se faufilent entre ses orteils recroquevillés. Le réverbère lui offre une lueur dont elle n'a pas vraiment besoin : elle connaît ce jardin par cœur, l'emplacement du parasol moisi, la piscine à boudins trouée, témoins lamentables d'un bonheur crevé.

La boîte est enterrée sous les thuyas que personne n'a taillés depuis des lustres. En dépit des mauvaises herbes, Mati reconnaît l'emplacement marqué d'une pierre en forme de nuage. C'est étonnant, on dirait que le lampadaire éclaire plus fort à cet endroit. Le chemin est tout tracé. Mathilde tremble et tombe à genoux, son pyjama s'imbibe de terre molle ; elle s'en fout, soulève le nimbus cousu de mousse. Dessous, le terreau se laisse fourrager par ses petites mains déterminées. Mati laboure, racle et s'embourbe. Il faudrait raconter l'odeur qui monte du trou, les remugles de décomposition végétale mêlés aux fragrances de jasmin étoilé du voisinage ; il faudrait parler du bruit monotone d'une circulation lointaine parfois troublé par une portière qui claque, une pétrolette, une sirène. Une chouette hulotte pleure. Quand elle atteint, soudain, la surface du métal gondolé, Mati retient sa joie mêlée de larmes. Un monde s'ouvre dans sa poitrine, un bonheur intense vaguement gâté par la culpabilité, la crainte irrationnelle que tout parte en fumée. Elle pourrait encore reculer, repartir dans sa chambre en courant, mais elle n'est pas du bois des trouillards, elle en a trop sur le cœur et sur l'âme, elle a besoin de sa maman.

Ni une ni deux, elle arrache la boîte à son caveau organique, replace le caillou aux formes vaporeuses et court se réfugier dans sa chambre. Elle n'a pas fermé la porte derrière elle, une brise légère fait rebondir le pêne contre le verrou.

Voilà où on en est. Mati est assise sur son lit, le coffret serré contre son flanc. Le souffle court, elle scrute son pantalon de pyjama taché de boue et ses ongles incrustés de filaments noirâtres. En séchant, la terre a laissé un dépôt sur ses mains qu'elle ouvre et ferme pour se débarrasser de cet enduit collant. Elle contemple la boîte. La peinture a morflé, tout comme la fleur en papier crépon qu'elles avaient collée sur le dessus, avec sa maman. Le joint de colle n'a pas tenu non plus, rongé par l'humidité. Il pendouille tristement, comme si quelqu'un ou quelque chose avait cherché à l'arracher. Et si le contenu de la boîte était aussi altéré ?

Mati se lève pour aller chercher la précieuse clé, planquée sous un morceau de papier scotché au fond du tiroir de sa table de nuit. En tremblant, elle l'insère dans la serrure mangée de rouille, *clic clic*, le cadenas se libère. Comme par réflexe, Mati clôt les paupières, pose la boîte sur ses cuisses, l'ouvre à l'aveugle, s'attend à renifler des effluves du parfum de Karine… mais rien, depuis le temps…

Contrariée, elle rouvre les yeux sur son trésor. Tout est là, les derniers témoins d'une complicité perdue, survivants d'une époque merveilleuse mais révolue. Elle sort chaque objet un à un du petit sarcophage, des images lui reviennent rien qu'en les touchant. Un souvenir. Un autre. Dans son âme qui vient d'atteindre la décennie, ils s'enchaînent à une vitesse hallucinante.

La gamine est si électrisée qu'elle ne remarque pas, tout d'abord, la petite pochette en nylon crème qui gît au fond. C'est bizarre, cette pochette ne lui est pas familière. Son cœur bat la chamade, impossible que sa mémoire lui fasse défaut, elle ne peut pas avoir oublié le moindre détail, cela signifierait que d'autres choses sont passées à la trappe, qu'une gomme géante estompe son ancien bonheur. Que lui resterait-il, si on lui enlevait ses vestiges impalpables ? Elle cherche, elle sonde, elle creuse et ravine ses annales mentales, mais non, elle en est certaine, cette pochette n'était pas là, c'est la première fois qu'elle la voit ! Quelqu'un l'a donc déposée après coup, et ce quelqu'un ne peut être que sa maman, elle seule avait la clé !

Dans le silence de sa chambre mal éclairée, sur les draps froissés aux motifs espiègles, un espoir fou se fait jour, Mati implore, *Maman, faites que ce soit Maman*, dans sa poitrine ça cogne, ça cogne, c'est un festival. Elle extirpe l'étui de la boîte et en tâte le tissu. Sous ses doigts, une forme cylindrique de quelques centimètres se révèle. Elle dézippe la fermeture à glissière, plonge dans l'obscurité de la doublure corbeau. Au fond, un échantillon de parfum. Mati le décapuchonne, le place sous ses narines et exulte. Cette odeur, c'est sa maman. D'un coup, elle resurgit. La gamine prélève quelques gouttes de l'élixir ambré et les dépose sur son oreiller. Elle y ensevelit son nez, respire à pleins poumons.

Elle reste comme ça un long moment, le temps que la magie s'évapore et que ses larmes s'apaisent un peu. Puis, elle retourne à la pochette abandonnée sur la carte postale et en tire trois feuillets pliés en quatre, trois copies doubles perforées sur les côtés.

Cette fois, c'est le chaos dans sa poitrine. « Mati chérie ». Ça s'embrume, ça s'embrouille, ça s'embrase, l'espace-temps se diffracte : sa maman s'adresse à elle par la voie de l'écriture, la voie de ce qui reste, et la voilà brusquement projetée plus de deux ans en arrière face à une Karine blême, vide, s'efforçant de sourire pour donner le change, puis ne se forçant plus à rien du tout, plongeant dans le puits sans fond de sa détresse. Et elle est soudain face à sa maman vacillante, un peu dérangée, un peu à côté, qui lui délivre un message. Les voilà connectées.

Mati chérie,
Si tu tiens cette lettre entre tes mains, c'est que je ne suis plus là pour t'empêcher de fouiller dans notre boîte à souvenirs. Quelle riche idée tu as eue là. Sais-tu que je l'ouvre souvent pour me garder près de toi le plus longtemps possible ? Quel âge as-tu, mon petit ange ? Tu dois être une femme, une adulte. Peut-être même as-tu des enfants. J'espère, quoi qu'il en soit, que cette lettre ne te parvient pas trop tôt. J'ai décidé de faire confiance au destin.
Je sens que mes idées ne sont pas toujours très claires. Elles le sont même de moins en moins. Il faut que je me dépêche de t'écrire, avant que

tout s'emmêle pour de bon. Je me suis entraînée à trouver les mots adéquats, ceux qui sauront tout expliquer. Pourtant, à l'heure de rédiger ma lettre, je ne suis pas encore certaine de ce que je vais y mettre. J'ai tant à t'expliquer, et tellement peu de temps avant de ne plus savoir ce qui nous arrive.

Ils t'ont dit que j'étais malade, ils t'ont dit que j'étais dépressive. Je prie pour que tu sois désormais assez grande pour comprendre ce que cela veut dire et ne dit pas à la fois. Tu as peut-être entendu des horreurs, je m'excuse du fond du cœur que tu les aies endurées. Ma Mati chérie, sache que je t'aime, que tu es la plus belle chose qui me soit arrivée et que je regrette de ne pas avoir été la maman qu'il aurait fallu que je sois. J'ai essayé, tu peux me croire. J'aurais donné ma vie pour que tu sois heureuse.

Mon trésor, mon amour, comment t'expliquer le cancer qu'est la dépression, sa façon insidieuse de prendre possession de ce que tu es… Un jour, tu te réveilles, tu n'as pas le moral, un coup de blues *comme on dit. Cela n'est rien, cela arrive, parce qu'on a reçu une mauvaise nouvelle, parce qu'un projet est tombé à l'eau, parce qu'un ami nous a déçu ou seulement parce que l'hiver s'éternise. Cela ne porte pas à préjudice, les autres prennent leur mal en patience, toi tu te ressaisis, persuadée que l'existence va reprendre son cours. Mais les jours passent et le malaise se transforme en boule au fond de ta gorge et de ton ventre. Les nuits sont de plus en plus courtes, les journées de plus en plus longues, tu te lèves moins vite puisque tu n'en vois plus l'intérêt, l'avenir s'émousse, la vie s'affadit. Puis vient ce matin où le jour n'est plus une promesse mais une menace molle : la peur de tout rivalise avec le vide, et tu oscilles entre les deux. Pourtant, tu luttes. Contre toi-même, en permanence. Tu luttes pour pouvoir te relever. Tu luttes contre ta propre faiblesse et ton incapacité à rendre aux autres l'entrain qu'ils essaient de t'insuffler. Jusqu'au moment où, autour de toi, on s'épuise de te voir si épuisée. L'ennemi sommeillait en toi et tu as lutté en vain. Le mal ronge plus profond quand tout se résigne. On ne gagne jamais à se battre contre soi-même.*

Mon bébé, comme les fleurs ne poussent pas sans le germe qui les porte, la dépression s'immisce dans une faille tapie sous l'éclat des jolis jours. Je ne cherche pas à remuer le couteau dans la plaie. Personne n'est coupable de ce qui est arrivé. Je veux juste que tu saches que tu n'es pour rien dans ce qui s'est passé. Je crois que la vérité t'aidera à comprendre ton histoire et à vivre plus sereine. Tu es l'enfant de l'amour, c'est lui qui t'as vue naître. N'en doute pas une seule seconde, Mati chérie.

Je vois bien que je cherche à gagner du temps. Je ne te parle pas de ce qui importe vraiment. Mais je vais y arriver. Je souffle. Pardonne-moi, c'est compliqué, j'ai peur de trop en dire, je ne suis pas sûre de savoir doser… Je tremble, comme si mes doigts se rebiffaient à l'idée de raconter…

Ici, la lettre s'interrompt. Des auréoles boursouflent les lignes bleues. Deux lignes plus bas, les phrases reprennent dans les marges, le tracé est capricieux.

Cela fait trois jours que j'essaie de me remettre à cette lettre. Trois jours que je pense à la façon dont je vais pouvoir tourner les choses pour te raconter ton histoire le plus clairement possible. Ce soir, ton visage endormi m'a donné la force de poursuivre. Personne n'est coupable, mon amour. Mais il va te falloir être forte et ne pas porter de jugements hâtifs. Trancher à l'emporte-pièce est toujours un piège, ma princesse.

Ton papa et moi, nous voulions un enfant depuis très longtemps. Nous étions si heureux ensemble que nous éprouvions le besoin de partager notre bonheur avec un petit être qui serait un morceau de chacun de nous. Nous avions tant d'amour à donner… Ce bébé a beaucoup tardé, nous nous sommes inquiétés. Lorsque le médecin nous a annoncé que ton papa ne pouvait sans doute pas avoir d'enfant, cela a été un choc. Il était tellement malheureux. Il me disait de partir, que je pourrais être heureuse avec un autre, qu'il ne pourrait jamais me donner ce que je désirais le plus au monde. Il avait tort, je ne vivais que pour lui. Parfois, cependant, les miracles arrivent et un petit garçon a fini par pointer le bout de son nez. Nous l'avons appelé Malot. L'annonce de cette grossesse a été l'un des plus beaux jours de notre vie. Nous l'avons fêtée en grande pompe avec tous nos amis, ce fut un moment magique. Nous parlions beaucoup à Malot. Mais son cœur était fragile et, au bout de six mois dans mon ventre, Malot a décidé que sa place était ailleurs. C'était si difficile. Je souffrais terriblement. Ton papa, lui, était rongé par la culpabilité, celle de n'être pas capable d'engendrer la vie. Il était tellement malheureux, et moi si impuissante qu'un jour où il n'était pas là, Mamie Éliane m'a proposé une solution : pour rendre le sourire à Nicolas, il suffisait que je lui donne un enfant. Ton oncle, Vincent, pouvait en avoir. Il était d'accord, mais ton papa ne devait rien savoir.

J'ai accepté, je désirais tellement que nous soyons heureux !

Tu es arrivée, petite poupée chérie, les yeux grands ouverts sur le monde. À la maternité, ton père annonçait ta naissance à tout le monde, il donnait ton poids, parlait de la couleur de tes cheveux. Il caressait tes mains, tes pieds, pouvait te contempler des heures entières en oubliant de manger. J'étais si contente, ta naissance le transfigurait. Et je tentais de me convaincre que j'avais pris la bonne décision. Personne n'en a plus parlé, ni moi ni ta grand-mère, ni ton oncle Vincent, et ton père ne l'a jamais su, cela l'aurait brisé.

Notre vie s'est construite autour de toi, tu étais si parfaite, si belle, si adorable, nous étions des parents comblés. Mais je sentais que ce n'était qu'un sursis, que cela n'allait pas durer, même si je faisais semblant d'y croire.

Lorsque tu as eu cinq ans, ton papa a souhaité un autre enfant. Ce vœu m'a brûlé le ventre : aux remords que cette demande ravivait, s'ajoutait l'angoisse terrible de revivre les jours difficiles qui avaient suivi la disparition de Malot. Comment faire entendre raison à ton papa, à moins de lui avouer que les médecins avaient vu juste au sujet de son infertilité, de lui raconter la vérité sur ta naissance et de risquer d'y perdre notre foyer ?

Toi, m'aurais-tu seulement pardonnée ? J'ai donc choisi de me taire et d'attendre que passe son désir d'agrandir notre famille. Quand je suis tombée enceinte, j'ai cru au miracle, j'ai cru que la médecine s'était trompée. Mais le bébé ne s'est accroché que quatre mois, juste assez longtemps pour que ton père soit fou de joie. La dégringolade a été d'autant plus rude. Notre couple battait de l'aile, ton papa était méconnaissable. Mamie Éliane, pensant bien faire, m'a proposé de recommencer. Mais j'ai refusé, l'idée de mentir une nouvelle fois m'était insupportable. Ton papa et moi, ma chérie, nous aimions d'un amour si pur. Je crois aux âmes sœurs. Ton père est la mienne.

Sur le coup, Mamie Éliane n'a rien rétorqué. Elle n'a même pas insisté. Mais son attitude a changé. Elle s'est faite distante, cinglante, elle m'a peu à peu isolée. Au fond, elle craignait que je parle. Elle était terrifiée à l'idée de perdre son fils. Nicolas a toujours été son préféré. Comme moi, elle se retrouvait prisonnière de ses choix. Le pire dans tout ça, c'est que je pouvais la comprendre mieux que personne. C'était une mère qui voulait rendre son fils heureux.

Cela dit, elle a fait en sorte de m'écarter de notre vie de famille. Elle a pris l'habitude de venir de plus en plus souvent chez nous.

Un jour, elle a entrepris d'astiquer l'escalier et renversé un flacon de savon noir sur le bois. En descendant, je me suis foulé la cheville, tu te le rappelles peut-être. Je ne veux pas l'accuser, mais je n'oublierai jamais son sourire quand elle m'a vue tomber. Elle ne semblait pas étonnée. Au contraire, même, elle était si désinvolte…

Reste qu'à partir de ce jour, elle a pris possession de la maison. Ranger, faire les courses, préparer les repas, elle faisait tout à ma place. Elle m'apportait des plateaux, s'assurait que je prenais mes antidouleurs. J'aurais pu trouver cela supportable, si elle n'avait pas décidé d'ordonner la maison à son goût. Et si elle n'avait pas, peu à peu, remplacé mes pilules par d'autres… Quand je l'ai interrogée sur le nombre de gélules que je devais avaler, elle a prétendu que le pharmacien recommandait les génériques et qu'ils n'étaient pas assez dosés. Je n'ai pas insisté. Encore une fois, je ne peux pas l'accuser, il n'y a peut-être aucun lien entre Mamie et ma maladie. Mais je n'ai jamais pu retourner travailler, et le goût de vivre m'a peu à peu quittée.

Une nouvelle fois, la lettre s'arrête. C'est abrupt, ça abandonne un abîme dans le regard de Mati qui se frotte la figure de fatigue. Lire ces mots lui demande une concentration folle. Et puis il faudrait tout comprendre. Or, le sens de certaines phrases lui échappe et son esprit établit des liens étranges. Elle a froid, dans son pyjama mouillé. Combien de temps la vérité met-elle à vous déchirer ? Combien de minutes, de secondes, pour que l'histoire d'un être bascule ? Combien de coups avant qu'il se relève ?

Une nouvelle feuille. Une écriture serrée, tarabiscotée.

> *À présent, une mouche suffit à capter mon attention pendant des heures, mon esprit ne se focalise plus que sur des choses dérisoires. Je ne suis pas dupe, les comprimés que Mamie Éliane m'oblige à avaler ne sont pas des antidouleurs. Mon entorse n'est plus qu'un souvenir, mais j'ai un besoin viscéral de ces médicaments. J'imagine que je souffre d'une sorte d'addiction. Bien sûr, j'ai tenté de m'opposer à ta grand-mère, à plusieurs reprises, mais elle m'a toujours menacée de révéler à ton papa que je l'ai trompé. J'ai eu la lâcheté de préférer me perdre moi-même. Aujourd'hui, je n'ai plus la force d'affronter ta mamie. Elle est sur le point de gagner la bataille et je ne me débats même plus. Réussiras-tu à me pardonner ?*

Pause. Encore. Écriture ratatinée, ramassée, biffée par endroits. La gestuelle se cale sur les égarements de la lucidité.

Mati Mati Mati Mati Mati. Faire vite. Je dois faire vite parce que le temps presse. La nuit, je n'ai que toi. Ton papa fait-il semblant de ne s'apercevoir de rien ? Pourquoi ne me retient-il pas ? Mati, tu me pardonneras ?

Mati cherche la suite. Verso. Les ratures sont légion. Difficile de déchiffrer.

Je t'aime, mon ange, mais cette lettre me demande une énergie que je n'ai plus. Mon souffle vital s'amenuise de jour en jour, je perds la tête, tout ne tient plus qu'à un fil. Avant de n'être plus capable de rien, je veux que tu saches qu'il n'existe pas de pieux mensonge. Nous sommes les choix que nous faisons. Une mère fera toujours ce qu'elle pense être le meilleur pour son enfant, même si elle se trompe. Pardonne à ta grand-mère, elle ne savait pas ; pardonne-moi aussi, je n'ai pas su te protéger.
Mon bébé, mon trésor, ma princesse, si ma raison déraisonne, mon cœur est avec toi. Pour toujours et quoi qu'il arrive, je t'aime plus que tu ne peux l'imaginer.

Maman

* * *

Dehors, la nuit s'éclaircit et autorise l'aube à installer ses quartiers. Le bitume se pare d'un voile bleuté. Les volatiles saturent l'atmosphère de leurs cris. Un chien aboie. Mati chavire.

Elle n'a pas tout compris, mais elle a percé l'essentiel. La vérité est là, nue, crue, entière, dans ces feuilles noircies par un esprit encombré d'amour et de remords. Mati pourrait cracher du feu. Sa mère implore son pardon, mais la fillette hait sa grand-mère de tout son être. Avant la lettre, c'était de la rigolade, ça reposait sur du vent, maintenant sa haine est un poison qu'elle absorbe avec un plaisir noir.

Réveillée par le courant d'air qui fait claquer la porte d'entrée, Éliane s'est levée. Elle porte la mine torchonnée des mauvais sommeils, ses rides innombrables comme figées. Le couloir est encore sombre. Avisant les rais de lumière sous la porte de Mati, elle marque un temps d'arrêt, abaisse la poignée.

La gamine est sur son lit, les genoux marron de gadoue, les mains et la figure couvertes de terre, la prunelle inébranlable, elle est tendue par l'hostilité. La femme avale sa salive. L'effroi la paralyse.

— C'est toi qui as tué Maman.

Ce n'est pas une question. Un fait, un constat. Un jugement sans appel. La vieille dame reste stoïque. En apparence seulement, car ses jambes refusent de la porter et elle glisse, lentement, le long de la commode de l'enfant. Les fibres de son peignoir se coincent dans la saillie des échardes, s'arrachent, tandis qu'elle s'écroule. Sa chute prend une éternité. La voilà maintenant effondrée comme une poupée de chiffon.

L'enfant se lève, passe devant sa grand-mère sans lui accorder la moindre attention, sort et allume toutes les lampes jusqu'au salon. Elle assume le désastre et elle est fatiguée. Elle allume la télévision. Blottie dans le sofa, elle voit sans regarder, hypnotisée par un terrible bilan.

Sa mère : décédée.

Son père : emmuré. Aveugle ou aveuglé. Il n'est pas son père mais ce n'est pas le plus grave.

Son grand-père : englué par sa lâcheté et son confort minable.

Son oncle : complice, pourri comme les autres.

Rémi : décédé.

Les médecins : elle en a des frissons quand elle y repense.

Sa grand-mère : une meurtrière.

L'école : ses camarades sont persuadés qu'elle a été violée, ils la regardent comme une bête curieuse. Elle n'est plus des leurs.

Ce n'est pas glorieux, on a vu mieux en termes d'existence. Les deux êtres capables de lui redonner foi en l'humanité ne sont plus de ce monde, ils sont morts et on ne revient pas de ce pays-là. Toute cette histoire lui aura au moins appris ça. Elle n'en veut pas à Rémi. Il a menti pour elle. Comme Karine. Elle s'est tue et a tout accepté pour elle. Quoi qu'en dise sa maman, il y a bien des mensonges d'amour, il y en a qu'on pardonne, d'autres qu'on ne pardonne pas. Mati est déboussolée. Où va-t-elle vivre maintenant ?

Soudain, elle se rappelle une autre maman, celle de Rémi qui l'attendait devant l'école. Et si cette dame pouvait lui offrir tout l'amour et la sécurité qu'elle réclame ? Il doit bien y avoir un terrain d'entente entre une mère atrophiée et une gosse dézinguée, une possibilité de s'apprivoiser pour deux êtres meurtris. Surtout quand un ange les relie.

Deux idées fixes, idiotes, se font jour dans son esprit, comme seule peut en avoir une gamine terriblement esquintée. Elle va retrouver cette dame, c'est décidé. Et elle va se venger.

35

Novembre 2004

Les jours s'étirent, l'automne allonge ses tentacules de bruine. Chaque jour qui passe sans école, la grand-mère et l'enfant sont acculées à leur présence mutuelle. Les tensions s'exacerbent pour retomber comme un soufflé. C'est éprouvant. L'unique échappatoire de Mati est sa visite hebdomadaire à son père. Nicolas, ce père amorphe aux paupières vieillies. C'est Claude qui l'y emmène. Mati ne lui a pas dit un mot de la lettre. *De toute façon, il s'en fout*, se dit-elle. Elle l'imagine d'ici, haussant les épaules avec une moue vaguement désolée et respirant un grand coup pour faire passer. Alors, dans l'habitacle, Mati se tait.

Elle parle pourtant. À son père, dès que Claude, fidèle à son habitude, s'échappe de la chambre pour les laisser se retrouver. Elle se penche dans le creux de son oreille et lui raconte tout.

Il saura.

Il saura où elle est.

Il saura pourquoi elle y est.
Il pourra la retrouver.

* * *

Jour après jour, petite entité vaporeuse aux traits boursouflés mue par une drôle de magie, Éliane se change en spectre. La maison exerce sur elle une emprise malsaine : les photographies, les souvenirs, l'absence de son fils, tout la pointe du doigt. Mathilde reconnaît la maladie, sa maman souffrait de symptômes identiques. Mais elle éprouve un malin plaisir à se montrer méchante. C'est délicat, toujours discret, jamais frontal, c'est un Post-it collé nonchalamment sur le frigo, « Tu as tué Maman », des lettres tracées sur le miroir de la salle de bains saturé de buée, « Maman te voit », un cahier d'écolier oublié sur le plan de travail, ouvert sur une page griffonnée, « Pour Papa aussi, c'est ta faute ». Mati sème la mort et la désolation. Consciemment ou non, elle a mis en place un savant jeu de tape-taupe : à peine Éliane parvient-elle à se secouer du marasme que sa petite-fille lui assène un coup sur la tête. Tout s'écroule, Éliane est une statue de sel au milieu d'un champ de ruines, Mathilde une guerrière acharnée tirant au lance-pierre sur un colosse d'argile.

* * *

Lorsque Mati est venue lui rapporter toute l'histoire, Magali a éprouvé un instant d'intense flottement, désemparée par l'ampleur du drame et par la demande de la petite aux yeux emplis d'étoiles. C'était avant les vacances de Noël, elle s'en souvient parfaitement. Il faisait froid, on avait ressorti les cagoules et les bonnets criards, les gants. Dans la cour, on avait interdit les écharpes par crainte des étranglements. En classe, on étudiait des textes pailletés de houx, on additionnait, soustrayait, multipliait et divisait des boules et des guirlandes.

La cloche a sonné, Magali a formé son rang, retenant Mathéo qui glissait sur la rambarde, Ryan qui beuglait à l'autre bout du couloir, Lorette et Théa qui chantaient à tue-tête. Les moutards ont détalé vers le réfectoire. Mati est restée là, collée contre elle, refusant de s'éloigner.

L'enseignante s'est penchée sur la fillette embarrassée :

— Tu veux me dire quelque chose, Mathilde ?

Le coin de son pouce rongé dans la bouche, Mathilde a hoché la tête sans oser lever les yeux.

— Je t'écoute…

— On peut aller un peu plus loin ?

À cet instant, Magali a entrevu tout ce que cette conversation pouvait signifier.

— Viens, on va aller dans la classe.

Elles sont remontées sans un mot, se sont installées l'une en face de l'autre. La salle résonnait de silence. Magali a attendu que la parole de Mati se libère. Une minute. Une heure. Un siècle. Une éternité.

Tout à coup, l'enfant a pris sa respiration et tout craché. D'un souffle, longtemps. Plus d'une fois, pantelante devant la déferlante, l'enseignante a cru s'écrouler. Alors, elle a accepté. Bien sûr, on pourrait la juger, certains ne s'en sont pas privés, des collègues, des parents, des lecteurs d'une presse de seconde zone, des piliers de bar, des amateurs de racontars à l'autre bout de la France. Mais voilà, elle ne pouvait abandonner cette enfant. Il en faut de l'humanité pour ne pas se détourner. Elle s'est démenée, a veillé des nuits entières, mené l'enquête, essuyé quelques revers, ravalé sa peur de perdre son boulot derrière la certitude d'aider Mati à se créer une nouvelle existence. Et cela a payé. L'adresse, qu'elle a écrite de sa belle écriture de maîtresse, les majuscules potelées et gracieuses, les queues élancées, les boucles droites et accueillantes, est une sacrée récompense. La joie de Mati, aussi, qui a répandu sur ses épaules comme une poudre d'or. *Je te redonne ta vie, voici ta seconde chance, Mathilde, prends-en soin. Vole, petite fille, sans te retourner, sans jamais rien regretter. Promets-toi d'être enfin heureuse.*

36

Samedi 18 décembre 2004

Éliane n'est plus que l'ombre d'elle-même : de remords en regrets, de martyre en indifférence, elle se consume dans ce qui lui tient lieu de tombeau. En quelques semaines elle a pris vingt ans ; elle n'a plus que la peau sur les os. Tout craque, dedans, dehors, elle va mourir, elle le sait. Elle se meurt d'avoir trop et trop mal aimé.

Mais aujourd'hui, elle a trouvé la force. Un papier déchiré traînait sous la lampe de chevet dans la chambre où elle s'est installée. Elle lit et relit les mots de Mati. Elle sourit, presque malgré elle, de la naïveté de l'enfant.

C'est terminé, Mamie, je vais partir et tu ne me retiendras pas.

La retenir, comment le pourrait-elle ? Avec quels arguments, elle qui ne sait plus quoi dire ; avec quels gestes, elle qui ne peut plus tenir une casserole sans trembler ?

Un stylo est posé près du message. Ses vieux doigts glissent sur le tube lisse. Chaque mot est une montagne à gravir. Pourtant, elle extirpe une réponse de la bille d'encre noire.

Moi aussi je vais partir, ma puce, et toi non plus tu ne me retiendras pas.

Le signal est lancé. Elle jette un œil à sa montre. Pose le papier en évidence sur le bureau de l'enfant, range ce qui doit être rangé, plie ce qui doit être plié.

Nous sommes samedi. Il y a quelques minutes, Mathilde est descendue. Claude doit venir la chercher pour l'emmener voir Nicolas. Il a dû arriver, maintenant. Elle est forcément déjà en voiture.

Pour Éliane, Mathilde est partie.

Mais la petite est toujours dans le jardin. Claude est en retard. Alors, elle rentre.

***

Le chauffage tourne à plein régime, de la buée ruisselle sur le carrelage. En dépit de la moiteur, la salle de bains est d'une propreté exigeante. Des murs crème sur un dallage crème, un tapis de bain sagement plié sur le bord du lavabo. Il règne ici un calme souverain. Seul le clapotis léger d'un goutte-à-goutte dans la baignoire perturbe le silence. Un parfum capiteux de lotion pour le corps embaume l'atmosphère, de la mousse frivole forme un napperon de dentelle sur le sol. La chaleur est suffocante. Pourtant, son bras droit, resté hors de l'eau, frissonne sur la céramique glacée. Elle distingue une voix, « Chut, chut, ça va aller. »

Sa tête, posée contre le rebord de la baignoire, est lourde, elle lutte pour garder les paupières ouvertes. Une fatigue immense l'envahit. Il faudrait qu'elle tienne pourtant, si elle cède maintenant, elle ne remontera plus à la surface.

L'eau du bain ne refroidit pas. Au contraire, elle s'épaissit d'un torrent rubis. Tout doucement, le sang s'échappe de son bras gauche : au contact de l'eau, les volutes rouges esquissent des formes alambiquées.

« Chut, chut, ça va aller. » Le murmure est de plus en plus lointain.

Le froid a engourdi ses sens, elle ne souffre pas, sa peau s'est habituée à la légère piqûre du bain moussant. Elle n'imaginait pas ça comme ça. Longtemps, elle s'est demandé si elle souffrirait. La meilleure des morts vous saisit dans votre sommeil. Mais elle ne souffre pas.

« Chut, chut, ça va aller. » Cette main qui caresse ses cheveux l'indispose, elle n'a plus la force de lutter. Elle frissonne.

Dans un effort gigantesque, elle ouvre les yeux. Sa vue se trouble.

Elle ne ressent ni regrets ni remords. Elle est là où elle devait être. La boucle est bouclée. Ce n'est pas une vengeance, juste le retour des choses.

Une mélodie douce s'échappe d'une autre pièce. Son téléphone, sans doute, mais elle n'ira pas répondre. Ce moment lui appartient. On ne se suicide pas tous les jours.

La silhouette à ses côtés ne dit plus rien. Ses mots se sont évaporés dans le silence grave d'une fin du monde. Juste un constat : c'est comme ça.

Sa vie ne défile pas. Une seule image lui revient en boucle : Karine, dans la même posture, le même vide, l'incompréhension dans son regard, mais aussi le soulagement.

Ses forces l'abandonnent. Sans cris ni pleurs, rien de tonitruant, son existence s'achève ici et maintenant.

Elle est nue et elle baigne dans son sang.

— Je t'aime quand même, Mamie.

Mati sort de la salle de bains et referme la porte derrière elle.

— Moi aussi, je t'aime, ma chérie. Je suis désolée.

Ces derniers mots arrivent trop tard, personne ne les a entendus. Un klaxon résonne au loin. Mati est partie. La voiture de Claude l'attend devant le jardin.

Épilogue

C'est un samedi de décembre. Froid et sombre. Comme un samedi de décembre où les jours rompent la monotonie de la nuit. Il tombe une neige fondue qui vous humidifie jusqu'à l'os. De la buée sort de la bouche de Mati. Elle grelotte. Les joues rougies par le vent, elle souffle sur ses doigts gourds pour favoriser la circulation du sang. Elle a marché longtemps.

Elle est arrivée frigorifiée devant la porte de Rémi.

D'abord, Jeanine n'en a pas cru ses yeux. L'enfant ressemble à une apparition.

— Qu'est-ce que tu fais là ?

Elle a posé la question sans penser à mal, mais la fillette baisse la tête, se cache derrière ses cheveux. On sent qu'elle veut se fondre dans le décor, s'enfoncer dans le sol. Puis Jeanine remarque son sac à dos. Il ressemble au barda de Rémi, le jour où il est parti.

Elle répète, plus gentiment cette fois :

— Qu'est-ce que tu fais là ?

Les lèvres de l'enfant frémissent derrière ses cheveux humides de bruine. Jeanine n'attend pas de réponse.

— Allez viens, entre, tu vas attraper la mort.

Mathilde pénètre dans la maison. Il y a des photographies de Rémi partout, bébé, enfant, adolescent, adulte. Cette maison est une sorte de mausolée, mais pas lugubre : c'est de l'amour qui est accroché au mur, l'hommage perpétuel d'une mère à son fils différent. Mati, ça lui fait un bien fou.

— Tu es toute seule ?

La tête de la fillette dodeline.

— Enlève ton manteau et installe-toi, je vais te préparer un chocolat chaud.

Mathilde détaille la cuisine. Tout est modeste ici, ça sent l'ancien et la poussière, il y a des fleurs en plastique, des assiettes en porcelaine sur des socles pour les maintenir debout, des torchons avec la carte du Portugal et de l'Espagne, des boîtes en plastique orange.

D'un trait, elle boit son chocolat. Jeanine avale une Ricorée tiède. Elle pourrait questionner l'enfant. C'est inutile. Elle attend.

Mati parle et pleure en même temps, entraînant les larmes de la mère. Entre deux hoquets, elle dit que Rémi était une bonne personne, que le monde est sourd et aveugle, les gens fous. En silence, dans le cœur de la mère brisée, surgit un flot de reconnaissance.

Elles ne se quitteront plus, c'est une évidence.

Dehors, des flocons ont entamé leur lente descente. Dans quelques heures, la banlieue sera changée en pays blanc.

Remerciements

Ils sont nombreux, ceux que j'ai envie de remercier. Mon mari, mon premier lecteur, mon indéfectible soutien ; ma fille, qui est là, qui m'inspire et qui m'entoure ; mon éditrice, Lilas Seewald, qui est une bouffée de bienveillance et sait manier les ciseaux comme personne – je te dois beaucoup ; Estelle Jorgensen et Valérie Dätwyler, qui par leur lecture avisée et précise m'ont évité pas mal d'erreurs ; Amélie Antoine, qui est là, qui a les mots et qui sait ; Mathieu, son mari, pour tous les renseignements « postaux » ; tous ceux, enfin, qui ont fait de mon précédent roman, *Un sac*, ce qu'il est aujourd'hui. Vous m'avez offert un cadeau merveilleux.

À DÉCOUVRIR ÉGALEMENT :
le premier roman de Solène Bakowski

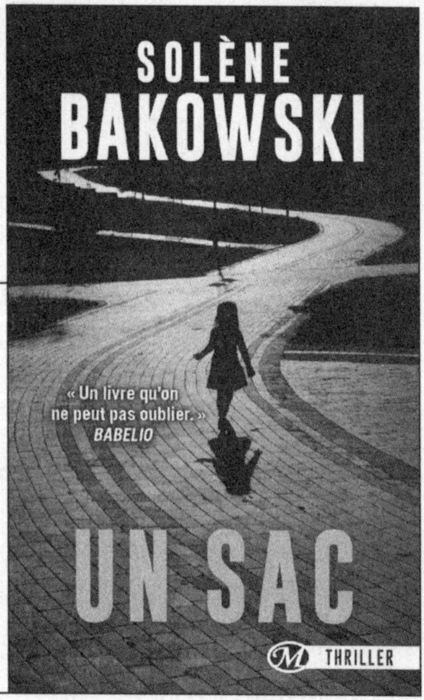

« Un roman sombre sur le destin sanglant d'une jeune fille à la dérive. »
Direct Matin

« Un conte sur la folie ordinaire et la complexité des causes qui peuvent conduire un être à l'insondable violence pure. »
Dufilmetdupapier.com

OSEREZ-VOUS REGARDER DANS LE SAC ?

En pleine nuit, une jeune femme attend face au Panthéon, un sac dans les bras qu'elle serre comme un étau. Cette femme, c'est Anna-Marie Caravelle, l'Affreuse Rouquine, la marginale. Lorsque, vingt-quatre ans plus tôt, Monique Bonneuil a pris en charge son éducation à l'insu du reste du monde, elle n'imaginait pas qu'elle abritait un monstre. Car la petite s'est mise à tuer. Un peu, d'abord, puis beaucoup. Voici l'histoire d'Anna-Marie Caravelle. Que fait-elle là, agenouillée en plein Paris, au milieu de la nuit ? Et que contient ce sac qui semble avoir tant d'importance ?

Disponible en librairie et en numérique

Bragelonne
THRILLER

À DÉCOUVRIR EN POCHE CHEZ BRAGELONNE

ALEXIS AUBENQUE
RETOUR À RIVER FALLS

UNE ENQUÊTE DE MIKE LOGAN ET JESSICA HURLEY

En ce début d'été, la petite ville de Rivers Falls est le lieu idéal pour les amoureux de la nature. Mais quand des randonneurs découvrent le corps d'une jeune fille, tuée de façon rituelle, la peur s'empare des habitants. Tout juste réélu au poste de shérif, Mike Logan veut éviter un nouveau meurtre. Avec sa compagne la profileuse Jessica Hurley, il s'intéresse à la troupe du Big Circus, dont chacun des membres ferait un coupable idéal. Convaincu que la piste la plus évidente est rarement la meilleure, le reporter Stephen Callahan met en doute cette théorie…

« Le plus américain des auteurs français ! »
Jean-Edgar Cassel - La Griffe noire

ALEXIS AUBENQUE
DES LARMES SUR RIVER FALLS

UNE ENQUÊTE DE MIKE LOGAN ET JESSICA HURLEY

Alors que l'été s'achève, le shérif Mike Logan savoure la tranquillité qui règne sur sa ville. Revenir à River Falls a été la meilleure décision de sa vie, se dit-il. Mais le destin le rattrape : à l'aube, un homme est retrouvé crucifié dans un champ, un mot épinglé à ses habits : « Là est ta place ! » Secondé par la lieutenante Lindsay Wyatt, le shérif enquête dans toutes les directions, avec la terrible impression que d'autres meurtres vont suivre. Plus méfiant que jamais, le journaliste Stephen Callahan et sa consœur Leslie Callwin, spécialiste des tueurs en série, enquêtent en parallèle. Mais à River Falls, l'horreur peut prendre de multiples visages…

« L'auteur nous tient en haleine de la première à la dernière ligne ! »
Femme actuelle

À DÉCOUVRIR EN POCHE CHEZ BRAGELONNE

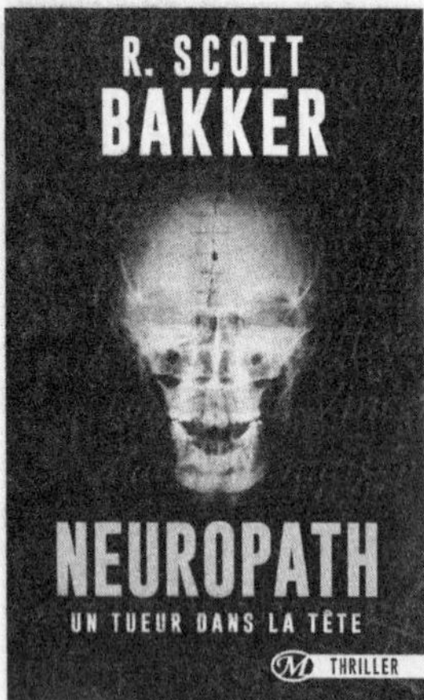

SCOTT BAKKER
NEUROPATH

Tom mène une vie ordinaire, entre ses cours de psycho et les aléas d'un mariage brisé. Une vidéo va tout bouleverser. Non seulement elle dépasse en atrocité ce que Tom pouvait concevoir, mais son auteur est son meilleur ami, Neil.
Neil a passé des années à élaborer des techniques d'interrogatoire pour la NSA. Convaincu que l'on peut commander les sentiments et le comportement humains en stimulant certaines parties du cerveau, il a basculé dans une spirale de meurtres et de mutilations. Le FBI pense que Tom est le seul à pouvoir l'arrêter.

Fondé sur les découvertes récentes des neurosciences, ce roman diabolique va vous prouver que vous n'êtes pas qui vous croyez.

FRANÇOIS BARANGER
L'EFFET DOMINO

Paris, 1907. Un mystérieux assassin «à répétition» fait trembler la capitale. Dans la gorge tranchée de ses victimes, il abandonne un domino double et, sur les scènes de crime, d'étranges symboles ésotériques. La presse accuse Double-Six, un bagnard tatoué à qui la rumeur prête plusieurs vies. Quand les policiers chargés de l'enquête sont à leur tour pris pour cibles, le préfet Lépine fait appel en secret à l'inspecteur Lacinière, connu pour son esprit sceptique. Assisté d'une jeune aristocrate aux élans féministes et d'un agent qui n'a pas froid aux yeux, Lacinière doit résoudre les énigmes élaborées par le tueur avec de plus en plus de perversité…

«Ce thriller sanglant joue habilement la carte du mystère.»
Télé Magazine

@BragelonneFR

À DÉCOUVRIR EN POCHE CHEZ BRAGELONNE

ARMELLE CARBONEL
CRIMINAL LOFT

Un lieu: le sanatorium de Waverly Hills, dans le Kentucky, aux États-Unis. Entre ses murs doit se dérouler le show de TV-réalité le plus extrême de l'histoire. Huit tueurs y sont enfermés, prêts à tout, surtout le pire, pour convaincre des millions de spectateurs qu'ils méritent de vivre. Leur destin est suspendu à l'envoi d'un simple SMS…

«Après Claire Favan et Karine Giebel, la nouvelle grande!»
LCI

ARMELLE CARBONEL
MAJESTIC MURDER

Lillian a toujours rêvé de brûler les planches. Quand l'étrange Seamus lui propose une audition au *Majestic*, elle saisit sa chance. Laissé presque à l'abandon, le théâtre abrite les répétitions d'une unique représentation, donnée tous les trois ans en souvenir de Peg Entwistle, une actrice des années 1930. En intégrant la troupe, Lillian abandonne toute espérance. Car tous les trois ans, quelqu'un doit mourir sur scène.

«Aux dernières pages tout se retourne et s'illumine, c'est somptueux.»
France 3

À DÉCOUVRIR EN POCHE CHEZ BRAGELONNE

JOHANA GUSTAWSSON
BLOCK 46

UNE ENQUÊTE D'EMILY ROY ET ALEXIS CASTELLS

Profileuse de renom à Londres, Emily Roy enquête sur une série de meurtres d'enfants. Les corps présentent les mêmes mutilations qu'un cadavre de femme retrouvé en Suède. Étrange *serial killer*, qui change de lieu de chasse et de type de proie…

En Suède, Emily retrouve Alexis Castells, une écrivaine spécialisée dans les tueurs en série. Les deux femmes se lancent dans une traque qui va les conduire jusqu'aux atrocités du camp de Buchenwald, en 1944.

« *Block 46* est d'une efficacité redoutable. »
Nicolas Lefort – « Télématin » sur *France 2*

JOHANA GUSTAWSSON
MÖR

UNE ENQUÊTE D'EMILY ROY ET ALEXIS CASTELLS

En Suède, sur les rives d'un lac, un tueur abandonne un corps dépecé, les seins, les cuisses et les fesses amputés. À Londres, une femme disparaît. Ses chaussures sont déposées devant chez elle, dans un sachet zippé.
Ces deux crimes portent la signature de Richard Hemfield, un *serial killer* enfermé depuis dix ans, à perpétuité. Comment expliquer qu'ils recommencent ?
Pour remonter aux racines du mal, la profileuse Emily Roy et l'écrivaine Alexis Castells doivent affronter leur propre passé…

« Un duo inoubliable, une mécanique implacable, un final époustouflant. »
The Times

@BragelonneFR

À DÉCOUVRIR EN POCHE CHEZ BRAGELONNE

BOYD MORRISON
L'HÉRITAGE DU LOCH NESS
UNE AVENTURE DE TYLER LOCKE

Tyler Locke et son équipe ont pu déjouer un attentat lors d'un banquet officiel au premier étage de la tour Eiffel. Mais les terroristes ne comptent pas en rester là : ils ont commencé à répandre un poison redoutable qui accélère le vieillissement. De Paris à Seattle en passant par Israël et les pays arabes, Locke tente d'enrayer une pandémie qui menace de précipiter l'humanité dans une troisième guerre mondiale. Le salut est peut-être tapi au fond d'un loch écossais…

« Une pure montée d'adrénaline !
Si vous aimez Dan Brown et James Rollins,
vous adorerez Boyd Morrison. »
Allison Brennan

BOYD MORRISON
LA VAGUE

Un matin, une pluie de météorites s'abat sur l'océan. Kai Tanaka, le directeur du Centre d'alerte tsunami du Pacifique, ne relève qu'une légère variation sur ses graphiques. Mais quand les communications avec l'île Christmas sont interrompues, il comprend que la nature a déjoué tous les pronostics : un méga-tsunami se précipite sur Hawaï. Il lui reste moins d'une heure pour faire évacuer un million de personnes. Et pour sauver sa famille, qui profite du soleil à Waikiki…

« Un scénario catastrophe à couper le souffle,
du suspense et de la science : Boyd Morrison
nous fait chevaucher des vagues de terreur. »
Douglas Preston

À DÉCOUVRIR EN POCHE CHEZ BRAGELONNE

JAMES OSWALD
DE MORT NATURELLE
UNE ENQUÊTE DE L'INSPECTEUR MCLEAN

Tony McLean vient d'être nommé inspecteur. En plus des affaires courantes, il hérite d'un *cold case* dont personne ne veut se charger. Le corps d'une jeune femme crucifiée a été découvert au sous-sol d'une maison abandonnée. Tout porte à croire qu'elle a été victime d'un meurtre rituel. Au siècle dernier. Lorsqu'une série de crimes sanglants s'abat sur la ville d'Édimbourg, McLean et son équipe ne savent plus où donner de la tête. Pour un peu, ils dormiraient à la morgue où le médecin légiste voit les cadavres s'empiler...

« Le nouveau Ian Rankin. »
Daily Record

JAMES OSWALD
LE LIVRE DES ÂMES
UNE ENQUÊTE DE L'INSPECTEUR MCLEAN

Le « Tueur de Noël » vient de mourir en prison. Pendant dix ans, il a fait couler le sang en abandonnant le corps d'une femme au bord de l'eau, la gorge tranchée. Dix ans, dix victimes. La dernière était la fiancée de l'inspecteur McLean.
Douze années ont passé et Tony pense enfin à tourner la page. Quand, soudain, plusieurs femmes sont sauvagement égorgées... Empêtré dans plusieurs enquêtes, McLean doit rouvrir l'affaire la plus difficile de sa vie, au risque de devenir la proie du passé.

« Un page-turner où Anthony McLean se révèle digne de John Rebus. »
Kirkus Review

@BragelonneFR

Achevé d'imprimer en février 2018
Par CPI France
N° d'impression : 3027136
Dépôt légal : mars 2018
Imprimé en France
2810709-1